幼兒文學

林文寶、陳正治、林德姮
王宇清、陳晞如、孫藝珏　合著

五南圖書出版公司 印行

序

　　「幼兒文學」是一門十分特殊的文學，雖然以幼兒為服務的主體，但修習課程的對象並非幼兒，而是對幼兒文學有興趣之成人學習者。

　　這是一門亟需成人來關懷、推廣與學習的學科，它屬於通識教育課程。為人父母、從事幼教工作者、文學創作者或幼教研究者都應去了解與參與。

　　對於「幼兒」的年齡界定，各個國家都稍有差異，但指涉的對象幾乎都是學齡前的孩子。簡言之，幼兒文學是以淺顯易懂，提供給還未接受正式教育的幼兒閱聽的文學作品。實行的過程可由成人引導幼兒，以聽、讀甚或遊戲的方式進行。

　　幼兒成長發展期間，生活與遊戲其實就是學習。以幼兒身心發展作為考量，製作適合幼兒的文學作品，成為一門專業的科目，無論是創作、推廣與研究，都會面臨適切性的艱難議題。因為優良的幼兒文學，要有遊戲性，讓幼兒在學習中感受樂趣，陪伴幼兒健康快樂的成長之時，隱隱約約將教育目的融入其中。

　　多年來，一直想集眾人之力，編寫一本有關幼兒文學的教材。於是批閱市面上可見之相關論述，並草擬章節，將相關資料建檔，以備利用；但編寫的工作一直沒能實現。

　　去年，空中大學教學媒體處陳定邦先生來電，詢問撰寫「幼兒文學」的可能性。雖然時間急迫，仍慨然允諾。

　　允諾的理由有二：一者是前年策畫編寫空大教材《兒童讀物》一書時，與陳先生熟識，且互動良好；再者，自以為這是使命，也是挑戰。

　　其實，「幼兒文學」這本書是空中大學受僑務委員會委託編寫「中華函授學校」教學之教材。對課程內容與書寫方式的規範是：本課程教材以中學程度之海外僑民為對象，教材內容應求實用化。另考量海外僑民之中文閱讀能力，教材文學以簡明順暢、易於理解為原則，以增進學生學習興趣，外國

專有名詞應加註原文或註解，舉證資料宜用最新數據佐證。課程教材總計十章，又因教學需要，課程教材除紙本外，宜製作教學錄音影帶、光碟或網路教材。

既已慨然允諾，又加之時間緊逼，於是立即著手規劃。首先確定書寫體例與原則。各章體例需一致，以便書寫與閱讀。又教材是面對海外華僑，是以書寫舉例之文本，要以原創作品為主。其次，確認撰稿者。全書分為：「幼兒文學的意義」、「幼兒文學的製作與傳播」、「兒歌」、「幼兒故事」、「童話」、「圖畫書」、「漫畫」、「動畫」、「幼兒戲劇」與「說故事」等十章。前兩章論述由我執筆，「兒歌」、「幼兒故事」與「童話」三章商請好友陳正治撰寫。為求時效，其餘各章則由我的學生書寫：林德姮寫「圖畫書」、王宇清寫「漫畫」、「動畫」、陳晞如寫「幼兒戲劇」，孫藝玨寫「說故事」。

撰稿期間，由於正治兄的引薦，得知五南圖書公司願意出版本教材。於是全體撰稿者努力以赴，終於如期完成。感謝各位的鼎力相助，更感謝僑務委員會同意本書在國內出版發行。

林文寶

2009年12月

目　次

第一章
幼兒文學的意義

第一節　兒童文學的緣起與定義

一、緣　起

　　我們相信兒童文學的產生是肇始於教育兒童的需要。當然，或許我們不能說自有兒童教育之始，便有兒童文學的產生；但也不能說兒童文學作品的客觀存在是在兒童教育出現之後。因為從現存的歷史資料來看，兒童文學作品幾乎是跟遠古的民間口頭文學同時產生，但那只是兒童文學最原始的型態，並未完全具備兒童文學的特點與作品的雛型。因此，我們可以說，隨著社會的發展，兒童教育觀念的改變，兒童文學的編寫態度，往往也隨著改變，只有社會精神文明發展到一定階段，兒童教育需要兒童文學來作為教育兒童的工具時，兒童文學才應運而生，並從文學中分化出來，成為一門獨立的學科。

　　在人類文化沒有達到產生「學校教育」的階段之前，教育是早已存在的了。不過，它的方式和後來的有些不同。在那個時期裡，知識教育的傳授只留給特殊階級的小孩；社交禮儀教育的對象亦只限於貴族階段；但是品行、道德教育的對象卻是所有的小孩。而施教者是社會全體，特別是其中一部分富於經驗的長者，他們所教育的信條和教本，即那些風俗習慣和民間文學。民間文學在人類的初期或對現在未開發地區和文化國度裡的不同民眾而言，可以說是他們立身處事及一切行為的經典準則。一則神話可以堅固團體的向心力；一首歌謠能喚起大部分人的美感；一句諺語能阻止許多成員的犯罪行為。在文化未開或半開的民眾中，民間文學所盡的社會教育功能是令人驚奇的。

　　總之，我國有優美的文化，自不至於沒有兒童文學。不過由於對兒童教

育觀念的不同，在傳統的時代裡，都是以成人為中心，對於兒童，只要求他們學習成人的模式，以為將來生活的準備。這種現象在外國亦是如此。以西方而言，直到十八世紀以後，兒童文學的創作才開始以兒童的興趣與教育並重，英國紐伯瑞（John Newbery, 1713-1767）是第一個在他為兒童出版的書頁中，寫上「娛樂」字眼的人。從此，成人承認孩子應享有童年，並在文學上表現他們那個階段的特質和趣味；進而探討那個階段的生活和思想型態。在新文化運動（二十世紀早期）之前，各種書籍都是用文言文撰寫，是屬於「雅」的教育，也就是所謂士大夫的教育。這種知識分子的士大夫階層所用的傳播媒體（語言、文字）有異於大眾，可是他們卻是主導者。他們認為書籍是載道的，立意須正大，遣詞應典雅，必如此才能供人誦讀而傳之久遠。至於兒童所用之教材，由於「蒙以養正」的觀念，都是以修身、識字為主，而百姓送子弟入學，目的亦僅是在認識少許文字，能記帳目、閱讀文告而已。兒童教育的目標既是如此，所以教材便以選擇生活所必須的文字為主，如姓名、物件、用品、氣候等，均為日常生活所不可少者，於是就有所謂「三、百、千」[1]等兒童讀物出現，而所謂的兒童故事，亦僅能附存其間而已。考各國兒童文學的源頭有三：

1. 口傳文學；
2. 古代典籍；
3. 歷代啟蒙教材。

　　就我國兒童文學的發展軌跡而言，第二和第三兩個源頭，由於教育觀念的不同，以及「雅」教育的獨尊，再加上舊社會解組時期的揚棄，致使在發展的承襲上隱而不顯。

　　至於口傳文學的源頭，事實上，傳統的中國由於教育不普及，過去百分之八十、九十以上的中國人，都生活在民間的文化傳統之中，他們的教育

---

[1]　編按：指《三字經》、《百家姓》、《千字文》，此套教育兒童集中識字的教材自古沿用至清末民初，歷時一千四百多年之久。

來自民俗曲藝、戲劇唱本等；他們也許不讀《三國志》，但他們對《三國演義》卻耳熟能詳。

此外，早期大量介紹和翻譯的外國優秀兒童文學作品，對我國的兒童文學發展而言，無疑起了積極的作用；同時，也給作家創作帶來一定的啟發與借鏡。因此，外來的翻譯作品也是我國新時代兒童文學的源頭之一。

二、定　義

「兒童文學」一詞，就文法結構而言，是屬於組合關係的「詞組」，也稱「附加關係」或「主從關係」。其間「文學」是詞組中的主體詞，稱為「端詞」；「兒童」是附加上去的，稱之為「加詞」。它最簡單而又明確的解釋是：兒童的文學。

但由於文法結構的限制，它只是由兩個名詞組合而成的專有名詞，其界定並不周延，且由於對「兒童」、「文學」有各種不同的解釋，於是有了各種不同組合的定義。

就主體詞「文學」而言，無論中外，皆有廣義、狹義之分。廣義的兒童文學即所謂的兒童讀物；而狹義的「兒童文學」則著重在「文學性」，不包括非文學性的作品，亦即所謂「想像文學」或「純文學」類。就加詞「兒童」而言，以成長年齡分，「兒童」一詞亦有不同的說法。王泉根在〈三個層次與兩大部類——兒童文學的新界說〉一文中，就以接受主體年齡特徵的差異性觀點，將兒童文學分為幼年文學（或稱幼兒文學）、童年文學（或稱狹義的兒童文學）與少年文學等三個層次。又從接受主體審美意識的自我選擇觀點，將兒童文學分為以兒童本位和非兒童本位兩大部類。（見王泉根，《兒童文學的審美指令》，頁165-179）

個人認為三個層次與兩大部類之說，自有其歷史意義，但亦有所不足。有關兒童文學（讀物）範疇的界定，洪文瓊在〈兒童文學範疇論〉（見《東師語文學刊》第9期，頁129-145）一文中，已有詳盡的論述，我在這裡無意重述。重要的是要作幾點說明：

㈠兒童文學與兒童讀物兩個用詞，基本上是屬於互通的同義詞。

㈡就年齡而言，是指二歲到十八歲。

㈢就層次而言，可分為幼兒、童年、少年、青少年等四個層次。

個人認為四個層次的說法（即幼兒文學、童年文學、少年文學、青少年文學），非但符合發展心理學的分期，亦與當下教育制度相吻合，所謂學前、小學、國中與高中即是。且已開發國家高中以下皆屬強迫性的義務教育，亦即是列入保護範圍之內。雖然，就瑞士皮亞傑（Jean Piaget, 1896-1980）認知發展心理學而言，兒童的認知結構經過進化和發展，到了十五歲少年這一階段，已達成熟。然而，事實上青少年這個時期，更曖昧的是，青少年因物質上及身體上的需要，仍須像小孩般的依賴成人，但他們的行為，又是處處拒絕童年，傾向成人。

至於所謂的嬰兒文學、青年文學之說，只能說言之有理，於事實則缺乏論證。

第二節　幼兒與發展

幼兒一詞，依我國現行幼、托現況，負責學齡前幼兒教育及照顧服務之主要機構為幼稚園與托兒所。幼稚園係依幼稚教育法及幼稚園設備標準等相關法令設立之學前教育機構，招收四歲以上至入國民小學前之幼兒，主管機關為教育行政機關；托兒所則係依兒童及少年福利法及相關子法設立之兒童福利機構，招收二歲以上未滿六歲之幼兒，主管機關為社會行政機關。而本文幼兒文學中的幼兒，指二歲至六歲的兒童，亦有延長至八歲者。

所謂發展是指個體在生命期間，因年齡與經驗的增加，所發生的有規則、有層次的行為變化過程。而在發展過程中的普遍原則有三：

1.發展有先後的規律性。

2.發展有個別的差異性。

3.發展有前後的一貫性。

（見張欣戊、徐嘉宏等合著，國立空中大學《發展心理學》，頁9）

　　至於重要的發展理論有：心理分析論、學習論、認知發展論、動物行為論、訊息處理論。（以上詳見蘇建文等著，《發展心理學》，頁19-35）

　　從皮亞傑的認知發展學，其發展階段如下：

發展階段	年齡	認知基模或心理表徵方式	主要發展
知覺－動作期	零～二歲	嬰兒以其知覺及動作能力來了解環境，新生兒以其反射動作與環境互動，知覺動作期結束時嬰兒已經具備感覺動作的協調能力。	嬰兒獲得最基本的自我及他人意識，了解物體恆常性概念，將行為基模內化，以形成意象或符號的基模。
心智操作前期	二～七歲	幼兒能夠使用符號包括心像與語言來代表及了解環境中種種事物，只能對事物的表象有所反應，思考具自我中心特質，認為別人的方法均與其一致。	表現出想像性的遊戲活動，逐漸了解他人的觀點可能與自己的觀點不同。
具體心智操作期	七～十一歲	兒童獲得並能夠應用心智操作能力（邏輯思考能力）。	兒童對於事物的理解不再受物體表象的影響，了解現實世界中事與物的特徵及彼此間的關係，依據環境與他人行為來推論其動機的能力亦增強。
形式心智操作期	十一歲以後	具有反省思考的能力，思考活動漸形系統化與抽象化。	邏輯思考活動不再限於具體或可觀察到的事物，喜歡思索一些假設性的問題，較為理想化，能夠從事系統化的演繹推理，可以考慮一個問題各種解決方式，選擇正確的解決方法。

（見蘇建文等著，《發展心理學》，頁32）

　　皮亞傑的心智操作前期，幾近於赫洛克（E. B. Hurlock）《發展心理學》一書中的兒童期早期（從二歲到六歲）、兒童期晚期（從六歲到十二歲），該書並引用海維格斯特（Havinghurst）的說法，認為各個階段皆有發展的主要工作，就幼兒階段，其發展工作如下：

嬰兒期與兒童期早期的發展工作

・學習走路。

・學習食用固體食物。

・學習說話。

・學習控制排泄機能。

・學習認識性別與有關性別的行為和禮節。

・完成生理機能的穩定。

・形成對社會與身體的簡單概念。

・學習自己與父母、兄弟姊妹以及其他人之間的情緒關係。

・學習判斷「是非」，並發展「良知」。

兒童期晚期的發展工作

・學習一般遊戲所必須的身體技巧。

・建立「自己正在成長的個體」的健全態度。

・學習與同年齡夥伴相處。

・學習扮演適合自己性別的角色。

・發展讀、寫及算的基本技巧。

・發展日常生活所必須的種種概念。

・發展良知、道德觀念與價值標準。

・發展對社團與種種組織的態度。（見頁17）

　　就發展而言，兒童（含幼兒）期的基本特徵是：未特定性與開放性。且是屬於弱勢團體中的弱勢，是以世界各國皆立有相關的兒童權利法規，用以保護與維護兒童權利。我國亦已於2003年6月公布實施《兒童及少年福利法》。

　　所謂兒童權利，從性質來看，分為二類：基本權利與特殊權利。兒童的基本權利與成人的「基本人權」是相同的；至於「特殊權利」，是針對兒童生理、心理與社會發展的需要，及兒童應受到特別照顧、保護等考慮，是屬於兒童專有的。

　　又兒童權利，從內容看，分為三類：生存的權利、受保護的權利與發展的權利。

　　所謂兒童或幼兒的發展，其中最為關鍵者當以語言與遊戲為先。

第三節　文學的意義

　　文學是什麼？似乎人人都知道什麼是文學，但是要想給予一個明確的界說，為大眾所同意與信服，卻是一件傷腦筋的事。因為「文學」的涵義不固定，而且從各種角度著眼，所見必然不同。

　　文學是什麼？這個問題屬於那一種類型呢？如果是一個五歲的孩子提出這個問題，你可以回答他說：文學就是故事、詩歌和戲劇。但如果提問人是一位文學理論者，那這個問題就困難得多了。

　　一般說來，文學、文學理論與文學批評似乎時常糾纏在一起。或說文學批評，是以一定的文學觀念、文學理論為指導，以文學欣賞為基礎，以各種具體的文學現象（包括文學創作、文學接受和文學理論批評現象，而以具體的文學作品為主）為對象的評價和研究活動。或說文學理論的構成來自關於文學「是什麼」和文學「如何」兩方面。因為有文學才有文學理論，文學不是固定不變的抽象概念，而是動態的事實。因此文學「如何」的問題是由許多具體問題所組成，比如：文學文本是如何存在的？文學文本的特性如何？某一具體文體的特性如何？某一具體文體和其他文體的相似性與相異性如何？……等等。如果將文學理論編排成一個系列的話，那麼，「文學是什麼」的問題則處於文學理論的根部，而「文學如何」的問題則處於文學理論的末梢部位。以下試以西方文論相關變革（尤其是二十世紀以來），以見文學、文學理論與文學批評的動態事實。（見朱立元主編，《當代西方文學理論》，頁2-9）

一、鏡與燈

　　把文學比喻成一面鏡子，是各種關於文學的比喻中最古老的比喻之一。

在西方思想傳統中，古希臘的柏拉圖（Plato, 西元前427-前347）在《理想國》中談到了這個比喻。他把畫家和詩人比喻成拿著鏡子的人，向四面八方旋轉就能製造出太陽、星辰、大地、自己和其他動物等等一切東西。依柏拉圖的比喻，文學就好比是一面鏡子，它可以把面對它的一切東西映照出來。

在西方，把文學比喻為一種發光體是從近代以來開始的。M. H.艾布拉姆（M. H. Abrams, 1912～）名著《燈與鏡》（1953），艾布拉姆把發光體直接解釋為燈。

鏡與燈的比喻是：鏡子的理論把文學理論解釋成為寫實的、呈現的，其背後即是模仿說。而燈光的比喻則是把文學看成是創造的、表現的，其背後理論是表現說。模仿說、表現說是從文學與世界之間關係角度探討文學的本質。其後又有「再現說」，文學的再現說這一個觀念的提出，超越了傳統「模仿說」和「表現說」的主客二分法，有助於我們從文學的語言、技巧、修辭等再現形式出發，觀察文學作品所呈現的東西，從中思考文學相對獨特的運作規律。在美學史上，模仿、表現、再現是三個基本概念。

二、兩大主潮

當代西方哲學思潮大體上分為「人本主義」和「科學主義」兩大主軸。

所謂「人本主義」，就是以人為本的哲學理論，其根本特點是把人當作哲學研究的核心、出發點和歸宿，通過對人本身的研究來探尋世界的本質及其他哲學問題。

所謂「科學主義」，是以自然科學的眼光、原則和方法來研究世界的哲學理論，它把一切人類精神文化現象的認識論根源都歸結為數理科學，強調研究的客觀性、精確性和科學性，其思想基礎在本世紀主要是主觀經驗主義和邏輯實證主義。

這兩大思潮自二十世紀以來，時而對立、衝突，時而共處、交錯，時而互相吸收，此長彼消，曲折發展，在紛紜複雜、多元展開的哲學大潮中始終佔主導地位。

當代文學理論的發展雖有相對獨立性，但與這兩大哲學主潮有著密切

的聯繫，在思想基礎、理論構架、研究方法等許多重要方面受其深刻影響。因此，我們同樣也可把當代西方文論的發展分為人本主義和科學主義兩大主潮。

當代西方人文主義文論的起點之一，是象徵主義與意象派詩論。另一起點是表現主義，克羅齊（Benedetto Croce, 1866-1952）認為藝術是抒情的直覺和表現的理論，把非理性的「直覺」提升到人的心理活動的基礎地位上，作為解釋文學藝術本質的決定性機制。以佛洛依德（Sigmund Freud, 1856-1939）等人為代表的精神分析學文論，則發現了「潛意識」在人的心理活動中的重要地位，並由此出發，對文藝現象作出種種獨特的解釋，揭示出許多過去被忽視的文藝創作與接受的重要心理特徵，在二十世紀西方文論中發生了深遠影響。

當代西方科學主義文論中較早出現的是俄國形式主義及其後繼者布拉格學派。這一派文論受到瑞士語言學家索緒爾（Ferdinand de Saussure, 1857-1913）的語言學理論的影響，提出以科學方法研究文學的「內在問題」，其目標是研究文學的內在規律，揭示文學之為文學的「文學性」，即文學中的語言形式和結構。英美語義學和新批評派文論是當代科學主義文論中另一支影響甚鉅的流派，瑞恰茲（I. A. Richards, 1893-1979）的語義學批評深受邏輯實證主義影響，把語義分析作為文學批評最基本手段；新批評派一反浪漫主義和實證主義的文學批評傳統，把研究的重點從作家或作家的心理、社會、歷史等方面轉移、集中到文學作品本身的形式、語言、語義等「內部研究」方面，以突出研究的客觀性與科學性。結構主義之後的解構主義雖然力於消解結構主義，但在細讀文本、從文本語言切入展開解構批評的思路上與結構主義一脈相承；它雖與科學主義的主旨不合，但更自覺地反對人本主義，如德希達（Jacques Derrida, 1930-2004）有一篇論文題為〈人類的終結者〉，一語雙關，既指人走向終結，又指人本主義哲學維護的人類自身目的的終結。

當代西方文論兩大主潮的上述劃分和勾勒只是大體上的，有一些很難歸入任何一脈，如解構主義就是；此外，這兩大主潮在發展過程中經常有碰

撞、衝突，也時而有交流、溝通甚至互相滲透、吸收。

三、三次轉移

　　整理歸納一下西方文論研究重點的脈絡，可發現文學解讀理論經歷了三個明顯的階段，即由作者中心論發展到文本中心論，乃至讀者中心論。

　　作者中心論，以探討作者寄寓作品中的本意為旨歸，包括實證主義批評、社會／歷史批評、傳記式研究以及各種創作心理分析研究等。中國古典文論中「以意逆志」思想和《紅樓夢》研究中「作者自傳說」、索引派，可歸入此種解讀方法。文本中心論，是以作品文本自身作為理解作品意義的前提、根據和歸宿，包括俄國形式主義、英美新批評以及結構主義批評等。讀者中心論，是把讀者對作品意義的創造性闡釋提到批評史上前所未有的高度，它由現象學導源，後經結構主義的「解構」，產生了風靡全世界，並且至今不衰的接受美學和讀者反應理論等新起的批評學派。這三個階段也是表明三次轉折，昭示了文學解讀理論嬗變的歷史軌跡。

四、四次轉向

　　從宏觀上考查，西方文論的轉向（turn）有四次。所謂轉向，是指路線或方向的轉變或轉折點。亦即是指觀念、思想、知識或話語等所發生的重要轉變或轉型。試說明四次重要的轉向如下：

　　㈠第一次轉向：希臘時代的人學轉向

　　以智者派（Sophists），尤其是蘇格拉底（Socrates，西元前469-前399）為代表，希臘哲學從以前研究自然及其本源為重心，轉向研究人類社會道德與政治狀況，也就是從以探究自然規律為主，轉向探究人類及其心靈（道德）狀況。正是整個「知識型」層面的這種人學轉向薰染下，出現了柏拉圖和亞里斯多德這兩位對整個西方文論史富有開拓性意義的文論大家。在這種人學「知識型」根基上生長出以「模仿」說為特徵的古希臘文論，和以賀拉斯（Quintus Horatius Flaccus，西元前65-前8）「寓教於樂」說為標誌的羅馬文論，尤其是亞里斯多德為代表的「模仿」說在西方文論史上發生了深遠的

影響。

(二)第二次轉向：中世紀的神學轉向

隨著基督教入主歐洲，人學中心被神學中心取代，整個「知識型」都奠基於唯一的上帝，任何知識系統都被認為由此發源，這導致了以基督教神學為支撐的，視上帝為知識本源的中世紀文論的產生及建立霸權。這時期的代表性理論家有普羅提諾（Plotinus, 205-270）、奧古斯丁（Aurelius Augustine, 354-430）、但丁（Dante Alighieri, 1265-1321）、「桂冠詩人」佩脫拉克（Francesco Petrarca, 1304-1374）、薄伽丘（Giovanni Boccaccio, 1313-1375）等。

(三)第三次轉向：十七世紀以笛卡兒為代表的認識轉向

它強調任何知識都與人的理性相關，都需要從理性尋求解釋。這種「轉向」為文論提供了「理性宇宙觀」為主導的「知識型」。在此影響下產生的文論流派有新古典主義文論（萊辛Gotthold Ephraim Lessing, 1729-1781、康德Immanuel Kant, 1724-1804、席勒Friedrich Schiller, 1759-1805、黑格爾Georg Wilhelm Friedrich Hegel, 1729-1831等）、浪漫主義、現實主義、自然主義、實證主義以及象徵主義等。

(四)第四次轉向：十九世紀末到二十世紀初發生的語言轉向

在這種「轉向」中，不再是「理性」，而是語言、語言學模型、語言哲學等，被視為知識領域中最重要的東西。正如利科爾（Paul Ricoeur, 1913-2005）所分析的那樣，「對語言的興趣，是今日哲學最主要的特徵之一。當然，語言在哲學中始終佔據著榮耀的地位，因為人對自己及其世界的理解是在語言中形成和表達的」。尤其重要的是：認為語言本身是一種理性知識，被很多哲學家看作是解決基本哲學問題的必要準備。正是這種性質的「語言論轉向」導致了二十世紀形形色色的語言研究為中心的文論流派的產生。不過，由「語言論轉向」標明的語言論文論內部，也可見出其階段性。粗略區分，可以有語言論文論的建構階段和解構階段。語言論文論建構階段，出現了現代主義、俄國形式主義、英美新批評、心理分析、結構主義等文論流派，以及它們的初步的反撥形式——解構主義、闡釋——接受文論；

隨後的語言論文論解構階段，則有西方馬克思主義、新歷史主義、後現代主義、後殖民主義、女性主義和文化研究等文論流派。

當然，也許可以有理由列出第五次轉向，並稱之為二十世紀後期的「文化論轉向」（cultural turn）。它的特色在於，在語言學模型的框架中更加專注於文化及文化政治、文化經濟、性別、大眾文化、亞文化、視覺文化、網絡文化等闡釋，為此時期各種文論流派競相追究文學的文化緣由提供了知識依據，這些流派大致對應於語言論文論解構階段的文論，如解構主義、西方馬克思主義、新歷史主義、後現代主義、後殖民主義、女性主義和文化研究等等。不過，如果從更宏觀和更審慎的角度看，這第五次轉向還是歸入第四次轉向，即「語言論轉向」更合理些，更具體地說是屬於「語言論轉向」的解構階段。（見王一川主編，《西方文論史教程》，頁4-6）

無論文學到底是什麼，文學仍是藝術，也必須是以語言體系構成的意識活動。語言轉向以來，文學理論甚至出現了企圖將文學確認為一種專門的語言學，儘管這種企圖在後結構主義出現之後就已式微，但是文學存在某些獨特的語言特徵是一個不爭的事實。

申言之，文學是藝術。而韋勒克（René Wellek, 1903-1995）和華倫（Austin Warren, 1899-1986）在《文學論》中為藝術下的定義是：

> 所謂藝術作品，可以體會一種純符號的系統，一種服務於特定的審美目的下的符號構成。（頁228）

依此定義來看，則所謂文學也者，不過是服務於特定「審美目的」下之文字系統或文字的構成物而已。它之不同於其他藝術，即是在於所用的符號不同，但它所以成為藝術品之一，則因同是服務於審美目的。是以文學之所以具有藝術特質者，關鍵即是在於審美目的。也因此，文學最簡明的定義是語言的藝術。喬納森・卡勒（Jonathan Culler）在《文學理論》一書中，曾總結文學的五個重要語言特徵如下：

第一、文學是語言的「突出」。換句話說，這種語言結構
　　　使文學有別於用於其他目的的語言。

第二、文學是語言的綜合，文學是把文本中各種要素和成
　　　分都組合在一種錯綜複雜的關係中的語言。文學語
　　　言之中的聲音和意義之間、語法結構和主題模式之
　　　間均可能產生和諧、緊張、呼應、不協調等各種關
　　　係。

第三、文學是虛構。無論是陳述人、角色、事件，還是時
　　　間和空間，虛構的語境導致許多微妙的變異。

第四、文學是美學對象。這意味了文學語言的目的就在於
　　　自身——認定一個文本為文學，就需要探討一下這
　　　個文本各個部分達到一個整體效果所起的作用，而
　　　不是把這部作品當成一個只重目的的東西，比如認
　　　為他要向我們說明什麼，或者勸我們去幹什麼。

第五、文學是文本交織的或者叫自我折射的建構。這就是
　　　說，一個文本之中迴響著許多其他文本的聲音，例
　　　如一批騎士小說之於《唐‧吉訶德》，或者，一批
　　　浪漫小說之於《包法利夫人》。後繼的小說之中永
　　　遠包含了已有的文學折射。

如果說虛構是一種煉金術，那麼文學語言的五種特徵就如
同形式的保證。（詳見頁29-38）

又就美或審美的類型或範疇而言，姚一葦在《美的範疇論》一書中有
詳盡的論述。姚氏認為美的範疇有六：秀美、崇高、悲壯、滑稽、怪誕與抽
象。這種所謂審美的構成，即是關於文學「是什麼」和文學「如何」兩方面
的問題。

總之，從學術的觀點來說，兒童文學在性質和知識分類結構上都是從屬
於文學。文學是藝術的一環，而「美」又是藝術的本質，因此回溯兒童文學

的本質也是美。我們的結語是：「文學」是兒童文學探討的主體，「兒童」
（幼兒、兒童、少年、青少年）是它的方向、它的屬性狀態。它的目的是給
兒童提供美的感受、才能的開發，促進兒童身心發展，幫助兒童達成社會
化。

第四節　幼兒與文學

　　幼兒與文學之間的連結，在於語言文字。而語言文字是文學特有的符
號，亦即文學是語言的藝術，而藝術則是一種服務於特定審美目的下的符號
構成物。

　　就兒童審美發展而言，樊美筠在《兒童審美發展》一書說：

　　　　我們將根據兒童審美發展的實際狀況，暫時將這一過程劃
　　分為三個階段：第一階段是「前審美時期」，它包括人的乳兒
　　期和嬰兒期，即零～三歲。這僅僅是為兒童審美發展提供必要
　　的生理及心理基礎的時期。第二階段是「審美萌芽時期」，它
　　包括學前期與學齡初期，這一階段兒童的主導活動是遊戲，各
　　種類型的遊戲活動萌發了兒童的創造力與想像力，激發、豐富
　　和深化了兒童的情感體驗，可以說，處在這一發展階段的兒童
　　已經形成了最初的審美經驗，已經有了審美感與能力的最初萌
　　芽。第三階段是審美感與能力的形成時期，它包括少年與青少
　　年期，真正的藝術活動已經進入這一時期的兒童生活，學會以
　　審美態度對待客觀現象，審美直覺敏感性的成熟及審美趣味的
　　形成，標誌著兒童審美感與能力的形成。（頁60）

　　作者認為「審美萌芽時期」，包括兒童的學前期與學齡初期，即四～
十二歲。就幼兒而言，其審美重點在於萌芽。在前審美時期打下的生理和心
理的基礎之上，幼兒時期審美發展的潛能開始得到發揮，其動力主要是透過

兒童遊戲化活動來進行。因此，遊戲化活動成為幼兒生活的主要內容。

　　就教育觀點而言，幼教界非常重視語文的學習，且大皆以文學為切入點。其間有所謂「全語言」（Whole Language）的課程，這種課程主要來自生活中。黃瑞琴於《幼兒的語文經驗》一書中，認為「全語言」的主要信念是：

- 兒童的學習是從他們周遭的世界建構他們自己的意義。
- 語言的學習是產生於一個支持兒童試驗和探索的環境。
- 語言是在一個互動的、社會的過程中獲得。
- 所有語言上的系統（如：聲音、文法、意義），是在語言使用的實際事件中運作。
- 兒童的聽、說、讀、寫，是互相支持和補充的發展過程。
- 語文教育的目的是幫助兒童熟練地使用語言。

　　兒童在家裡、日常生活中，自然而有意義地使用語言、接觸文字和圖書，而在全語言的學校環境或教室中，能激發和支持兒童有意義地使用語言，其情境具有下列特徵：

- 兒童有許多互動的機會，進行口試和書寫的溝通。
- 兒童自己的需要和經驗引發其聽、說、讀和寫的動機。
- 鼓勵兒童談話，在全班、小組和個別的活動情境中交談和討論。
- 兒童透過戲劇、藝術、音樂、律動、討論、書寫和探究等真實的語言事件，傳達他們的情感和想法。
- 兒童每天有獨立閱讀的時間，選擇他們自己讀的書，並可重複閱讀。
- 兒童聆聽、閱讀和反應各種來源的文學讀物。
- 兒童經由圖畫書、口說讓大人筆錄或自己塗寫字的過程中，試驗文字的功能和意義。
- 兒童持續地預測、假設、試驗、歸納和證實他們在聽、

　　　　說、讀、寫中發展的語言。

　　　·兒童覺得他們是有效的、勝任和有能力的語言使用者。

　　　（頁8）

　　她並引用美國幼兒教育協會（National Association for the Education of Young Children，簡稱NAEYC）於1986年發表「發展適合的幼兒教育、實施方案」（Developmentally Appropriate Practice in Early Childhood Programs）的聲明，其中列舉了對於四歲～五歲幼兒有意義的語文經驗，例如：

　　　·與其他幼兒和大人非正式地談話。

　　　·參與戲劇遊戲和其他需要溝通的活動。

　　　·聆聽和閱讀故事及詩歌。

　　　·口說和筆錄故事。

　　　·觀看教室中的圖表和使用中的文字。

　　　·藉著畫圖、描繪和自創字形等方式去試驗寫字。

　　　·戶外郊遊。（頁9）

　　又王派仁、何美雪在《語言可以這樣玩——兒童語言發展遊戲與活動》一書中，引用周麗玲〈促進兒童語言能力發展的方法〉，該文分別指出有助三～五歲及五～七歲兒童語言能力的發展方法：

有助三～五歲兒童語言能力發展的方法	有助五～七歲兒童語言能力發展的方法
·多陪孩子一起閱讀，唸給他聽，多唸幾次以後，請孩子唸一段給您聽，即使唸錯了也不要太在意。 ·和孩子一起朗誦或唱童謠。 ·陪孩子玩看圖說故事遊戲。 ·和孩子一起唸繞口令。 ·和孩子玩模仿動物或其他角色扮演遊戲。 ·對於孩子提出的問題，應認真回答並盡	·帶孩子到書店，讓孩子挑選自己喜歡的書來看，或買回家閱讀。 ·和孩子對話時，盡量使用較複雜的語句。 ·每天抽一些時間，讓孩子告訴您，他今天做了些什麼？發生了什麼有趣的事？ ·當孩子畫圖時，問他畫些什麼？等他畫好，幫他在畫紙適當處用文字寫下來，讓孩子做對照。

有助三～五歲兒童語言能力發展的方法	有助五～七歲兒童語言能力發展的方法
量給予詳細的解答。 ・讓孩子多和其他小朋友一起玩遊戲。 ・帶孩子到戶外，對遇到的人、事、物，都可作為對話題材。 ・給孩子聽童話、童謠錄音帶，或陪孩子一起看適合的影片。 ・給孩子不同的塗鴉用具，讓他隨自己的喜好去畫，並誘導他說出所畫的內容，幫助他串聯成一個故事。	・陪孩子一起唸繞口令、三字經、童詩等具律動感的文句。 ・和孩子一起玩看圖說故事或故事接龍遊戲。 ・同儕互動有助語言發展，所以應讓孩子和其他小朋友一起玩。 ・帶孩子到戶外，讓他多看、多聽、多想、多說。 ・陪孩子玩扮演遊戲。 ・陪孩子一起學寫字。

（頁12）

又黃郇媖於《幼兒文學概念》一書中，亦列表說明零～八歲幼兒的發展特徵，並建議提供符合其需求的文學活動：

大約年齡	發展特徵	符合發展需求的文學活動
零～一	・感官發展迅速 ・對節奏感的聲音特別有反應，嘗試模仿簡單的聲音 ・開始使用單一字彙 ・專注的時間有限	・聽有節奏的語言，如：兒歌、搖籃曲 ・提供訓練視覺的圖片 ・學習命名 ・情節重複、有簡單問句的故事
一～二	・喜歡用感覺器官探索周遭環境 ・學習基本自助技能 ・建立人際間的信任關係 ・喜歡玩聲音的遊戲	・練習自助技巧的書或故事 ・提供描寫日常生活事物的故事 ・提供不同材質或設計的玩具書 ・可以預測結果的故事
三～四	・懂得用聲調表達情緒 ・自我中心，對自己的世界好奇 ・視萬物皆有生命 ・喜歡玩富想像力的遊戲 ・精細動作、手眼協調、能力進步	・運用故事提供的人物和情境做扮演遊戲 ・擬人化和充滿想像的故事 ・利用故事擴展生活經驗 ・提供幽默、想像、冒險的故事 ・手指謠
五～六	・喜歡表達自己的看法，自由使用日常語言 ・開始發展時間概念 ・在人際關係間尋求安全感，對同儕團體產生依附的需求 ・對是與非好惡分明 ・會轉述故事，但述說時不完整或插入別的故事	・對文字好奇，嘗試閱讀 ・編故事（口述或畫） ・繞口令 ・運用無字書培養想像和表述能力 ・提供多元文化的童話、民間故事 ・提供資訊、知識的書籍 ・學習時間概念的故事

大約年齡	發展特徵	符合發展需求的文學活動
七～八	・能分辨真實與想像的世界 ・追求獨立性 ・幽默感 ・對性別差異產生好奇 ・讀寫能力增加	・有完整情節內容的短篇故事或中長篇故事 ・提供同理心、責任感、成功冒險的故事 ・具有驚奇結局的故事或笑話 ・兩性教育的故事

（頁27-28）

綜觀以上所謂對幼兒語文發展的有利經驗或方法。一言以蔽之，即是幼兒文學是也。我們可以說幼兒讀寫能力在文學環境中發展得最好，因為文學環境具有某些特質，這些特質就是促進兒童由自己的實踐中獲取意義之能力的經驗和材料。專家研究認為文學環境有三個重要概念：

　　㈠支持學習者成功。

　　㈡注重語言學習。

　　㈢允許學習者探索語言。（見墨高君譯，《幼兒文學——在文學中成長》，頁11）

　　專家認為「支持學習者成功」這個概念是指兒童往往最擅長從第一手的直接經驗中學習，因此環境中應該充滿各式各樣的文字材料。講故事應該在教育中扮演重要的角色，並提供兒童讀、寫、畫的機會。生態環境的空間中應安排各種不同的主題（如藝術、音樂、數學等），又其活動方式亦可多元。

　　注意語言學習。是指兒童在他們成長中不同階段發展讀寫能力中，必須讓他們在個人實際的程度上進行讀寫活動。文學應該被視為一種探索世界的工具，而不是教導閱讀技能的工具，閱讀和寫作應被視為表達觀念、澄清思想的工具。

　　至於探索語言，是指語言並非單純。只有透過大量閱讀、寫作的機會及經驗，才能夠逐步掌握並運用，透過大人提供機會，如講故事、討論、個

別表達等形式擴展他們交流能力，兒童可以建立起一種作者的身分感。作者身分這一概念，是指使自己獨特自我的一部分進入故事或相互溝通。兒童們可以透過傾聽、創造、解釋、情節重現、戲劇表演、故事討論來開始。（同上，頁11）

　　總之，文學在幼兒的發展中具有特殊的地位。幼兒文學在幼兒成長學習的過程中，的確是扮演不可或缺的關鍵角色，有助其語言、認知、情意、人格、道德等發展，而早期的閱讀經驗更能為日後的閱讀奠下基礎。

第五節　臺灣幼兒文學的分化

　　所謂四個層次的說法，即表示兒童文學的分化。洪文瓊有〈兒童文學與幼兒文學的分化──國內圖畫書和幼兒文學發展的一些觀察〉一文，論及臺灣幼兒文學分化。洪氏認為：

　　從發展的歷程來看，兒童文學原是依附在成人文學之下慢慢獨立發展開來的。同樣的，幼兒文學由兒童文學分化而來。分化通常是表示某一依附的事已發展到一定的自足程度，可以成為獨立的個體另行發展。因而分化的現象，多少代表某一事的內部發展狀況。至於如何判斷原為依附的事是否已經完全分化，可以有多種的觀察指標。其中一種，便是看看有無專屬的描述術語，用以指稱此一新分化出來的個體。有專屬的用語而且普遍為界內所接受使用，即表示新個體已發展到有獨立存在的空間。當然新個體從舊的依附個體分化出來，並不代表新個體業已發展成熟。新個體要達到真正發展成熟，通常自分化成為普遍事實後，都還得經歷一段時間。依此一觀點來觀察，則我國的兒童文學與幼兒文學，可說是一直到八〇年代，才逐漸完成分化。而「圖畫書」和「幼兒文學」這兩個用語的普遍化則是分化完成的象徵。

　　「圖畫書」和「幼兒文學」這兩個用語都是以幼兒為訴求對象，它們在國內兒童文學界逐漸成為通行的辭彙，大約是在八〇年代中後期以後，其中「圖畫書」的流行普及又早於「幼兒文學」。

　　最早在出版物上正式標示「圖畫書」一詞的是將軍出版社（1978年4

資料來源：英文漢聲出版股份有限公司

圖1-1　第一次上街買東西

月），但使「圖畫書」這個用語流行開來的，首推英文漢聲出版公司。1984年1月起，漢聲嘗試以幼兒為對象，每月推出「漢聲精選世界最佳兒童圖畫書」兩冊（心理成長類及科學教育類各一），並委由臺灣英文雜誌總經銷。由於內容及印刷、裝訂都有一定水準，而且廣告宣傳造勢成功，漢聲這一套精選圖畫書為國內幼兒圖書市場打開一片天地。「圖畫書」這個詞彙隨之也成為兒童文學界的普遍用語。值得注意的，漢聲這一套精選圖畫書設定閱讀年齡是三～八歲，但是正式標示的用語是「兒童圖畫書」，而不是「幼兒圖畫書」。其後以圖畫書為名，正式標示在圖書上的，則是以本土創作為主的「光復幼兒圖畫書」（1991年1月），以及與漢聲同屬翻譯的「上誼世界圖畫書金獎系列」（1988年10月）、「台英世界親子圖畫書」（1992年7月）等等。由「世界最佳兒童圖畫書」（漢聲）、「幼兒圖畫書」（光復）、「世界圖畫書」（上誼）、「親子圖畫書」（台英）等的不同用詞，可見以幼兒為訴求對象的圖畫書，國內仍有逕稱「圖畫書」，以及加冠「兒童」或「幼兒」、「親子」等的差異。用詞不統一，終而慢慢走上規範化，這是走上分化的必然發展途徑。

　　至於「幼兒文學」則是跟「圖畫書」相對應的用語。文學作品通常是透過書刊跟讀者見面，有專屬的幼兒圖畫書需求，衍為有專屬的「幼兒文學」應是很自然的事。國內正式揚起「幼兒文學」大旗，使「幼兒文學」成為作家可投入耕耘的對象，是肇始於1987年1月信誼基金會宣布設置「信誼幼兒文學獎」。此後「幼兒文學」漸成為通行的辭彙。1991年教育部正式核准臺北市立師範學院設置「幼稚教育系」，並把「幼兒文學」列為一年級必修課程，有別於師範學院其他系開的「兒童文學」課。幼兒文學與兒童文學走上分化，並獲得學院承認，這表示我國兒童文學已明顯朝再分化出幼兒文學的方向發展。

　　幼兒文學走向獨立，有社會發展指標的意義。幼兒文學是從兒童文學中分化出來，專指學齡前兒童所閱讀的作品。幼兒文學不再依附兒童文學是因為社會發展的需要，背後因素乃是幼兒教育普及和經濟繁榮所致。（以上見洪文瓊《兒童文學見思集》，頁10-15）

參考書目

一、

1. M. H.艾布拉姆斯著，《鏡與燈──浪漫主義文論及批評傳統》，酈稚牛、張照進等譯，北京市：北京大學出版社，2004年1月。

2. Walter Sawyer、Diane E. Comer合著，墨高君譯，《幼兒文學──在文學中成長》，臺北市：揚智文化事業股份有限公司，1996年1月。

3. 王一川主編，《西方文學論史教程》，北京市：北京大學出版部，2009年4月。

4. 王泉根著，《兒童文學的審美指令》，長沙市：湖北少年兒童出版社，1991年5月。

5. 王派仁、何美雪著，《語言可以這樣玩：兒童語言發展遊戲與活動》，臺北市：心理出版社有限公司，2008年8月。

6. 王夢鷗著，《文藝美學》，臺南市：新風出版社，1971年11月。

7. 朱立元主編，《當代西方文藝理論》，上海市：華東師範大學出版社，1997年6月。

8. 江紹倫著，《識知心理學說與應用》，臺北市：聯經出版事業公司，1980年9月。

9. 林文寶、徐守濤等著，《兒童文學》，臺北市：五南圖書出版股份有限公司，1996年9月。

10. 南帆、劉小新等著，《文學理論》，北京市：北京大學出版社，2008年7月。

11. 姚一葦著，《美的範疇論》，臺北市：臺灣開明書店，1980年9月。

12. 洪文瓊著，《兒童文學見思集》，臺北市：傳文文化事業有限公司，1994年6月。

13. 韋勒克、華倫著，王夢鷗、許國衡譯，《文字論──文學研究方法論》，臺北市：志文出版社，1976年10月。

14. 張欣戊、徐嘉宏等著，《發展心理學》，臺北縣：國立空中大學，2005年12月，修訂四版。

15. 喬納森・卡勒著，李平譯，《當代學術入門：文學理論》，瀋陽市：遼寧教育出版社、牛津大學出版社，1998年11月。

16. 黃郇媖著，《幼兒文學概念》，臺北縣：光佑文化事業股份有限公司，2002年10月。

17. 黃瑞琴著，《幼兒的語文經驗》，臺北市：五南圖書出版股份有限公司，1993年1月。

18. 赫洛克著，《湖海國編譯，發展心理學》，臺北市：華新出版有限公司，1976年9月。

19. 劉俐利著，《文學「如何」：理論與方法》，北京市：北京大學出版社，2009年4月。

20. 樊美筠著，《兒童的審美發展》，臺北縣：愛的世界出版社，1990年8月。

21. 編撰小組著，《兒童權利知多少？》，臺北市：信誼基金會學前教育研究發展中心，1993年4月。

22. 龍協濤著，《文學理解與美的再創造》，臺北市：時報文化出版企業有限公司，1993年8月。

23. 蘇建文等著，《發展心理學》，臺北市：心理出版有限公司，1991年10月。

二、

1. 洪文瓊〈兒童文學範疇論〉見1996年6月，《東師語文學刊》第9期，頁129-145。

附錄　中文版幼兒文學書目

1. Walter Sawyer, Diane E. Comer合著，吳幸玲校閱，墨高君譯，《幼兒文學——在文學中成長》，臺北市：揚智文化事業股份有限公司，1996年1月。

2. Mary Renck Jalongo著，李侑蒔、吳凱琳譯，《幼兒文學》，臺北市：華騰文化股份有限公司1998年11月。

3. Mary Renck Jalongo著，葉嘉青譯，《幼兒文學》，臺北市：心理出版社股份有限公司，2008年9月。

4. 人民教育出版社中學語文室編著，《幼兒文學（修訂本）》，北京市：人民教育出版社，2005年8月。

5. 中國出版工作者協會幼兒讀物研究會編，《幼兒文學探索》，上海市：少年兒童出版社，1987年3月。

6. 王巨明著，《幼兒文學概論》，西安市：陝西西安幼師，1985年3月。

7. 何三本，《幼兒文學》，臺北市：五南圖書出版股份有限公司，2003年4月。

8. 李慕如、羅雪瑤編著，《幼兒語文教學研究——幼兒文學》，高雄市：高雄復文圖書出版社，1999年9月。

9. 林芳菁，《幼兒文學》，臺中市：華格那企業有限公司，2006年1月。

10. 唐亞男、朱海琳、趙彥論著，《兒童文學與低幼語言教育》，北京市：科學普及出版社，1994年1月。

11. 祝士媛著，《低幼兒文學》，北京市：北京師範大學出版社，1988年2月。

12. 張宜玲，《幼兒文學～追尋幼兒文學的趣味》，臺北市：華騰文化股份有限公司，2004年10月。

13. 張美妮、巢揚著，《幼兒文學概論》，重慶市：重慶出版社，1996年11月。

14. 華東七省市、四川省幼兒園教師進修教材協作編寫委員會，《幼兒文學》，上海市：上海教育出版社，1987年6月。

15.黃郇媖，《幼兒文學概論》，臺北縣：光佑文化事業股份有限公司，2005年9月，增訂版。

16.黃雲生著，《人之初文學解析》，上海市少年兒童出版社，1997年11月。

17.黃雲生著，《幼兒文學原理》，江蘇：江蘇教育出版社，1995年4月。

18.蔣風主編，《幼兒文學教程》，南京市：東南大學出版社，1999年9月。

19.蔣風著，《幼兒文學概論》，太原市：希望出版社，2005年6月。

20.鄭光中主編，《幼兒文學教程》，四川市：四川民族出版社，1998年4月。

21.鄭光中編著，《幼兒文學ABC》，四川市：四川少年兒童出版社，1988年5月。

22.鄭荔著，《教育視野中的幼兒文學》，南京市：江蘇教育出版社，2005年12月。

23.鄭瑞菁著，《幼兒文學》，臺北市：心理出版社股份有限公司，1999年11月。

24.鄭麗文編著，《幼兒文學》，臺北縣：啓英文化事業有限公司，1999年。

25.魯兵主編，《中國幼兒文學集成》，重慶市：重慶出版社，1991年6月，理論篇共二卷。

26.魯兵、聖野編，《幼兒文學的創作和加工》，重慶市：重慶出版社1990年9月。

27.瞿業紅主編，《論幼兒文學》，北京市：高等教育出版社2007年11月。

閱後自評（每題10分，總分100分）

（　）1.各國兒童文學的源頭大致源至哪三種？　(A)口傳文學　(B)古代典籍　(C)歷代啓蒙教材　(D)以上皆是。

（　）2.柏拉圖曾經把文學比喻成什麼，是各種關於文學的比喻中最古老的比喻之一。　(A)海洋　(B)燈　(C)鏡子　(D)圖畫書。

（　）3.在西方，把文學比喻為一種發光體是從近代以來開始的。M.H.艾布拉姆把發光體直接解釋成什麼？　(A)鏡子　(B)燈

(C)陽光　(D)圖畫書。

（　　）4.西方文論的轉向（turn）有四次。所謂轉向，是指路線或方向的轉變或轉折點。亦即是指觀念、思想、知識或話語等所發生的重要轉變或轉型。請依時間，依序寫出四次轉向為何？　(A)人學轉向、神學轉向、認識轉向、語言轉向　(B)神學轉向、認識轉向、語言轉向、人學轉向　(C)認識轉向、語言轉向、人學轉向、神學轉向　(D)語言轉向、人學轉向、神學轉向、認識轉向。

（　　）5.兒童文學原是依附在什麼文學之下慢慢獨立發展開來的。(A)童年文學　(B)少年文學　(C)青少年文學　(D)成人文學。

（　　）6.同樣的，幼兒文學由什麼文學分化而來？　(A)少年文學　(B)兒童文學　(C)青少年文學　(D)成人文學。

（　　）7.所謂兒童權利，從性質來看，分為哪兩類？　(A)基本權利、特殊權利　(B)生存權利、特殊權利　(C)發展權利、生存權利　(D)特別權利、自主權利。

（　　）8.兒童權利，若從內容區分，分為三類？　(A)生存的權利　(B)受保護的權利　(C)發展的權利　(D)以上皆是。

（　　）9.哪兩個用語的普遍化，代表著幼兒文學和兒童文學分化完成的象徵。　(A)遊戲、創作　(B)圖畫書、幼兒文學　(C)語言、遊戲　(D)美學、人類學。

（　　）10.當代西方哲學思潮大體上可分為哪兩大主軸？轉向？　(A)人本主義、科學主義　(B)威權主義、科學主義　(C)人本主義、民主主義　(D)自我主義、獨立主義。

習題（總分100分）

1.你對幼兒與文學有何個人看法？（**20分**）

2.西方文論研究重點的脈絡，可發現文學解讀理論經歷了三個明顯的階段，即由作者中心論發展到文本中心論，乃至讀者中心論。請試

　　述之。（20分）

3. 王泉根就以接受主體年齡特徵的差異性觀點，將兒童文學分為哪三個層次和哪兩大部類，各從何種觀點出發，進行分類？（20分）

4. 請試述「全語言」（Whole Language）的概念。（20分）

5. 你認同幼兒文學由兒童文學分化而來的嗎？試述你的觀點。（20分）

第二章
幼兒文學的製作與傳播

第一節　兒童文學的屬性

「兒童文學」一詞，就文法結構而言是「主從關係」的詞組，從其中可見組成的基本或先決條件。反之，就修辭觀點而言，則可見其特點所在。由此可知，「文學性」與「兒童性」是兒童文學最重要的兩種屬性。兒童文學的基本條件是「文學性」，這是共性，也是共同規律，兒童文學也要遵循這種文學創作的規律。至於「兒童性」，則是兒童文學的特殊性或特點所在，也是它異於成人文學之處。

兒童文學的屬性是由其特定的讀者對象所決定的。兒童文學本身就是文學上的年齡特點。二歲～十八歲的兒童，他們的生理、心理與社會發展狀況有明顯的特徵，而其中又以教育性、遊戲性最為顯著。至於兒童文學的文學性雖是必然條件，但亦有異於成人文學的文學性。總之，兒童文學的基本屬性是兒童性與文學性，引申來說，其屬性有四，試分述如下：

一、兒童性

所謂「兒童性」亦即承認兒童的「主體性」，這種觀點也是近代以來兒童文學觀的特點。

兒童文學之所以能自立門戶，是因為它有特定的服務對象。一般說來，是以二歲～十八歲為讀者為對象的文學。這是它的特點與特殊性之關鍵所在。兒童文學最大的特殊性在於：它的生產者（創作、出版、批評）是具有主控權的成年人；而消費者（購書、閱讀、接受）則是被照顧的兒童。因此，從某種意義上來說，一部兒童文學發展史，就是成人「兒童觀」的演變史。兒童文學的發現來自兒童的發現，兒童的發現直接與人的發現緊密相

連，而人類對自身的發現，則是一段漫長的探索歷程。

　　儘管自古以來就有兒童的教育問題，可是把兒童當作完整個體看待的觀念，卻直到二十世紀初期才逐漸形成。在此之前，兒童被視為「小大人」，他們沒有自己的天地，只是成人社會的附屬品。二十世紀以後，由於發展心理學蓬勃發展，以及教育理念的演進，各界對兒童的獨特性才加以肯定。認為從發展的觀點看，兒童不是小大人，而是有他們自己的權利、需要、興趣和能力的個人。聯合國於1959年通過《兒童權利宣言》，可說正是這種潮流的具體反映。

　　在一段很長的時間中，「童年」並沒有什麼特性。根據歷史學家的研究，歐洲各國在十六世紀以前，根本就沒有「童年」這個觀念，在那個時代，小孩只是具體而微的成人。正因為「兒童」這觀念是逐漸產生的，所以對兒童文學有意識的創作在十六世紀以前也就成為不可能的事了。

　　從「童年」這觀念的認清到兒童文學之受到重視，其間約有二百年的時間。大概在十八世紀末以後，小孩才不再是大人的縮影。在教育家眼裡，小孩是獨立存在的，兒童需要一種特殊文學的觀念也因而產生，於是兒童文學的創作，才開始並重兒童的興趣及教育。

　　兒童的特殊性受到承認，當首推十七世紀捷克教育家夸米紐斯（Johann Amos Comenius, 1592-1670），他最主要的貢獻就是把孩子看成一個個體。而英國思想家洛克（John Locke, 1632-1704）也認為教育必須配合孩子的天分和個人的興趣。其後法國思想家盧梭（Jean Jacques Rousseau, 1712-1778）在其著作《愛彌兒》中首揭兒童教育的基本主張。在《愛彌兒》一書中，始能找到以孩子特別的本性為出發點的教育原則。在很確切的目的下，不論求取知識方面、禮貌教育或品德教育方面，大家開始為兒童寫作。盧梭掀起了兒童研究的狂潮，兒童也拜盧梭、洛克之賜，開始從傳統權威中掙脫出來。此後，「自然兒童」的呼聲響徹雲霄；而後裴斯塔洛齊（Johann Heinrich Pestalozzi, 1746-1827，被譽為「平民教育之父」）更步其後塵，將「教育愛」用在兒童身上；又福祿貝爾（Friedrich Wilhelm August Froebel, 1782-1852，開創了世上第一所幼稚園，被尊為「幼稚園之父」）更身

體力行，致力於學前教育；二十世紀以來，蒙特梭利（Dottoressa Maria
Montessori, 1870-1952）以醫學和生理學眼光來探究兒童心靈的奧秘，提倡
「獨立教育」並創辦「兒童之家」；而杜威（John Dewey, 1859-1952）則是
進步主義運動的推動者；又皮亞傑（Jean Piaget, 1896-1980）更以認知心理
學的層次來開墾兒童心智上的沃土。他們都將教育的重點建在兒童身上，是
「兒童中心」學說的反映。

　　所謂「兒童中心」的教育主張，就是尊重兒童的獨立自由性。在這種新
觀念的主導下，「注重啟發」、「摒棄教訓」及「兒童本位」便成為二十世
紀以來兒童教育思想的主流。

二、教育性

　　兒童讀物的產生可說是源於教育兒童的需要，因此，教育性文學在
所有的國家中，都是兒童文學的第一個階段，如貝洛爾（Charles Perault,
1628-1703）在每一則童話後，仍不忘對孩子說教一番。文學當然具有教育
性，否認教育性的文學自然是不完善的文學。其實所謂的教育性，亦即是接
觸到文學世界裡最古老的一個論題：文學與道德。我們知道文學與道德或教
育，就是在題材、作者、作品及讀者之間所構成的複雜關係。是極為複雜的
多層次、多樣式、多性質的關係，任何化約的單純想法，都有自我謀殺的可
能。

　　申言之，教育是人類才有的活動，也是永遠需要的，尤其是對於兒童。
兒童期是人生發展過程中的一個階段，也是人生的基礎時期，人生早年所建
立的態度、習慣與行為組型，是決定個體長大後對生活適應的主要因素。

　　這個時期的兒童需要成人的保護，且由於生理及神經結構的可塑性，所
以較其他動物容易學習，及容易發展出許多不同種類的適應型態。這種「可
塑性」的特質，即是「教育性」之前提。因此，兒童期總是和教育連繫在一
起，是一生中集中受教育的一個階段。

　　其實，教育性應當是一切藝術、文學的共同特點，只不過兒童文學在要
求「教育性」的程度和方式上與成人文學有所不同罷了。由於「教育性」的

強調，導致不少人自覺或不自覺的忽視和否定了兒童文學的「文學性」，從而人為的給兒童文學造成了很大的侷限性，嚴重的束縛了兒童文學的發展。

又由於對「教育性」本身存在著種種不正確的理解，以致於常常會產生一些反效果。例如有人將「教育性」解釋為「教化」或向孩子灌輸某種思想，導致不少作品擺脫不了公式化、概念化的毛病；又如把「教育性」演化為「主題明確」，使得許多作品在不同程度上都存在著「直、白、淺、露」的弱點；更有人把「正面教育」絕對化，只能寫「正面形象」，即只能寫優點不能寫缺點，更不能揭露陰暗面。

或說，所謂教育性並不意味著教訓性、道德性、倫理性，也就是說它不是指狹隘的教化，也不是指直接性、有意的、有形的、組織的、系統的、制度化的有形教育；而是廣義的、無形的教育，它是漫長的、漸進的。它的特點是經由耳濡目染而使人能夠潛移默化。其實，所謂教育性只是成人單方面考慮的事。從兒童的立場來看，兒童文學應該滿足兒童的需求，也就是藉著成人的幫助，在兒童的理想世界裡，實現正確的人生觀，以及正當的生活態度。我們知道傑出的文學作品會對讀者發生影響。但是「說教」的作品卻不容易成為文學傑作。因為文學是「訴諸感覺」的，所以「沒有感覺的思想」、「不可感的思想」，不管那思想性多具有教育性，如果不是用文學的方法來寫，就不是文學作品。

兒童文學是教育兒童的文學，是兒童心靈的食糧，必須滿足他們在心理、生理與社會等發展的全面需要。這種需要是德、智、體、群、美的全面性教育。我們相信兒童文學的先決條件應當是文學；同時也要具有「教育性」的目的。缺乏「教育性」的作品，根本不可能是兒童文學。當然，我們也了解要充分發揮兒童文學的「教育性」功能，「寓教於趣」是不二法門；而其效果則是一種潛移默化的過程。

三、遊戲性

兒童文學的另一種屬性，一般稱之為「趣味性」，本文則易之為「遊戲性」，這是因為取其較具豐碩的內涵。兒童文學之所以需要遊戲性，不僅因

為它是達到教育目的的一種手段，同時也因為它在某種意義上即是目的。

「遊戲」本是個古老的名詞，是人類的本能活動。人類與其他動物同樣具有遊戲的本能，所以會自然地發明各種遊戲來消磨時間。因此喜愛遊戲乃是兒童的天性，也是他們的第二生命。對兒童來說，遊戲是一種學習、活動、適應、生活或工作。

透過遊戲，兒童不僅能獲得大小肌肉的發展，也能使語言的發展、思考、想像、解決問題等能力獲得提升，更能幫助他們了解個人與環境的關係、淨化其負向情緒、促進社會行為的發展，同時兒童的創意更能藉著遊戲而發揮得淋漓盡致。遊戲是提供兒童在認知、社會化、情緒等各方面發展上極有價值的催化劑。

沒有人能夠強迫兒童去閱讀他們不感興趣的書籍，儘管教育文學在所有的國家中都是兒童文學的第一階段。為了達到種種不同的目的，教育文學具有一般屬於消遣文學的各式各樣的文學型態，因此，教育書籍寫得很吸引人是一個很古老的傳統。在兒童本位新觀念的主導下，兒童不再只是被教育的對象而已，從此之後，他們擁有做夢，也有嬉戲的權利。

其實，遊戲乃是人類的本能行為，它是一種無條件、與生俱來的生存方式。對於遊戲或起源的研究，歷代有之，但因所持立場或觀點不同，而有多種說法。追溯根源，遊戲說是康德（Immanuel Kant, 1724-1804）所提示的，這個說法乃是為追尋藝術起源而立。而光大此說的人，則是詩人席勒（Schiller, 1759-1805），其後又有人另外加以修正。一般說來，文化中原有的遊戲因素，隨著現代文明的崛起，逐漸的沒落了，直到後現代狀況（1960年以後）顯現後，對遊戲又有了全面性且深入的研究。

啟其端者，當以赫伊津哈（Johann Huizinga, 1872-1945）最為著名。赫伊津哈是荷蘭的歷史學者，他於1938年寫下《遊戲的人》（Homo Ludens）一書。這是他唯一的一本論述遊戲的著作；也是當代被引用最多的遊戲理論著作。在人類遊戲理論的研究史上，他樹立了一塊重要的里程碑——開創了遊戲現象本質的研究，啟迪了神奇的遊戲現象與人類文化之間奧秘的探查，並為「遊戲世界」與「真實世界」之間錯綜複雜的交互關係，導引了新的研

究模式。他寫作《遊戲的人》的動機乃是源於他對於文化理論的一貫研究；
對當時遊戲研究方法的反動，並呼籲人們對於遊戲現象本質的研究；另一方
面則是反應和批評當時的政治情況及生活方式。他發現文化的源頭乃是遊
戲，人類以遊戲而始，文化因遊戲而生。因此他的結論是：人類文化源於遊
戲，拯救人類文明危機有賴純真遊戲精神受到重視。

　　赫伊津哈的著作特別注重於提升精神文化原動力的遊戲，對於通俗的
大眾化遊戲（如柏青哥、賽馬等）卻漠不關心，這也是羅傑‧凱窪（Roger
Caillois, 1913-1978）指摘的原因所在。

　　凱窪是法國學者，（有關凱窪部分，本文參考《餘暇社會學》第四章
〈遊戲類學〉，頁79-96；劉一民，《運動哲學研究》，第二章〈遊戲的深層
結構分析〉，頁25-46，師大書苑公司，1991年7月）他應用結構主義的方法
更深入探討人類遊戲的重要性，主要著作有《遊戲、比賽與人》（Man, Play
and Games），該書架構源於赫伊津哈的著作。由於凱窪的著作更為明確、
清晰，且帶有科學味道的行文，更容易為讀者所接受。

　　凱窪在對遊戲現象作深層結構分析時，其方式是將四個遊戲範疇還原成
二元對應的關係，並將它們一一相配，共得六對，六對中又劃歸成三組：即
互斥關係組、偶發關係組、基本關係組。配對方式，如下：

對別	配對方式		組別	組名
一	競爭	暈眩	一	互斥關係組
二	機運	模仿		
三	競爭	模仿	二	偶發關係組
四	機運	暈眩		
五	競爭	機運	三	基本關係組
六	模仿	暈眩		

（見劉一民，《運動哲學研究》，頁38）

　　他認為「競爭──機運」和「模仿──暈眩」兩對屬於基本關係組。從
基本關係組中顯現出對立與相互依存關係，並揭露遊戲對整個社會文化發展
所隱含的意義，進而指證遊戲是文化發展的基石。

　　其後，後現代狀況顯現第三波的新時代來臨，所謂的新人類亦已出現。新時代一般稱之為資訊化社會、後現代社會。新時代是屬於感性與大眾通俗的時代，新人類則被稱為遊戲人。他們對日常生活感到厭煩，開始在生活的各個層面中注入遊戲，追求有朝氣的生活。在「遊戲化社會」裡，所有的資訊都應該具備遊戲的功能，「遊戲」成為最重要的關鍵字。人與物的關係是以滿足快樂需求為存在的前提，人與人的關係亦以快樂為主。所以，在生活的每個領域內，人類都積極尋求「遊戲」或「擬似遊戲」的愉快感覺。其所謂遊戲性或遊戲化的觀念有：

> 1.追求愉快遊戲心的「愉快遊」，即追求有趣、好玩的慾望。
> 2.追求快樂遊戲心的「樂趣遊」，即追求興奮、有期待的生活樂趣的慾望。
> 3.追求驚奇遊戲心的「驚奇遊」，即滿足好奇、追求新鮮生活的慾望。
>
> （見《創、遊、美、人》，頁117）

　　面對強勢遊戲概念的侵襲，個人認為遊戲性非但是兒童本身的特色，更是兒童文學特點之所在。如何把遊戲性注入兒童文學之中，或許是我們應當省思的課題。

　　我們知道，遊戲對成人而言，或許只是一種消遣、娛樂或逃避例行事務的方法，但對兒童而言，遊戲就是工作、學習，也是生命的表現；遊戲是兒童獲取經驗、學習與實際操作的手段。當兒童玩扮演醫生或建築師的遊戲時，他不僅是為了好玩而已，因為他就是醫生或建築師。在遊戲中，他嘗試扮演練習，並從四周環境中觀察到一些工作與技巧。

　　申言之，從「遊戲中學習」是最有效的學習方式，因為其中具有創意、歡笑、美感與人性。我們相信只要是好的文學作品，多半都具有刺激人們的遊戲精神，令人覺得興奮。所謂「文化始於遊戲之中」絕非空談或無稽之言。

四、文學性

兒童文學應當是文學，這是不容懷疑的事實。而文學雖是個常見的名詞，但是自有這個名詞以來，它的涵義即不確定。

從歷史上看來，文學一詞所代表的是當時的人對於文學的整個觀念，而且各個時代的觀念也不盡相同。因此，文學一詞的涵義也隨著時代而嬗變。

其實，在浪漫主義時期開始之後，我們對於文學的總概念才開始有所發展；而「文學」一詞的現代意義則是到了十九世紀才真正開始流行。然而對於何謂文學，迄今可能仍有各種不同意見，但文學是語言的構組則是無人能予以否認的。所謂構組，是指它在組織結構方面別具匠心。語言是文學的藝術媒介，並非單單為了傳情達意，無論用什麼靈感、理論來探討，文學語言都不是即興的產物。日常對話方式產生不了文學語言，即使某些文體是用特種語域的方式也產生不了文學語言。因此，我們可以說文學是語言的藝術。

文學是語言的藝術。基本上，文學當然以成就美感價值為主，亦即透過語言以完成獨立自存之美的藝術結構，完成一美的價值，這就是它自身主體性的完美實現。對作品而言，它即是一切。當我們閱讀一篇文學作品時，作品中有作者所欲傳達、作品所欲體現的意義。所以文學作品的美感與意義是密不可分的。

有關美的範疇或藝術的類型，姚一葦先生認為有：秀美、崇高、悲壯、滑稽、怪誕與抽象等六類，而屬於兒童文學的美感，個人認為似乎應以「滑稽」為先。

第二節　幼兒文學的特殊性

幼兒文學之所以異於童年文學、少年文學，或青少年文學，主要是接受主體是幼兒使然。幼兒一般是指二歲～八歲的兒童。這個階段兒童的心理特點是很突出的。他們剛剛掌握語言，詞彙不豐富；具體形象思維占優勢，六歲左右兒童的抽象邏輯思維還處於萌芽階段，他們的分析、綜合、概括的能力也剛剛發展；幼兒認識事物的具體形象和理解事物的表面性特點很突出。

　　一般說來，幼兒主要通過聽覺來感受文學美感。幼兒尚未識字（或識字不多），亦即對學前的孩子來說，文學作品不是他們自己讀，而是父母、教師唸給他們聽。

　　又幼兒文學是高度仰賴影像傳播的文學，而幼兒的學習管道通常也是影像、聲音、觸摸重於文字。然而，正由於高度仰賴影像傳播，使得畫家，乃至音樂工作者，在幼兒文學創作上與作家幾乎有並駕齊驅的地位。這種具有高度科際整合的性質，更是幼兒文學的另一項特色。

　　此外，為了發揮較好的傳播效果，幼兒讀者常需有成人「伴讀」；在共讀的激盪下，影響所及的常不只是幼兒讀者而已。

　　這種所謂傳播媒介的介入，主要是使語言更具有音樂性。

　　幼兒文學作品的語言，必須適應幼兒階段語言發展的特點。其目的有二：

　　　一、是為了作品內容易為幼兒所理解；
　　　二、是為了發揮幼兒文學的特殊功能──促進幼兒言語的
　　　　　發展。（見祝士媛編訂，《兒童文學》，頁18）

　　祝士媛認為幼兒學習語言主要是透過模仿，而幼兒文學作品是幼兒模仿語言的一個重要途徑。但是幼兒對於語言的模仿是有選擇的。形象、生動、誇張的語言，即使似懂非懂，幼兒也感興趣，學得很主動、迅速。對於根本不懂的詞句，他們不感興趣，也不會去模仿。

　　幼兒文學作品的語言，怎樣才能做到既適於幼兒理解，又能刺激起幼兒學習語言的興趣呢？是以幼兒文學的語言具有下列的特色：

一、用語具體、淺顯
(一)用詞要盡量具體
(二)用詞淺顯
(三)充分發揮動詞的作用

(四)要少用時間的詞彙

二、句子口語化

(一)以簡單句為主

(二)多用主動句,少用被動句

(三)盡量用短句

(四)要口語化

三、音響和諧,富有節奏感

(一)象聲詞

(二)韻律和節奏(以上詳見頁18-27)

又黃雲生於《人之初文學解析》一書中,概括幼兒在文學接受上的特點如下:

一、幼兒主要是通過聽覺的途徑來接受文學的。這是因為
文學是語言藝術,而幼兒尚不識字,只掌握口語。所
以只能通過口耳相傳,文學才能傳達給幼兒。於是,
在幼兒文學作品和幼兒接受者之間必須有一個傳達
媒介。充當傳達媒介的往往是家長和老師。此外,圖
畫、電影、電視、錄音、玩具等輔助手段也具有傳達
媒介的意義。但是最好的傳達媒介還是具有親情關係
的成人。由於傳達媒介的參與,幼兒在文學接受上便
產生間接性和受動性。他們還沒有能力直接選擇自己
所需要的文學來欣賞。

二、幼兒習慣於以感性的態度在動態的過程中接受文學。
幼兒思維的直覺行動性和具體形象性,決定了他們文
學接受上的直觀感受性。他們注重文學作品中形狀、
聲音、色彩的描述,對「新、奇、動」的人物形象、
故事情節特別感興趣。那些抽象的、靜止的、冗長的

敘寫，只會引起他們的反感和厭惡，被他們頭腦裡的
「表象」所排斥。而在接受方式上，他們好動活潑，
自制力差，不可能長時間地保持注意，也不喜歡「灌
注式」的耳提面命。他們樂於在親切的對話情境中與
文學作品展開感情交流。尤其是模仿性的語言、行
為，能夠得到充分調動的遊戲情境，最適合他們的文
學接受。從這個意義上說，幼兒在文學接受上又具有
鮮明的遊戲性。

三、從文學接受的願望看，幼兒主要是為了滿足自己娛樂
和求知的需要。需要是接受的基礎，由於需要才會引
起接受者的注意和興趣，才能進入接受的過程。幼兒
文學所描述的熟悉的和陌生的生活內容以及生動有趣
的表現形式，能滿足他們感官欲方面的需要；同時也
激發他們探求未知世界的好奇心理，滿足他們求知欲
方面的需要，從而獲得一種生理和心理上快感（滿足
感）。由此看來，幼兒在文學接受上具有突出的娛樂
性和求知性。隨著幼兒社會化程度的提高，他們在文
學接受上的娛樂性和求知性的需要將逐步走向審美性
的需要，成為真正意義上的欣賞活動。（頁118-119）

總之，幼兒文學不僅要體裁多樣，而且還要有自己特殊的遊戲樣式。

遊戲是幼兒的主要活動，幼兒不僅在遊戲中滿足活動的需要，獲得愉快
的情緒，而且可以透過遊戲認識周圍世界。幼兒圖書的遊戲化、玩具化則是
幼兒讀物的新特點。無論在兒童發展或在教育領域中，學前幼兒教育似乎是
以遊戲為主體。

Lawrence J. Cohen 在《遊戲力》一書中認為：

遊戲式教養提供實際的協助，幫助我們成為最好的父母，

而且是最富有遊戲精神的父母。父母可以學習如何在真心連結
的嚴肅面與撒野玩耍的愚蠢面之間取得平衡。《遊戲力》不僅
能協助解決各種家庭的困難，它對順利的家庭也會有幫助。這
種教養方式幫助每位孩子享有更多樂趣，對成人亦有助益。畢
竟，我們每個人也都需要遊戲與玩耍。（頁20）

又：

　　在遊戲中使用遊戲式教養，是親子之間尋覓已久的橋樑。
遊戲所賦予的活力和親密感，可以紓緩親職工作的壓力。遊戲
式教養帶我們進入孩子的世界，依照孩子的步伐，培養出親
密、自信和連結。透過遊戲，我們踏入孩子喜悅、專注、合作
和創造力的世界。遊戲也是孩子順應世界、探索、理解新經驗
以及從傷害平復的方式。但是遊戲對成人來說並不是件容易的
事，我們已經忘了如何玩耍。孩子的世界和我們的截然不同，
我們覺得對方的活動無聊而陌生，他們怎麼能花整個下午玩娃
娃？他們怎麼能夠整個晚上都在聊天？（頁22）

又：

　　孩子熱愛遊戲幾乎是從出生就開始的，兩三歲時最為明
顯。遊戲可以發生在任何時間地點，它是一個平行的幻想與想
像世界，孩子自由地選擇進出。對成人來說遊戲是休閒，但
遊戲是孩子的工作，而且他們熱愛這份工作。遊戲也是孩子溝
通、實驗和學習的主要方式。（頁24）

第三節　幼兒文學的形式分類

　　一般說來，兒童文學的類型分類，皆採文體分類。文體亦有稱之為文類、體裁、種類、體製、體勢、體式。就兒童文學學門而言，它是屬於文學理論中的「類型論」，亦即是討論文章的類別。這是臺灣兒童文學界常見的分類；試引列如下：

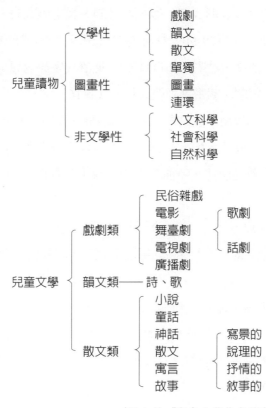

（以上見《兒童文學故事體寫作論》，頁26-27）

　　常見的文體分類雖有簡便的好處，但也有技窮之時。於是有了形式分類之說。個人曾有〈兩岸兒童文學文體分類比較研究〉一文。（見《兒童文學學刊》第14期，頁1-45）該文針對兩岸兒童文學文體分類進行研究，文中指出文體分類為我國傳統文學觀特色之一，並分別對海峽兩岸的文類流變進行

歷史沿革的考察，比較兒童文學文體分類與研究的特性，並對其差異進行探討。最後採用臺灣以大類（形式）的劃分，為散文、故事、韻文、戲劇、圖畫書等五類為主。形式分類既簡明且可補助一般分類的不足；又可消除兒童文學與兒童讀物之間的無謂糾葛。而目前臺灣幼兒文學的論著亦大多採用形式的分類。

吳鼎在《兒童文學研究》一書中，首先採用形式分類，且與文體分類並用。（頁79-89）

吳鼎認為兒童文學的形式有：散文形式的、韻文形式的、戲劇形式的、圖畫形式的等四種。（頁79-90）林守為於《兒童文學》認為兒童文學可分為三大類：散文、韻文、戲劇。（頁11-12）而許義宗於《兒童文學論》亦分為：散文、韻文、戲劇、圖畫書等四大類。（頁16）

臺灣地區自吳鼎採用「散文形式的、韻文形式的、戲劇形式的、圖畫形式的」四分法以來，就「大類」而言，可說是有其穩定性與可信性。又個人將「故事體」從「散文形式」中抽離成為一個「大類」，是以有五種形式的分類。

現在文學的分類方法，一般是採用「詩歌、小說、散文、戲劇」四分法，而兒童文學的分類，除本身的內部因素之外，就外部因素而言有三：

一、與民間文學的血緣關係

二、與成人文學的特殊聯繫

三、外來文化的影響（以上見蔣風主編，《兒童文學原理》，頁
　　85-92）

是以將「故事體」獨立於成為一個大類，即是與「成人文學」與「外來文化」有關。在成人文學裡頭顯然將「小說」與「散文」並列。又就西方兒童文學或兒童圖書館分類而言，（見鄭雪玫，《兒童圖書館理論/實務》，頁66）因為「小說類」（fiction）是兒童閱讀的主流，且數量多，是以將「小說類」（fiction）與「非小說類」（nonfiction）分開。所謂「小說類」，即

是指以「事件的敘述者」為主。所謂「事件的敘述」，是指具有故事性而言（見林文寶，《兒童文學故事體寫作論》，頁87）個人稱之為故事類。

以下試將幼兒文學分為故事形式、圖畫形式、韻文形式、戲劇形式、散文形式等五大類型，並說明如下：

一、故事形式

佛斯特（Edward Morgan Forster, 1879-1970）在《小說面面觀》中為故事下的定義：故事，是按照一連串事件的發展時間，依序排列而成的敘事。（頁50）在西方稱之為小說類（fiction）。包括童話、民間故事、寓言、小說等，它是兒童文學中的主流。

二、圖畫形式

所謂圖畫，從當下圖像時代而言，亦當包括影像。以圖畫形式表現的幼兒文學，主要是藉圖畫或影像來表達或詮釋與幼兒相關的事物。內容有的照顧幼兒心理成長的需求，有的則提供幼兒認知學習的素材。其類型有概念書、知識書、連環小人書、圖畫書、電影、動畫，漫畫亦當歸於此類。

三、韻文形式

詩與歌同是屬於韻文類的文學形式。兒歌尤其是幼兒文學中的主體，兒歌古代稱之為童謠；謎語、繞口令亦屬韻文類。

四、戲劇形式

戲劇是一種綜合語言、音樂、美術、建築、燈光等的藝術。戲劇活動也是最常被運用在幼兒學習活動中的一種教學形式，藉由欣賞戲劇表演，或幼兒參與表演的創造性戲劇，可以幫助幼兒獲得統整的知識。所謂戲劇形式，除可供閱讀戲劇文本之外，對於幼兒而言，主要是指演出的活動為主。

五、散文形式

所謂散文形式，是指狹義而言。涵蓋式的分法有敘事、抒情、說理與寫景四種。至於日記、書信、遊記、傳記、笑話、謎語等皆可包括在此四種裡面。

第四節　幼兒文學的製作理論

文學是藝術的一種；而藝術的定義是什麼？關於此問題，時因所持觀點不同而有所差異。王夢鷗於《文藝美學》中說：

> 我們所謂藝術，一向還沒有個較深刻而扼要的定義。有之，就是最近韋禮克與華侖在其《文學論》中所說的：「藝術是一種服務於特定的審美目的下之符號系統或符號構成物。」這裡所謂符號，當然是指一切藝術品所應用的符號，如聲音、色彩、線條、語言、文字以及運動姿勢等等。倘依此定義來看，則所謂文學也者，不過是服務於特定的「審美目的」下之文字系統或文字的構成物而已。它之不同於其他藝術，在於所用的符號不同，但它所以成為藝術品之一，則因同是服務於審美目的。是故，以文學所具之藝術特質言，重要的即在這審美目的。反之，凡不具備這審美目的，或不合於審美目的，縱使有個文字系統或構成，終究不能算作藝術的文學。（頁131）

所謂「審美目的」，即是一種「美的」追求；這種「美的」追求，亦即是「情趣」的享受。這種「美的」追求或是「情趣」的享受，乃是就藝術本質而言。而這種「美的」追求與「情趣」的享受，又是服役於人生的。

兒童文學亦是屬於藝術的一種形式，因此就名詞本身而言，兒童文學有藝術的價值乃是不爭的事實，當然它也應當有「美的」追求與「情趣」的享受。但是，我們也相信它理當有另外一套相異於成人文學的理論和標準。

　　林良在〈論兒童文學的藝術價值〉一文中認為兒童文學的特質是：

　　一、它運用「兒童語言世界」裡的「語詞團」，從事文學
　　　　的創作。
　　二、它流露「兒童意識世界」裡的文學趣味。（頁106）

　　我們知道兒童文學與成人文學的相異之處在於「兒童」兩字上。兒童無
論在心理、生理與社會等方面的需要都與成人有所差異。
　　就兒童期而言，它只是人生過程中的一個階段；這個階段卻是最需要父
母與師長的導引。又就兒童本身而言，他的生命即是遊戲。因此我們相信兒
童的遊戲是需要加以特別的注意與導引。從美學的觀點說，遊戲是藝術的一
種形式；更明白地說，藝術雖帶有遊戲性，但藝術絕不止於遊戲，是以我們
必須把遊戲加以導引，這就是里德（Herlest Read）所說「遊戲是一種較不正
式的活動，能夠變成藝術的活動。因而獲得兒童有機發展的意義。」（見里
德，《藝術與教育》，頁234）
　　就美學的立場，遊戲與藝術相通之處；就廣義的遊戲（或曰休閒活動）
言，遊戲可包括藝術活動。因此把由活動性的遊戲變為藝術性的遊戲活動乃
是可能的事實；但其改變過程中必須留有相通之處，始能為兒童遊戲與藝術
所接受。能為二者所接受，則兒童文學有其藝術價值乃由此而定。基於此
理，個人認為兒童文學（尤其是幼兒文學）製作的理論是：

　　積極方面：在於「遊戲的情趣」之追求；
　　消極方面：不違反教育之原則。

　　此理論的論點是：就兒童而言是遊戲，就藝術而言是情趣，因「遊戲」
與「情趣」而產生兒童文學；這也就是說：透過語言所傳達出來的兒童文學
作品，在理論上它應該是屬於兒童的，同時也是藝術的。屬於兒童的是遊
戲，而這種遊戲亦當經過一種特別的設計形式，使之合於教育的原則；屬於

藝術的，即是情趣的捕捉。這種兒童文學首要的目的乃是在於才能的啟發；所用的方法是藝術化的。所以我們把情趣附屬於遊戲，遊戲因有情趣，乃成為藝術；而情趣由遊戲中得來，所以適合兒童，這是所謂的藝術化的遊戲，這種藝術化的遊戲才能算是真正的兒童遊戲。

兒童文學因有情趣的享受所以亦能成為成人文學；又因為偉大的藝術是屬於一種自然與樸實的純真，所以真正好的兒童文學，也能是偉大的藝術品。我們相信兒童文學的製作，在理論上若缺少「遊戲的情趣」，則不能成為兒童文學作品；當然也不能被兒童所接受。因為這種作品缺少一種教育性的特別設計；這種作品或許具有知識性、教育性與美學性，可是卻因為缺少兒童學的理論基礎，而不能發生實際效用，這也就是說他們忽略了兒童之所以為兒童的根本原因。

申言之，從活動或成長的觀點來看，進展應自遊戲開始。在整個小學階段，除了遊戲的發展外，別無其他。當然，這種論點不是創先，「遊戲法」是一種公認的教育方法，特別是幼稚園教育階段。（見《藝術與教育》，頁234）

第五節　幼兒文學與傳播媒介

不論古今中外，文學不能孤立存在，傳播是必要的過程。

吳筱玫在《傳播科技與文明》一書中，認為早期的傳播定義總是強調傳播者、受播者、內容與效果，忽略傳播的工具與方法，既不強調科技面，也缺乏文化意涵。為了彌補這個缺憾，佛斯岱爾（Louis Forsdale）從文化角度為傳播下了一個定義：「傳播乃透過共享的符號，建立、維繫與改變系統的過程，而共享符號的形成，乃根據某些共同原則運作。」至此傳播有了文化與符號的意涵。一般說來傳播的幅員涵蓋甚廣，類別龐雜。大致而言，可以就「參與規模」、「溝通符號」與「傳播管道」三個面向分析所有的傳播活動。（頁5）

申言之，傳播的符號或管道，稱之為「媒介」（medium）（又譯為媒

體），源自拉丁文medium，意指「中間」。歸納起來，medium主要有三種
意涵：

1. 「中介機構」或「中間物」。
2. 專指技術層面，例如將聲音、視覺、印刷視為不同的媒介。
3. 專指資本主義，在此意涵裡，報紙或廣播業（已經存在的或可以被計畫的事物）被視為另外事物（如廣告）的一個媒介。

從廣義上來看，說話、寫作、姿勢、表情、服飾、表演與舞蹈等都可被視為傳播的媒介。有時媒介用來指涉傳播方式（比如是用印刷媒介還是廣播媒介），但更常用於指涉使這些方式成為現實的技術形式（比如收音機、電視機、報紙、書籍、照片、影片與唱片）（見葉虎，《大眾文化與媒介傳播》，頁19-20），因此有人直接稱之為「傳播科技」。

麥克魯漢（Marshall Mc Luhan）與殷尼斯（Harold Innis）從「傳播媒介」（或傳播科技）的角色看歷史的發展，他們認為在不同的歷史階段，總有主導的傳播科技，其鼓吹的傳播模式將形塑我們的生活型態、社會形貌，以及我們對世界的認知，從而創造出特有的傳播文化。麥克魯漢認為媒體即訊息，使用媒體會造成人類心靈認知差異。在麥克魯漢的媒體史觀中，口語傳播、拼音文字及印刷術，以及電子媒體代表三個不同階段；三個階段的人類認知思維模式大不相同，社會型態與心理邏輯也很不相像，不能以連續發展視之。或說，不同傳播媒介對應不同「感官」，對社會文化影響至深。口述時期指向文字未出現前的部落時代，此時人類溝通以聲音語言為本，「聽覺」這個感官，凌駕其他感官之上，知識傳承靠智者對著群眾講演，是「聽眾」的年代；文字出現後，音訊轉化成以「視覺」來理解的符號，聽覺的優勢慢慢被視覺所取代，形成了「眼睛的世界」，不過，知識傳承並沒有太大改變，是「聽」與「讀」並用的年代；文字發揮廣泛的影響力，有賴活字印

刷術的發明，尤其在西方，文字書籍得以大量複製，鼓勵人們獨立閱讀與思考，這種去部落化的效應，最終摧毀了部落文化，奠定西方個人主義與民族主義的基礎。印刷書籍的線性形式衝擊了人的感知能力，使人不論在思考或行動時，都依循線性的思維邏輯，而知識大量文字化的結果，視覺正壓倒聽覺，成為知識散布的主要感官，傳布對象也從「聽眾」演化成「讀眾」（the reading public）。到了電傳時期，電子媒介穿越時間與空間，把分散的世界重新組合，此時感官不再由視覺獨佔，而是各種感官彼此混合的狀態。當線性形式逐漸朝多元並行方向改變，人們便進入一個「多重感官認知體驗真實」的場域。電話、攝影、電影、廣播、電視和電腦並存，結合聽眾、讀眾、觀眾的混雜性，使當代人的社會與心理狀態有了混雜的轉化。

麥克魯漢出書於一九六〇年代，當時並未談到網路科技，以今日眼光來看，「網路時期」應屬於第四階段。除了承接多元感官的混合經驗，網路讓人們在網際空間（cyberspace）中再部落化，更重要的是，網路也提供公共管道，使人們以利用不同的媒介形式書寫、展現自我，人們不再是被動接受訊息，而是主動發布訊息，這股「寫眾」（the writing public）的潮流，證明網路不只是電傳科技的延伸，更有自己獨特的社會文化效果。（見吳筱玫，《傳播科技與文明》，頁44-45）

傳播媒介的類別雖然仍迅速地增加中，但就感官而言，仍不離「說、聽、讀、看」。對於弱勢且獨特族群的幼兒，其接受文學的方式，離不開傳播媒介。

對兒童與傳播媒介的關係，尼爾・波茲曼（Nell Postman）《童年的消逝》，David Buckingham《童年之死》都是執負面觀點。然而面對已然到處充斥的傳播媒介，如何使幼兒文學和傳播媒體相互融合，為幼兒提供更強有力的學習經驗，乃是要優先考慮的事情。

總之，雖然媒介是科技，但它不是主體而是客體。如何有效利用傳播媒體，協助幼兒邁向培養閱讀的習慣、發展對文學的興趣，其關鍵在於有指導能力的大人（父母與師長）。

參考書目

一、

1. Herbest Read著，呂廷和譯，《教育與藝術》，高雄市：自印本，1973年11月。

2. Lawrence J. Cohen著，林意雪譯，《遊戲力》，臺北市：遠流出版事業股份有限公司，2007年11月。

3. Nell Postman著，蕭昭君譯，《童年的消逝》，臺北市：遠流出版事業股份有限公司，1994年11月。

4. Walter Sawyer、Diana E. comer著，墨高君譯，《幼兒文學──在文學中成長》，臺北市：揚智文化事業股份有限公司，1996年1月。

5. 大衛・帕金翰著，張建中譯，《童年之死》，北京市：華夏出版社，2005年2月。

6. 王泉根著，《兒童文學的審美指令》，長沙市：湖北少年兒童出版社，1991年5月。

7. 王派仁、何美雪著，《語言可以這樣玩》，臺北市：心理出版社股份有限公司，2008年8月。

8. 加藤秀俊著，彭德中譯，《餘暇社會學》，臺北市：遠流出版事業股份有限公司，1989年11月。

9. 艾登・錢伯斯著，蔡宜容譯，《說來聽聽》，臺北市：天衛文化圖書有限公司，2001年2月。

10. 吳筱玫著，《傳播科技與文明》，臺北市：智勝文化事業有限公司，2009年4月。

11. 吳鼎著，《兒童文學研究》，臺北市：遠流出版事業股份有限公司，1980年11月。

12. 林文寶、許建崑等著，《兒童讀物》，臺北縣：國立空中大學，2007年12月。

13. 林文寶、陳正治等著，《兒童文學》，臺北市：五南圖書出版股份有限公

司，1996年5月。

14.林文寶著，《兒童文學故事體寫作論》，臺北市：毛毛蟲兒童哲學基金會，1994年1月，三版一刷。

15.林玉體著，《一方活水——學前教育思想的發展》，臺北市：信誼基金出版社，1990年9月。

16.約翰・赫伊津哈著，多人譯，《遊戲的人》，杭州市：中國美術學院出版社，1996年10月。

17.祝士媛編訂，《兒童文學》，臺北市：新學識文教出版中心，1989年10月。

18.高田公理著，李永清譯，《遊戲化社會》，臺北市：遠流出版事業股份有限公司，1990年5月。

19.張美妮、巢揚著，《幼兒文學概論》，重慶市：重慶出版社，1996年12月。

20.麥克魯漢著，賴盈滿譯，《古騰堡星系》，臺北市：貓頭鷹出版社，2008年2月。

21.黃郇媖著，《幼兒文學概論》，臺北縣：光佑文化事業股份有限公司，2002年10月。

22.黃雲生著，《人之初文學解析》，上海市：少年兒童出版社，1997年11月。

23.黃瑞琴著，《幼兒的語文經驗》，臺北市：五南圖書出版股份有限公司，1993年1月。

24.愛德華・摩根・佛斯特著，蘇希亞譯，《小說面面觀》，臺北市：商周出版，2009年1月。

25.葉虎著，《大眾文化與媒介傳播》，上海市：學林出版社，2008年9月。

26.維薇安・嘉辛・裴利著，楊茂秀譯，《遊戲是孩子的功課》，臺北市：成長文教基金會，2007年7月。

27.劉一民著，《運動哲學研究》，臺北市：師大書苑有限公司，1991年1月。

28.劉焱著，《兒童遊戲通論》，北京市：北京師範大學出版社，2004年12月。

29.樊美筠著，《兒童的審美發展》，臺北縣：愛的世界出版社，1990年8月。

30.鄭光中主編，《幼兒文學教程》，成都市：四川民族出版社，1998年8月。

二、

1.林文寶著，〈兩岸兒童文學文體分類比較研究〉，見2005年12月，《兒童文學學刊》第14期，頁1-46。

2.林良，〈論兒童文學的藝術價值〉，見1965年4月小學生雜誌社，《兒童讀物研究》，頁99-109。

3.洪文瓊，〈兒童文學範疇論〉，見1996年6月，《東師語文學刊》第9期，頁129-145。

閱後自評（每題10分，總分100分）

（　）1.以下何者為兒童文學的屬性？　(A)兒童性　(B)教育性　(C)遊戲性　(D)以上皆是。

（　）2.幼兒一般是指幾歲到幾歲的兒童？　(A)一歲至十八歲　(B)十二歲至十八歲　(C)二歲至八歲　(D)二十歲至二十八歲。

（　）3.祝士媛認為幼兒學習語言，主要是透過怎樣的方式學習？　(A)體罰　(B)模仿　(C)自學　(D)強迫。

（　）4.林良在〈論兒童文學的藝術價值〉一文中認為兒童文學的特質是：它運用「兒童語言世界」裡的什麼元素，從事文學的創作？　(A)語詞團　(B)繞口令　(C)詩詞　(D)手語。

（　）5.林良在〈論兒童文學的藝術價值〉一文中認為兒童文學的特質是：它流露怎麼樣的文學趣味？　(A)科幻世界　(B)兒童意識世界　(C)眼睛的世界　(D)冥想世界。

(　) 6.幼兒圖書的哪兩種概念，是幼兒讀物的新特點？　(A)物質化、商品化　(B)遊戲化、具體化　(C)擬人化、表象化　(D)遊戲化、玩具化。

(　) 7.以下何者屬幼兒文學的文體？　(A)故事形式　(B)圖畫形式　(C)戲劇形式　(D)以上皆是。

(　) 8.傳播的幅員涵蓋甚廣，類別龐雜。大致而言，可以就哪三個面向分析所有的傳播活動？　(A)參與規模、溝通符號、傳播管道　(B)動作發展、認知發展、語言發展　(C)獨特性、前瞻性、傳播性　(D)途徑、速度、區域特色。

(　) 9.林文寶認為，兒童文學（尤其是幼兒文學）製作的理論，在積極方面，強調什麼的追求？　(A)知識的傳達　(B)遊戲的情趣　(C)技能的學習　(D)全人發展。

(　) 10.林文寶認為，兒童文學（尤其是幼兒文學）製作的理論，在消極方面則是不違反什麼的原則？　(A)遊戲　(B)飲食　(C)作息　(D)教育。

習題（總分100分）

1. 從兒童文學的四個屬性中，你認為哪個屬性對於幼兒文學最為重要，請試述原因。（20分）

2. 為什麼幼兒文學常需有成人伴讀，或者共讀？（20分）

3. 幼兒文學的語言具有什麼特色？並闡述這些特色的形成，可觀察出哪些幼兒文學的價值觀？（20分）

4. 請試述幼兒文學與遊戲概念間的關係。（20分）

5. 傳播媒體是一股不可抵擋的勢力，你如何看待現在幼兒文學與傳播媒體之間的關係，你是抱持樂觀的態度？還是悲觀的態度，為什麼？（20分）

第三章
兒　歌

第一節　兒歌的意義與特質

　　符合兒童心理，適合兒童吟唱、朗誦、欣賞的押韻歌詞，就是「兒童歌謠」。古時候把「兒童歌謠」叫做「童謠」；這是從「兒童歌謠」的詞語中，取第二個字和第四個字的「節縮語」。1918年周作人、劉半農、錢玄同、沈尹默等人創辦《歌謠》週刊，把蒐集來的「兒童歌謠」叫做「兒歌」；這是取「兒童歌謠」中第一個字和第三個字的「節縮語」。童謠或兒歌，名稱雖然不同，實質卻是相同。從前大家愛用「童謠」的詞彙，有的用「孫子歌」、「小兒語」、「兒童謠」，現在大家普遍採用的是「兒歌」。

　　兒歌是兒童最早接觸的文學體裁。嬰兒在搖籃裡或母親的懷抱裡，母親或其他照顧嬰兒的人，常常吟唱搖籃歌給他聽。嬰兒雖然還聽不懂歌詞的意思，但在優美、深情、和諧的聲音裡，神經獲得紓緩，終於愉快而輕鬆的進入夢鄉。嬰兒漸漸長大，慢慢聽得懂話語，照顧他的人，便常應用兒歌跟兒童玩遊戲，例如玩：「鴿子、鴿子、鴿子、鴿子飛，鴿子、鴿子一大堆」，一邊朗誦，一邊玩點手指頭及擴胸的遊戲。再如利用兒歌來教導一些常識；例如指導兒童朗誦「青蛙」兒歌：「我是小青蛙，我有兩個家。地上住住，池塘裡划划。一會兒跳上來，一會兒又跳下。唱起歌來，瓜瓜瓜。」指導兒童瞭解青蛙是兩棲動物的知識。

資料來源：《兒歌理論與賞析》，頁31

圖3-1　鴿子鴿子飛

　　由於育兒的需要，或者有心人士想利

用兒歌表現思想或社會輿論，因此兒歌的文體很早就出現。例如《孟子‧離婁篇》記載的〈孺子歌〉：「滄浪之水清兮，可以濯我纓；滄浪之水濁兮，可以濯我足。」孔子聽了，告訴他的學生說：「小子聽之：清斯濯纓，濁斯濯足矣，自取之也。」這首〈孺子歌〉便是兒歌。它不但出現在《孟子》書裡，也出現在《楚辭‧漁父篇》。再如《三國演義》內記錄漢末兒童詛咒董卓的童謠：「千里草，何青青？十日卜，不得生。」「千里草」合起來是「董」字，「十日卜」合起來是「卓」字。全首兒歌含蓄的表現董卓現在雖然這麼得意，但是末日就要降臨的意思。這是利用兒歌的傳唱，表現了人民討厭董卓的心聲。

　　兒歌文體雖然很早就出現，但是從前的人把兒童當作「小大人」來要求，因此沒想到要為兒童編輯兒歌集。一直到1593年，明朝時期的呂坤父子編輯了一本《演小兒語》，成為中國第一部的兒歌專輯，兒歌才漸漸引起大家的注意。1919年以後，胡適提倡白話文學，兒歌捨棄了文言詞句，走入了口語化；再加上有志之士提倡兒童文學，以及幼教的發達，因此兒歌的蒐集和創作，引起了大家的注意。目前為兒童寫作兒歌和出版兒歌的人很多，作品也就豐盛了。

　　兒歌文體的特質是什麼？以下依據內容和形式，分為四項說明：

一、題材多樣，內容單純

　　兒歌的價值很高。它可以給兒童快樂、充實兒童知識、啟發兒童思想、陶冶兒童性情，培養兒童高尚情操、發展兒童想像力、增進兒童文學素養（《兒歌理論與賞析》，頁10-21），因此，兒歌的體材多樣。例如兒童玩遊戲，需要遊戲歌；想要抒發情感，需要抒情歌；想要瞭解大自然或其他知識，需要知識歌；幼兒睡覺，需要催眠歌。由於兒童的需要，兒歌的題材也就比一般文學作品廣泛。我們翻翻各種兒歌集，都可以發現跟兒童有關的天文、地理、氣象、人情、萬物等等好多題材的兒歌。例如筆者編寫的《兒歌理論與賞析》一書，僅在知識歌方面，就可以看到數字歌、色彩歌、動物歌、植物歌、自然歌、時令歌、器物歌、衛生歌、語文歌等135首。

兒歌的題材雖然多樣，但是每一首兒歌的主題和內容，卻是單純而集中的。每一首兒歌在內容的取材上，採用「點」的方式，不是「面」；也就是選擇最動人的一個點，或是幾個點來呈現。不像童話、小說等文體採用各個面來表達。例如下列的兒歌：

不倒翁 / 佚名

說你呆，你真呆，

鬍子一把，樣子像小孩。

說你呆，你不呆，

推你一把，你又站起來。

這首兒歌針對兒童喜愛的玩具「不倒翁」來描繪特性。以「鬍子一把，樣子像小孩」的外表，說他呆；以「推你一把，你又站起來」的行為，說他並不呆。表現判斷一個人，不要只看外表的主題。內容取材選擇最動人的焦點，集中描繪。又如：

蜜蜂做工 / 佚名

嗡嗡嗡，嗡嗡嗡，

大家一起勤做工；

來匆匆，去匆匆，

做工興味濃。

天暖花好不做工，

將來哪裡好過冬？

嗡嗡嗡，嗡嗡嗡，

別學懶惰蟲。

（楊兆禎，《兒童歌曲精華》，頁65）

這首歌頌蜜蜂勤勞的兒歌，暗示了兒童要跟蜜蜂學習勤勞及要有未雨綢

繆的精神。整首集中表現「蜜蜂」怎樣忙於做工，以及為什麼要做工的焦點
而已。主題集中，內容單純。

二、娛樂爲主，實用爲輔

兒童需要兒歌，主要是為了娛樂以及它的實用。因此，娛樂性跟實用
性，便是兒歌的重要特質。

兒歌的產生背景主要是「娛樂」兒童。例如前述母親照顧嬰兒的時候，
為了讓嬰兒快樂，跟嬰兒玩「蝴蝶蝴蝶蝴蝶蝴蝶飛，蝴蝶蝴蝶一大堆」的邊
朗誦，邊點手指頭及擴胸的遊戲；或者跟嬰兒玩「胖子、瘦子」的遊戲：

胖子、瘦子 / 佚名

胖子，

瘦子，

小猴子，

戴帽子，

刮鬍子，

切鼻子，

撒隆巴斯。

炒雞蛋，炒雞蛋，炒炒炒。

切蘿蔔，切蘿蔔，切切切。

包餃子，包餃子，捏捏捏。

(《兒歌理論與賞析》，頁33)

為了讓孩子精神鬆懈，早些入眠，於是朗誦催眠歌：

搖籃曲 / 陳正治蒐集整理

睡吧，睡吧，我可愛的寶貝。

媽媽在旁，輕輕搖你睡。

天已黑了，太陽已休息。
快睡，快睡，我可愛的寶貝。

資料來源：《兒歌理論與賞析》
圖3-2 搖籃曲

　　其他如兒童跟友伴玩而朗誦的遊戲歌、逗趣歌，也都是為了娛樂的目的。

　　兒歌的產生除了愉悅兒童的目的外，後來加入了教育孩子的要素，成了實用的文體。例如許多知識歌，便是利用兒歌的形式，傳授知識。像〈1什麼1〉這首兒歌，便是具體而快速的指導孩子認識數字形體：

　　　　1什麼1 / 佚名

1什麼1？棍子1。
2什麼2？鴨子2。
3什麼3？耳朵3。
4什麼4？帆船4。
5什麼5？鉤子5。
6什麼6？大肚6。
7什麼7？枴杖7。
8什麼8？眼鏡8。
9什麼9？大頭9。
10什麼10？一根棍子打棒球。

（《兒歌理論與賞析》，頁44）

三、篇幅短小，表現多樣

　　兒歌跟童話、故事、小說、兒童戲劇、散文等等其他文體來比，他的篇幅短小，但是表現也多樣。

　　例如前述的〈不倒翁〉、〈蜜蜂做工〉、〈胖子、瘦子〉、〈搖籃曲〉、〈1什麼1〉等兒歌,跟其他童話、兒童戲劇等動輒幾百字、幾千字來比,篇幅都很短小,這是這種文體的特質。

　　兒歌的文體雖然篇幅短小,但是表現的方式多樣,並不輸其他文體。以兒歌的結構來說,就有單層結構、雙層結構、多層結構的大類。而單層結構底下,又有點狀式、直進式、迴轉式、並列式;雙層結構下有對比式、交叉式、總分式、反復式;多層結構下有複雜式、立體式等(《兒歌理論與賞析》,頁153-179)。例如上述的〈不倒翁〉的兒歌,有兩條對比的邏輯線,一條是不倒翁很呆、一條是不倒翁不呆,這是屬於「對比式」的結構;〈1什麼1〉的兒歌,採用一問一答的方式進行,也有兩條邏輯線,這是屬於「交叉式」的結構。以兒歌的修辭來說,譬喻、誇飾、映襯、婉曲、設問、轉化、層遞、頂真、示現、仿擬、摹況、雙關、藏詞、象徵、倒反、對偶、排比、層遞、回文等等修辭法都可以用上。例如《成語兒歌與猜謎》一書的兒歌,幾乎各種修辭法都用上。

四、語言淺顯,節奏優美

　　兒童文學家林良先生曾說:「兒童文學是淺語的藝術。」幼兒文學的接受者是幼兒,因此,給幼兒的兒歌,語言方面更重視淺顯和節奏美。例如上述的「不倒翁」兒歌:

　　　　說你呆,你真呆,
　　　　鬍子一把,樣子像小孩。
　　　　說你呆,你不呆,
　　　　推你一把,你又站起來。

　　這首兒歌的語言採用幼兒口語,以實詞為主,實詞中又以名詞、代名詞、動詞為多,虛詞用得較少;句式簡短,再加上應用形象化手法,把人物和事物的形狀、動作、神態、心理等具體、鮮明、直接的表現出來;語言淺

顯，富有形象美。其次，整首兒歌押「ㄞ」韻，採用一韻到底的押韻法，節奏優美。

再如上述〈1什麼1〉的兒歌，採用一問一答的口語，及富有形象的具體事物來介紹數字，並且注意押韻，也都具有語言淺顯、節奏優美的文體特色。

第二節　兒歌的類別

依照不同的分類方式，兒歌的類別也不同。例如以朗誦者來分類，兒歌可以分為母歌和子歌；依照產生時間來分類，兒歌可以分為古代兒歌和現代兒歌，或是傳統兒歌和創作兒歌；依照情節來分，可以分為一般兒歌和故事兒歌。現在依照兒歌功能，分為催眠歌、遊戲歌、知識歌、逗趣歌、勸勉歌、抒情歌、生活歌。

一、催眠歌

催眠歌就是哄嬰兒入睡的歌謠，又叫做搖籃歌。例如：

催眠歌／傳統兒歌

楊樹葉兒嘩啦啦，

小孩兒睡覺想媽媽。

乖乖寶貝兒你睡吧，

老虎來了我打牠。

搖籃曲／佚名

籐搖籃，竹搖籃，

好像一隻小小船。

好寶寶，閉上眼，

快快坐船出去玩。

飄大洋，過大海，

不用槳櫓，不用帆。

好寶寶，閉上眼，

快快坐船出去玩。

（楊兆禎，《兒童歌曲精華》，頁42）

　　催眠歌的歌詞柔和、優美，經過吟唱者反復輕哼、吟唱，嬰兒聽後，精神舒暢，神經放鬆，不知不覺便進入夢鄉。世界各地都有各自的催眠歌，這是嬰兒最早接觸的兒歌。

二、遊戲歌

　　遊戲歌是兒童一邊遊戲一邊朗誦的歌謠。它有獨戲歌、兩人遊戲歌、多人遊戲歌等三種。

　　獨戲歌是兒童一個人一邊玩一邊朗誦的歌謠。例如臺灣兒童從前自個兒玩小沙包或小石子常哼的〈放雞鴨〉的兒歌：

資料來源：《兒歌理論與賞
析》
圖3-3　放雞鴨

放雞鴨／臺灣傳統兒歌

一放雞，二放鴨，

三分開，四相疊，

五搭胸，六拍手，

七紡紗，八摸鼻，

九咬耳，十食起。

　　兩人遊戲兒歌是兩個人一起玩而朗誦的歌謠。例如前述的「鴿子、鴿子、鴿子、鴿子飛，鴿子、鴿子一大堆」的點指歌，以及「胖子，瘦子」的猜拳遊戲歌。

　　多人遊戲歌是指三個或三個以上的人玩遊戲而朗誦的歌謠。例如從前臺灣小朋友都玩過的〈拔蘿蔔〉、〈過城門〉等等。

拔蘿蔔 / 傳統兒歌

拔呀拔呀拔蘿蔔，
嘿喲嘿喲拔不動。
小朋友，快快來，
快來幫我拔蘿蔔！

拔呀拔呀拔蘿蔔，
嘿喲嘿喲拔不動。
老公公，快快來，
快來幫我拔蘿蔔！

拔呀拔呀拔蘿蔔，
嘿喲嘿喲拔不動。
老婆婆，快快來，
快來幫我拔蘿蔔！

嘿！

過城門 / 傳統兒歌

城門城門幾丈高？
三十六丈高。
騎白馬，
掛腰刀，
走進城門滑一跤。

（玩法見《兒歌理論與賞析》，頁39）

資料來源：《兒歌理論與賞析》，
頁39
圖3-4　過城門

三、知識歌

知識歌是以介紹知識為主的兒歌。由於幼兒對周遭的世界充滿了好奇和求知的慾望，因此創作兒歌的人，在不妨礙兒歌明朗、諧和的韻律，以及文學趣味下，把跟幼兒有關的各類知識編成兒歌，使其在朗誦中，獲得各種知識。常見的知識歌有：數字歌、色彩歌、動物歌、植物歌、自然歌、衛生歌、時令歌、器物歌、語文歌等。例如下列的知識歌：

資料來源：親親文化事業，
《兒歌ㄅㄆㄇ》
圖3-5　《兒歌ㄅㄆㄇ》

猜猜是什麼 / 陳正治

摸也摸不著，
看也看不到，
要是沒有他，
誰都活不了。
猜猜是什麼？
呼吸就知道。

（《兒歌ㄅㄆㄇ》，頁21）

這首兒歌採用謎語的方式寫作，介紹了「空氣」的重要和特性，屬於介紹水、虹、空氣、風、雨、露、霧、雲等等自然界事物的自然歌。

資料來源：國語日報社，
《猜謎識字》
圖3-6　《猜謎識字》

猜一字 / 陳正治

上面蓋了大房屋，
下面養了一條豬。
人人要是擁有它，
一生樂得笑哈哈。

（《猜謎識字》，頁31）

這首字謎的謎底是「家」字。謎面的設計根據字的造字由來而編成的，屬於介紹「語文」的知識

歌。由於幼兒手指的小肌肉還沒有完全發展好，目前幼兒教育專家都不主張幼兒寫字，不過卻贊成幼兒識字。國字是很抽象的形體，如果能以具體的方式介紹國字，必能增強孩子的識字能力。「家」字是由代表房屋的「宀」部首，以及代表豬的「豕」字組合成的。古代以農立國，幾乎家家養豬。發現了被飼養的豬，就知道這兒住有人家。房子下養了豬的字就是「家」字。這是需要有圖搭配來供孩子猜字的「語文」知識歌。

四、逗趣歌

逗趣歌是內容有趣、詞句俏皮，能引起兒童快樂情趣的兒歌。例如嘲弄歌、顛倒歌、繞口令、連鎖歌等等都是。

小姐 / 佚名

小姐，小姐，別生氣，
明天帶妳去看戲。
我坐椅子妳坐地，
我吃香蕉妳吃皮。

這首逗趣歌，內容有趣、詞句俏皮，是從前臺灣兒童非常喜歡朗誦的一首兒歌。雖然它有點兒捉弄人，但是並不過分，所以大人也很少加以勸阻。

顛倒歌 / 傳統兒歌

啊！好久沒唱顛倒歌，
明日唱了顛倒歌。
田螺走遍三千里，
黃牛飛過一條河。
對門山裡菜吃羊，
屋裡媳婦打家娘。
啊！睡到半夜賊咬狗，

雞公擔起狐狸走。

這首顛倒事物的詞句，俏皮、有趣，屬於逗趣歌。

七個小矮人／陳正治

七個小矮人，
　帶了七個水壺，
　騎了七匹馬，
　想到七堵去遊覽。
遇到七個乞丐，
　帶了七個葫蘆，
　握著七根枴杖，
　擋住了去路。
小矮人，過不去，
　氣得鬍子都翹起！

（《兒歌ㄅㄆㄇ》，頁41）

圖3-7　七矮人

這是一首跟「七」字音韻有關的兒歌。由於音韻相近，詞語詼諧，兒童在吟誦的過程中，有些難度和繞口，因而造成趣味，屬於繞口的逗趣歌。

月亮奶奶 / 傳統兒歌

月亮奶奶，好吃韭菜；

韭菜不爛，好吃雞蛋；

雞蛋不熟，好吃豬肉；

豬肉不香，好吃生薑；

生薑不辣，好吃小鴨；

小鴨一咕嚕，下水不起來。

（朱介凡，《中國兒歌》）

這是一首採用頂真修辭法中「句間頂真」寫作的連鎖歌。也就是在兩句話裡，前句末尾的詞語，當作後句開端的詞語，隨韻黏合，環環相扣，造成趣味。屬於連鎖的逗趣歌。

五、勸勉歌

勸勉歌是勸導或勉勵兒童向善的歌謠。兒童的可塑性大，染蒼則蒼，染黃則黃，當他一有偏差行為，若能及時提醒，才能避免走入歧途。勸勉歌就是在不妨礙兒歌的趣味下，編出來指導兒童做人處世的兒歌。例如：

知足歌 / 傳統兒歌

他騎駿馬我騎驢，

向他一看我不如；

回頭看見推車漢，

比上不足比下有餘。

（陳子實編，《北平童謠選輯》）

這是勸勉兒童知足的兒歌。指導兒童欣賞或吟唱的時候，可以採「仿作法」類化為：「他穿皮鞋我穿球鞋，向他一看我不如；回頭看見沒鞋穿的，比上不足比下有餘。」；「他坐轎車我坐公車，向他一看我不如；回頭看見

拉車的，比上不足比下有餘。」又如：

螞蟻搬豆 / 佚名

一隻螞蟻在洞口，
找到一粒豆。
用盡力氣搬不動，
只是連搖頭。
左思右想好一回，
想出好辦法：
回洞請來小朋友，
合力抬著走。

（《幼兒唱遊精華》，頁5）

　　這是一首告訴孩子團結力量大的兒歌。借用螞蟻搬豆的委婉故事，暗示做一件超過自己能力的事，個人力量微薄，需要大家合作才能成功。勸勉兒童要發揮合作的精神。

六、抒情歌

　　抒情歌是抒發喜、怒、哀、懼、愛、惡、欲等等情感的兒歌。例如：

圖3-8　魚

魚 / 陳正治

魚愛喝水，魚愛喝水，
一口一口的喝，
從來沒停過。
魚呀魚呀，
你喝那麼多水，
為什麼肚子不會撐破？

（《兒歌ㄅㄆㄇ》，頁63）

幼兒的心理特點是對一切細小的事物和細微的變化，都極感興趣；再加上他對自然界的事物並不瞭解，為了探求奧秘，因此有很多的疑惑和掛心。這首兒歌便是掛念魚兒喝太多水，擔心牠撐破肚子的兒歌，屬於抒情歌。再如：

風雨 / 佚名

風兒呼呼吹，
雨兒嘩嘩下。
鳥兒無處躲，
躲在屋簷下。
花兒無處躲，
個個頭垂下。
風啊，你不要吵！
雨呀，你不要下！
花兒沒有家，
鳥兒沒有家。

這首兒歌，表達了孩子同情花、鳥受風雨吹襲的痛苦，也是抒情的兒歌。

七、生活歌

生活歌是敘述兒童的生活情形，或是跟兒童生活有關的社會情形的歌謠。例如：

扮家家 / 馬景賢

老屋前，榕樹下，
這是我的家。
客來送茶點，

客去說再見。

都是好朋友，

大家扮家家。

　　這首兒歌，寫出兒童扮家家遊戲的情形，屬於跟兒童生活有關的生活歌。

搖搖搖 / 佚名

搖搖搖，搖到外婆橋，

外婆叫我好寶寶。

糖一包，果一包，

還有餅兒還有糕。

你要吃，就動手，

吃不完，帶著走。

　　這首兒歌，寫出孩子回到外婆家受到外婆疼愛的情形，屬於孩子的生活歌。

第三節　兒歌的寫作原則

　　兒童需要兒歌，尤其是幼兒階段。兒歌雖然有的是兒童隨口編造出來的，例如兒童流行過的兒歌：「一二三，到臺灣，臺灣有個阿里山。阿里山，種樹木，我們明年回大陸。陸，陸，陸戰隊……」接著玩造詞語的接龍遊戲；不過大部分仍是關懷兒童的人創作的。創作兒歌應該注意些什麼？現在述說於下。

一、寫作前

(一)瞭解兒童並多看兒歌作品

　　兒歌是給兒童朗誦的，所以創作兒歌的人，要瞭解兒童的需要、想法和

理解能力，創作出來的作品，才會受到兒童歡迎。例如從文字來說，作者要採用兒童聽得懂的淺顯口語並具形象性的語言寫作，不要採用文言文或抽象語寫；音韻方面要和諧，方便兒童記憶和朗誦。題材的選擇，要注意與兒童有關的生活經驗和興趣。

　　瞭解兒童外，還要多看他人的兒歌作品，以厚植創作力和鑑賞力。古人說：「熟讀唐詩三百首，不會作詩也會吟。」多讀他人兒歌作品，對自己的創作兒歌，絕對是有助力的。例如流行的傳統兒歌：「小老鼠，上燈臺，偷油吃，下不來。叫媽媽，媽不睬；叫爸爸，爸不來。嘰哩咕嚕滾下來。」除了內容好，富有勸誡作用外，形式方面採用口語，句式簡短、明快，而且音韻和諧的形象語言寫作。多看這類作品，對創作力和鑑賞力，必然增進。

(二)認識兒歌的價值和特質

　　兒童喜愛兒歌，因為可以從兒歌中獲得快樂，同時也可以充實知識、增強記憶力、理解力、思維力和想像力。創作兒歌的人能體認兒歌有這些價值；也知道兒歌體裁有四大特質，才會全力經營，並把握文體特色，寫出娛樂價值高，又合情合理的好作品，不會把寫兒歌當作玩票，隨意亂編，寫出灰色、荒誕、殘暴等不健康的作品來。例如從前幼兒園流行過一首〈公雞愛母雞〉的兒歌：「公雞愛母雞，可是母雞不愛公雞，公雞生了氣，拿起菜刀殺母雞。」此種不正確的愛情觀，不尊重他人的荒謬兒歌，傳唱一時後，即被有心人士勸阻，不再流行。寫作兒歌的人，不要為了娛樂兒童，故意譁眾取寵，作出這種兒歌。

(三)隨時蒐集寫作題材

　　有心從事兒歌創作，要隨時善於觀察兒童生活，並記下令你感動的事件，以供編成兒歌。兒歌作家周伯陽看到小朋友抱著洋娃娃玩的情形，大受感動，於是攝取了這個鏡頭，寫出這樣的兒歌：

資料來源：《兒歌理論與賞析》，
　　　　　頁121
圖3-9　小白兔

小白兔 / 佚名

小白兔，真乖巧。
紅眼睛，白皮毛，
後腿長又大，
前腿短又小。
走起路來一蹦又一跳，
只愛吃青草。

二、寫作中

對兒歌有了基本認識後，要從事創作，還得注意以下要件：

(一)選擇題材並深入研究

兒歌是兒童的歌謠，因此兒歌的作者要多從兒童生活中尋找題材，體驗兒童生活的情趣，蒐集兒童活動資料。能這樣，自然有許多題材可寫。其次，找到資料後，要深入研究，把握它們的特色，然後編成兒歌。例如要勸誡兒童常理頭髮，可以從常理髮的孩子，頭髮修得整整齊齊，受到大家讚美的角度來寫；也可以從反面構思，敘述這個孩子的頭髮像拖把或像刺蝟，被人誤會而出醜的角度寫作。至於寫知識歌，更需要深入研究被描寫的對象，獲得正確的知識後，再寫成作品。例如兔子、青蛙是四隻腳，麻雀是兩隻腳；兔子、青蛙、麻雀在地上走路是用跳的，不要寫成：「一隻青蛙一張嘴，兩隻眼睛，兩條腿」，「兔子、麻雀、青蛙走過來」的語句。

(二)決定範圍並確定主題

題材找到後，可寫的角度很多。兒歌體裁的特色是主題單一，內容單純，因此要決定寫作的範圍，並確定主旨。兒歌類別，依功能分為催眠歌、遊戲歌、知識歌、逗趣歌、勸勉歌、抒情歌、生活歌。我們寫作兒歌，可先考慮是寫哪一類的。如果打算把它編為知識歌，就要決定以什麼知識當主題；如果打算編為勸勉歌，也要確立以什麼勸勉的話當主題。例如以「青蛙」為題，如果寫的是知識歌，可以寫：青蛙是兩棲動物、愛吃蚊子、善於跳躍和唱歌的知識。如下列兒歌：

如果寫的是勸勉歌，要寫兒童不要像青蛙一樣愛說大話，可以寫成這樣
的兒歌：

青蛙 / 陳正治

小青蛙，

說大話：

我的嘴巴寬，

我的肚子大，

一次可以吃下一個大西瓜。

（《兒歌理論與賞析》，頁213-214）

圖3-10　青蛙自誇圖

(三)尋找材料並發揮想像

有了題材後，要根據決定的範圍和主題，發揮想像力，尋找可用的、新
穎的、符合幼兒年齡特色的材料來寫。例如林良先生的《小動物兒歌集》中
的好多篇作品，都能充分的發揮這個特點。例如：

蟑螂 / 林良

蟑螂蟑螂，

你住的是人家的廚房。

白天你不聲不響，

夜裡你比誰都忙。

你真髒，

爬到碗裡去喝湯。

你真壞，

吃我們沒吃完的好菜。

你身上有一股臭味，

誰聞了都會翻胃。

好在我們有了電冰箱，

再也不怕你這個臭蟑螂。

資料來源：《小動物兒歌集》，頁40-41

圖3-11　蟑螂

㈣決定形式及活用技巧

找到題材、決定好內容後，要採用什麼形式、活用什麼技巧把它寫成兒歌，這是初寫兒歌的人常感為難的問題。兒歌沒有固定的形式，現在只能簡單介紹幾種結構、句法、韻腳及表達技巧。

1. 以結構來說，有單層結構、雙層結構、多層結構的分別。如前述筆者寫的〈青蛙〉就是單層結構，佚名的〈不倒翁〉是雙層結構。
2. 以句法來說，有整齊句和不整齊句的分別。整齊句，常見的有：三言、四言、五言、七言。三言的是每行各三個字。例如：

過馬路 / 佚名

過馬路，
要當心。
看看右，
看看左；
紅燈亮，
不要行，
綠燈亮，
趕快過。

四言的是每行各四個字。例如：

大頭 / 佚名

大頭大頭，
下雨不愁。
你有雨傘，
我有大頭。

五言的是每行各五個字。例如：

包子最可愛 / 佚名

包子最可愛，

裡面就有菜。

用手拿著吃，

不必動碗筷。

（《兒歌理論與賞析》，頁93）

七言的是每行各七個字。例如：

小星星 / 佚名

一閃一閃亮晶晶，

滿天都是小星星。

好像許多小眼睛，

掛在天空放光明。

一閃一閃亮晶晶，

滿天都是小星星。

不整齊句的，有句式大部分整齊的。如：

排排坐 / 佚名

排排坐，

吃果果。

你一個，

我一個，

妹妹睡了留一個。

有句式自由、沒有規律的，如上述的〈蟑螂〉兒歌。

3. 以韻腳來說，兒歌大部分以押尾韻為主，也就是韻腳落在每一行的末尾。如徐青的〈像隻黑烏鴉〉兒歌，每一行末尾字「娃、丫、哇、鴉」，就是押韻字。押韻的方式也有多種：例如每一行都押相同韻的，叫做「一韻到底」，如〈像隻黑烏鴉〉的兒歌，每一行都押《中華新韻》列出的「麻（丫）」韻；有換韻的，如：〈猜一字〉的兒歌：「上面蓋了大房屋，下面養了一條豬。人人要是擁有它，一生樂得笑哈哈」，由「模（ㄨ）」韻轉成「麻（丫）韻」。也有頭尾交互押韻的。如：

牆上落下一個瓜 / 傳統兒歌

牆上落下一個瓜，
打著小娃娃。
娃娃叫媽媽，
媽媽抱娃娃，
娃娃罵瓜瓜。

這首兒歌，第二行開頭的「打」字，跟第一行末尾的「瓜」字，同押「丫」韻；第三行開頭的「娃」字，跟第二行末尾的「娃」字，也同押「丫」韻。像這種前後連鎖的押韻法，就是頭尾交互押韻。

初寫兒歌的人，常為找押韻字而困擾。教育部於1941年公布的《中華新韻》工具書（臺北正中書局印行），可供作者翻閱、選字的參考。

4. 以表達技巧來說，可活用的技巧很多。例如主題的表達，有直接表達法，也就是兒歌中可以找到主題字。像王金選的〈戀烏貓〉（見後文），以「戀」（笨）字為主題，直接把它寫在兒歌內；上述〈排排坐〉的兒歌，要表現的是「友愛」的主題，採用的是間接表現法，讓讀者自己去體會。再如文句的進行，方式更為多種。例如設問法（問答法）、擬人法、層遞法、誇飾法、摹況、頂真法（連鎖法）、映襯

法、倒反法、起興法、對偶法、排比法、象徵法……多得不勝枚舉。如何應用？這就要作者多費神了。另外，寫作的時候，要注意幼兒的年齡特徵，以及應用情趣的語言，不用標語式的口號。例如：作家魯兵要寫一個不愛理髮，頭髮亂七八糟的的小孩，以「小刺蝟」來借代；以「嚓嚓嚓」的摹聲方式，表達正在理髮。這是採用間接表達、不喊口號，語言富有形象化的敘述技巧。再如作家趙家瑤寫的〈指甲長長〉的兒歌，作者不是從注意衛生、常剪指甲的孩子，受到大家喜愛的正面形象入手，而是從不注意衛生、指甲長得很恐怖、連疼愛他的奶奶也嚇壞的醜樣寫作。兒歌中，富有文學味的刻畫了一個不注意衛生的小淘氣形象，也傳達了常剪指甲、注意衛生的重要。這也是寫得很有情趣的一首衛生歌。

三、寫作後

　　寫出兒歌後，還要勤於修改。名作家潘人木女士在她的兒歌集《滾球滾球一個滾球》說她寫出一首兒歌後，都要口誦。看看是否合口，有沒有詰屈聱牙的，有沒有抽象、難懂的。發現不妥切的，就改。筆者寫作成語兒歌五十首，也是一改再改。例如下一首，改了三次才定稿：

頑皮的小老鼠 / 陳正治

小老鼠，真頑皮，
躲在廚房玩遊戲。
碰碰東，碰碰西，
乒乒乓乓惹人氣。

媽媽走來看一看，
看到老鼠滾碗盤。
滾碗盤呀滾碗盤，
萬一破了怎麼辦？

媽媽看了心慌慌，
順手拿起雞毛撢，
對準老鼠就要扔，
又怕碗盤破光光。

小老鼠，真頑皮，
躲在書房玩遊戲。
咬咬東，咬咬西，
窸窸窣窣惹人氣。

爸爸走來瞧一瞧，
瞧到老鼠咬字畫。
咬字畫呀咬字畫，
萬一咬壞損失大。

爸爸看了心慌慌，
順手拿起黑墨盤，
對準老鼠就要扔，
又怕字畫弄髒髒。
（猜一句成語）
（謎底：投鼠忌器）

（《成語兒歌與猜謎》，頁99-100）

第四節　兒歌作家與作品

　　近幾十年來，由於幼兒教育的發達，需要較多新穎、合時的兒歌，因此創作兒歌和出版兒歌的人就多了起來。由於寫作兒歌的人很多，例如周伯

陽、林鍾隆、黃基博、謝武彰、許義宗、陳玉珠、杜榮琛、林芳萍等等，都
寫得很好。現在只能簡介幾位作家的作品如下：

1.小螃蟹／王玉川

小螃蟹，橫著走；
誰見了，誰說醜。
小螃蟹，學蛇走，
走一步，扭三扭；
蛇一看，說更醜。
小螃蟹，學蛙走，
不會跳，栽跟斗；
蛙一看，說更醜。
跟人學，真彆扭，
又費勁，又丟醜；
不如照舊，橫著走。

（《大白貓》，頁90）

簡介：

> 王玉川（1896-1990），生於河北省。來臺後，服務於臺北市國語日報
> 社多年，是一位兒歌作家，也是一位語文學家。主要著作有《大白貓》、
> 《兒童故事詩》、《三百字故事》、《小蜜蜂》、《三百個句型》、《怎
> 樣講故事》等書。
>
> 　〈小螃蟹〉是一首具有諷刺意味的兒歌。描述小螃蟹失去自我，模仿
> 他人走路，結果丟人現眼，引來笑話；後來迷途知返，尋回自我。這首節
> 奏明快、音韻和諧的兒歌，除了富有情趣，也有很深的意涵。

2.顛倒歌／華霞菱

小三兒小三兒聽我說，
我來唱個顛倒歌：

水牛整天睡懶覺，
公雞要唱催眠歌。
兔子騎上獵狗背，
駱駝游泳過大河。
小雞啄了鷹翅膀，
小羊齊把大狼捉。
偷兒嚇跑看家狗，
老鼠咬了貓耳朵。
顛倒的事兒錯又錯，
小三兒會不會
把對的事情説一説？

水牛耕田力氣大，
公雞會唱早起歌；
獵狗追兔跑得快，
駱駝專走大沙漠；
老鷹要捉小雞去，
大狼常把小羊拖；
好狗看家偷兒怕，
貓捉老鼠笑呵呵。

小三兒小三兒真不錯，
請你吃個大蘋果。

（《顛倒歌》，頁1起）

簡介：

　　華霞菱（1918-），河北天津市人。來臺後，先服務於新竹師範附小，擔任幼稚園老師，後來轉任臺北師專附小擔任國小老師。對幼教及國

教，都有很深的瞭解。著作甚多，共有《顛倒歌》、《五彩狗》、《魔術筆》、《幼稚園幼兒讀物精選》、《讀書和作文結合》等二十多本。

〈顛倒歌〉作者先提出幾種動物的錯誤知識給小朋友辨別，再由一個叫小三兒的小朋友說出正確的答案。這樣的寫法，除了富有懸疑效果，增強趣味性及娛樂兒童外，還可以讓兒童在朗誦中，理解動物特性，辨別是非，獲得記憶力、思維力、想像力的訓練。這是一首不可多得的逗趣兼知識的兒歌。

3.我在動物園 / 潘人木

我在動物園，
撿到五塊錢，
送給大象買甘蔗，
送給駱駝買包鹽。
一個對我甩鼻子，
一個對我翻白眼。
猴子走上前，
搶了我的錢，
手兒抓抓腮，
嘴巴碎碎念：
別給我的朋友亂餵飯。

（《滾球滾球一個滾球》，頁17-19）

簡介：

潘人木（1919-2005），本名潘佛彬，生於遼寧省「賀爾海」村莊。來臺後，曾任教育廳中華兒童叢書主編多年，編輯將近五百本兒童讀物，對培養兒童文學作家及提升臺灣兒童文學作品水準，貢獻很大。潘女士是一位有名的兒童文學作家及成人小說家。著有《小胖小》、走金橋》、《老手杖直溜溜》、《拍花蘿》、《滾球滾球一個滾球》等兒歌集，以及《連

漪表妹》、《如夢記》等成人小說。

　　〈我在動物園〉是一首兒童生活歌。一般孩子看到喜愛的動物，不是逗牠，就是餵牠食物。這種行為是不懂得愛護動物的。潘女士捉住了孩子這個幼稚無知的形象，以情趣的語言，把它寫得躍然紙上。例如寫大象不高興的情緒，以對孩子甩鼻子的動作來表示；駱駝不高興，以對孩子翻白眼的表情。這都是具體、生動的形象語言，比起直說「我不喜歡」的抽象語，好太多了。

4.螃蟹 / 林良

螃蟹螃蟹，
你的殼兒硬得像鐵。
你拿著兩個大鉗子，
可是你實在沒有膽子。
你看見人就往旁邊躲，
連一句大話也不敢說。
你要是參加賽跑，
大家一定會笑彎了腰。
人家是拼命的往前衝，
你是橫著走出跑道
去找觀眾。

資料來源：《小動物兒歌集》，頁24

圖3-12　螃蟹圖

簡介：

> 　　林良（1924-），生於福建廈門。來臺後，服務於國語日報社，擔任過編輯、出版社主任、董事長。對兒童文學一往情深，以兒童文學工作為生平職志，是一位有名的兒童文學作家及成人散文家，有臺灣兒童文學大家長的美譽。作品有《小動物兒歌集》、《兩朵白雲》、《我是一隻狐狸狗》等兒童文學作品二百多冊，以及《小太陽》、《和諧人生》等散文集八冊。
>
> 　　〈螃蟹〉這首兒歌雖然寫的是螃蟹的特性，以及孩子的天真想法；深入探究，卻富有深意。螃蟹有堅硬的外殼以及有力的大鉗子，可是行為膽小，看見人就躲，不敢參加賽跑，表現了一個人的「名實不符」、「虛有其表」的特性。兒歌富有新意，也充滿幼兒的稚趣。

5.我長大了 / 馬景賢

藍藍青天，白雲片片，
雲兒陪我盪鞦韆。
我不怕，我不怕，
我已長大，
我已長大。

藍藍青天，白雲片片，
鳥兒陪我飛上天。
我不怕，我不怕，
我已長大，
我已長大。

（《春風春風吹吹》頁72-73）

簡介：

馬景賢（1933-），生於河北省良鄉縣琉璃河鎮。來臺後，服務於農發會圖書館。曾兼國語日報「兒童文學週刊」主編多年，也擔任過兒童文學學會理事長，對推展臺灣兒童文學，貢獻很大。著有兒歌《春風春風吹吹》、《天上飛飛地上跳》、《我家有個小乖乖》、《香蕉國王下命令》等，以及兒童小說《小英雄與老郵差》等共四十多本書。

　　這首富有情趣、活用誇飾法寫兒童盪鞦韆想飛上天的兒歌，跟兒童的幻想和生活有關，屬於發展幼兒性格與智能的兒歌。兒歌的意境很高，以藍天、白雲的廣闊空間為背景，描繪一個盪鞦韆小孩想飛上天的情景，表現「已長大」的興奮，極為精彩。整首兒歌富有畫趣美，也富有節奏美。

6.李子和栗子／林武憲

李子是李子，栗子是栗子；
李子不是栗子，栗子不是李子。
酸酸甜甜的是李子，香噴噴的是栗子。
我吃了一堆李子，也吃了栗子雞和糖炒栗子。
鼓鼓的肚子ㄍㄨㄌㄨㄌㄨ抗議——
我吃了一肚子李子和栗子。

（《新安安上學》，頁100）

簡介：

林武憲（1944-），生於臺灣彰化縣伸港鄉。曾任國小教師多年，並兼國立編譯館國語教科書編審委員，是一位多產的兒童文學作家。出版有《語文遊戲》、《新安安上學》、《井裡的小青蛙》、《我愛ㄅㄆㄇ》、《怪東西》、《快把窗子打開》、《無限的天空》等五十多本書。

　　〈李子和栗子〉除了可以讓兒童辨別李子和栗子是不同的食物，以及吃東西不可以過量外，它還兼有辨別音韻的作用。「李」和「栗」的聲符和韻符都是「ㄌ」和「ㄧ」，由於聲調不同，意思便不同。李子的「子」

和栗子的「子」，都念輕聲。前一個在上聲後面，音值為44度，音調較
高；後一個在去聲後面，該唸為11度，音調較低。這首語文兒歌，是一首
辨讀聲調和輕聲唸法的好兒歌。

7.玉蜀黍 / 馮輝岳

玉蜀黍，
牙齒多，
一排排，
一顆顆。

玉蜀黍，
年紀大，
白鬍鬚，
一大把。

（《茄子的紫衣裳》，頁8）

簡介：

　　馮輝岳（1949-），臺灣桃園縣龍潭人。曾任國小教師、主任及康軒
版國語課本、客語課本編輯委員。兒歌、小說、散文都寫得很好，是一位
多方位的兒童文學作家。著有《茄子的紫衣裳》、《發亮的小河》、《逗
趣兒歌我會念》、《陀螺，轉轉轉》、《臺灣童謠大家念》、《崗背的孩
子》、《阿公的八角風箏》、《童謠探討與賞析》等四十多本書。

　　〈玉蜀黍〉兒歌是一首富有稚趣的兒歌。作者從幼兒的角度把玉蜀黍
擬人，說它牙齒多和年紀大。牙齒多的證據是牙齒一排排、一顆顆；年紀
大的證據是鬍子一大把。這首兒歌，可以培養兒童的觀察力、思維力和想
像力。

資料來源：信誼基金出版社，
《紅龜粿》，頁9
〈戇烏貓〉原詞為閩南語，括弧
中陳正治譯為中文
圖3-13　戇烏貓

8.戇烏貓／王金選

戇烏貓，	（笨黑貓，）
頭殼底石頭；	（腦袋裝石頭；）
不食魚，	（不吃魚，）
欲食柴頭；	（要吃木頭；）
不掠老鼠，	（不抓老鼠，）
卻掠猴；	（要抓猴子；）
暗時講欲	（晚上說要）
曝日頭。	（曬太陽。）

簡介：

　　王金選（1964-），臺灣臺中縣新社鄉人。目前從事兒歌、漫畫、插畫、童話等創作，擅長以閩南語來寫兒歌。著有《紅龜粿》、《點心攤》、《指甲花》、《彩虹的歌》、《禮物》、《肥豬齁齁叫》等三十多本書。

　　〈戇烏貓〉這首語言明快、節奏和諧的兒歌，採用「主題直接表現」法寫作。先揭示「戇」（笨）的主題於前面，然後列舉：不吃魚，要吃木頭；不抓老鼠，要抓猴子；晚上沒有太陽卻說要曬太陽等三件證據，說明黑貓的笨。情境合宜，具說服力。兒歌內容是多義的：表面是寫黑貓的笨，其實是借黑貓來寫沒有認清自我、不考慮客觀環境的人，一味放任自己去作能力外的事，不但徒勞無功，而且會被人笑是笨瓜。借物抒情，富有含蓄美。

參考書目

一、兒歌理論書籍：

1.朱介凡編，《中國兒歌》，臺北市：純文學出版社，1977年12月，初版一刷。

2.何三本編著，《幼兒文學》，臺北市：五南圖書出版公司，2003年4月，
　　初版一刷。

3.邱各容著，《臺灣兒童文學作家及作品論》，臺北市：富春文化事業有限
　　公司，2008年8月，初版一刷。

4.陳正治著，《兒歌理論與賞析》，臺北市：五南圖書出版公司，2007年3
　　月，初版一刷。

5.梅果主編，《幼兒文學創作與賞析》，北京市：經濟科學出版社，1994年
　　5月，初版一刷。

6.華東等八省幼兒園教師進修教材協作編寫委員會編，《幼兒文學》，上海
　　市：1987年6月，初版一刷。

7.鄭光中主編，《幼兒文學教程》，成都市：四川民族出版社，1998年8
　　月，初版一刷。

二、兒歌作品：

1.王玉川著，《大白貓》，臺北市：國語日報社，1979年9月，四版一刷。

2.王金選著，《紅龜粿》，臺北市：信誼基金出版社，1991年6月，初版。

3.林良著，《小動物兒歌集》，臺北市：民生報社，2006年6月，二版。

4.林武憲著，《新安安上學》，臺北縣：富春文化事業有限公司，2005年12
　　月，初版。

5.馬景賢著，《春風春風吹吹》，臺北市：民生報社，2001年12月，初版。

6.陳子實編，《北平童謠選輯》，臺北市：大中國圖書公司，1968年。

7.陳正治著，《成語兒歌與猜謎》，臺北市：五南圖書出版公司，2009年6
　　月，初版一刷。

8.陳正治著，《兒歌ㄅㄆㄇ》，臺北市：親親文化事業有限公司，2004年9
　　月，修訂十二刷。

9.陳正治著，《猜謎識字》，臺北市：國語日報社，2000年8月，初版一
　　刷。

10.馮輝岳著，《茄子的紫衣裳》，臺北市：洪建全教育文化基金會附設書評

書目社，1988年6月，初版。

11.楊兆禎編，《幼兒唱遊精華》，臺北市：文化圖書公司，1981年1月，初版。

12.楊兆禎編，《兒童歌曲精華》，臺北市：文化圖書公司，1970年12月，二版。

13.楊兆禎編，《兒童歌曲精華第二集》，臺北市：文化圖書公司，1984年12月，二版。

14.潘人木著，《滾球滾球一個滾球》，臺北市：民生報社，2001年6月，初版。

15.華霞菱著，《顛倒歌》，臺北市：臺灣書店，1965年2月，初版。

閱後自評（是非題：對的打圈，錯的打叉，每題十分）

（　）1.符合兒童心理，適合兒童吟唱、朗誦、欣賞的押韻歌詞，就是「兒童歌謠」。古時候把「兒童歌謠」叫做「童謠」，現在大家普遍採用的是「兒歌」。

（　）2.大部分的兒童，最早接觸的文學體裁是兒歌。

（　）3.每一首兒歌在內容的取材上，採用「面」的方式，不是「點」來呈現。

（　）4.兒歌的題材雖然多樣，但是每一首兒歌的主題和內容，卻是單純而集中的。

（　）5.兒歌的押韻，必定是押尾韻。

（　）6.內容有趣、詞句俏皮，能引起兒童快樂情趣的兒歌，例如嘲弄歌、顛倒歌、繞口令、連鎖歌等等都是勸勉歌。

（　）7.兒童需要兒歌，主要是為了娛樂以及它的實用。因此，娛樂性跟實用性，便是兒歌的重要特質。

（　）8.為了增進幼兒的語文能力，兒歌的用字最好採用淺顯的文言文寫作。

（　）9.寫作兒歌在押韻的選字上，可以從《中華新韻》裡找到資

料。

（　）10.「他騎駿馬我騎驢，向他一看我不如；回頭看見推車漢，比上不足比下有餘。」這首兒歌的主題，就是後一句的「比上不足比下有餘」。

習題（總分100分）

一、請記下一首當地你所熟悉的「催眠歌」。（如果不是華語，請將它譯成華文）（20分）

二、請記下你熟悉的一首「遊戲歌」，並介紹它的玩法。（20分）

三、請寫出你最喜愛的一首兒歌，並說出為什麼喜愛的理由及它的特點。（20分）

四、請根據〈兩隻老虎〉的格式，仿作一首兒歌。（20分）

原作：兩隻老虎，兩隻老虎，跑得快，跑得快。一隻沒有耳朵，一隻沒有尾巴，真奇怪，真奇怪。

格式：兩隻□□，兩隻□□，□得□，□得□。一隻□□□□，一隻□□□□，真□□，真□□。

仿作舉例：兩隻老鼠，兩隻老鼠，壞得很，壞得很。一隻咬壞櫃子，一隻咬壞衣服，真可惡，真可惡。

五、請以幼兒生活為題材，以符合幼兒程度的語言，形象化的語言（不要喊口號）自創一首兒歌，並說明這首兒歌要表現什麼主題。（20分）

第四章
幼兒故事

第一節　幼兒故事的意義與特質

　　「故事」的定義有狹有廣。狹義的定義可從字面看出，「故」就是舊的、以前的；「事」是事情、事跡。「故事」就是過去的事跡。採用狹義定義的，一般指的是歷史故事、生活故事，例如〈寬大的劉寬〉、〈蘇武牧羊〉、〈小琪的房間〉等等「寫實故事」；廣義的定義很寬廣，林守為教授說：「凡一切有人物、有情節的演述材料，只要具有故事體裁的，都可叫它做「故事」（《兒童文學》，頁165）。採用廣義定義的，除了「寫實故事」外，凡是虛構的、幻想性的，只要具有情節的故事體，都是「故事」。

　　從對幼兒說故事或幼兒想看、想聽的「故事」角度來看，「故事」並不是專指「寫實」的故事，而是所有「寫實」、「虛構」以及「幻想」等具有情節的，都叫「故事」。因此，本文的「故事」，採用的是廣義的定義。

　　什麼是幼兒故事？簡單說，幼兒故事就是符合幼兒心理，適合幼兒閱讀、欣賞的各類故事。它包含寫實的幼兒生活故事、歷史故事，也包含虛構、幻想的寓言、神話、童話等各類故事。不過，「童話」在幼兒心理所佔的份量太重要了，因此大部分研究幼兒文學的人，把它獨立出來，另外闡述。

　　幼兒故事的特質是什麼？以下依據內容和形式，分為三項說明：

一、題材廣泛，主題明朗

　　幼兒想聽故事，主要的是從故事中獲得快樂，以及滿足好奇心；成人編故事或講述故事給幼兒聽，除了滿足幼兒的這些需要以外，常常也利用故事，教育孩子。例如幼兒偏食，成人講述一個偏食受害的故事；幼兒不刷

資料來源：國語日報社，《不
愛理髮的孩子》
圖4-1　《不愛理髮的孩子》

牙，成人編了不刷牙受害的故事等等，讓幼兒聽了改掉壞習慣。由於這些因素，幼兒故事的題材便非常廣泛。以縱線來說，遠從盤古開天地，近至現在甚至未來的事事物物，都可以做為故事材料；以橫線來說，個人的自我領域、個人與他人的群體領域、個人與環境的自然領域，甚至個人與超越界的領域，都可以當故事題材。

幼兒故事的題材雖然廣泛，但是由於欣賞者是幼兒，專注力、理解力、吸收力跟成人甚至國小兒童不同，因此每一篇幼兒故事的主題單一、明確。例如唐‧佛利曼《不愛理髮的孩子》，寫的是一個不愛理髮的孩子，頭髮又長又亂，大家看了都要他去剪頭髮，可是他就是拖拖拉拉，後來一個要買拖把的老太太，由於眼花又沒戴眼鏡，把他的頭髮誤為拖把，抓起來搖，不愛理髮的孩子被搖疼了，覺悟到頭髮太長的不應該，便連忙去理髮。故事主題集中、積極而明顯。其他如伊索寓言中大家熟悉的〈龜兔賽跑〉，表達「驕傲必敗」的主題，也都是明朗的幼兒故事。

二、情節單純，篇幅簡短

由於幼兒的注意力不長久，因此一般幼兒故事的情節都很單純，常常是直線進行式的，因此篇幅也簡短。

例如前述的《不愛理髮的孩子》，開頭敘述媽媽叫他去理髮。他拿了錢後，看到全身毛茸茸的哈巴狗，便對牠說：「該去理髮的是你，不是我。」看到草地，又說：「我看該理髮的是這片草地，不是我。」看到一棵葉子下垂的樹，又說：「樹才應該修剪，我用不著。」後來他躲到雜貨店去，等把事情想通再決定理不理髮。結果他被一個老太太誤為拖把，終於想通而去理髮。整個故事都繞著要不要去理髮的線索進行。從開頭的提出問題，接著是發展部分、高潮部分，然後揭示結局，脈絡清晰，沒有旁枝，情節單純，故

事性強。整篇的篇幅，也比小說、戲劇等等文體簡短。至於寓言部分，大部分都是百字左右，能把寓意表現出來而已。

三、語言淺顯，刻畫生動

　　幼兒文學的接受者是幼兒，因此，給幼兒閱讀、欣賞的故事，語言方面更重視淺顯和形象美。例如：上述《不愛理髮的孩子》這篇故事，採用口語來寫，像媽媽對孩子說的話，以及孩子的自言自語：

　　　　「孩子，這是錢。」媽媽說。
　　　　「我剛打電話到李法先生那兒，他約你準四點去，現在三點半剛過，媽要你自己出門，一蹦一蹦的到理髮館去。」
　　　　……
　　　　「理髮幹什麼呢？就是要理，也用不著現在就去呀！」

　　這些對白，語言都很淺顯，刻畫也生動。媽媽的話，大部分都用口語的短句，例如「孩子，這是錢」、「我剛打電話到李法先生那兒」、「他約你準四點去」。而在句子中，也刻畫出孩子的個性，例如媽媽要孩子「一蹦一蹦的到理髮館去」的句子，以形象化的詞語「一蹦一蹦」，表達出孩子的好動、活潑性格。

　　孩子的反應：「理髮幹什麼呢？就是要理，也用不著現在就去呀！」也顯現孩子富有個性，不是一般全盤接納的孩子。

　　幼兒故事跟兒歌一樣，也以實詞為主，實詞中又以名詞、代名詞、動詞為多，虛詞用得較少；句式簡短，再加上應用形象化手法，把人物和事物的形狀、動作、神態、心理等具體、鮮明、直接的表現出來；語言淺顯，富有形象美。

第二節 幼兒故事類別

依照不同的分類方式，幼兒故事的類別也不同。例如以表現的工具來分，幼兒故事有圖畫故事、卡通故事、語言故事；以想像來分，有寫實故事，虛幻故事；以內容、性質來分，有生活故事、歷史故事、民間故事、寓言、神話等等。現在依照內容、性質，將幼兒故事分為下面幾類：

一、生活故事

生活故事寫的是跟幼兒現實生活有關的故事。這種故事，大部分是幼兒的自我問題，例如：流口水、偷撒尿、膽小、怕黑暗、偏食等等生理和心理的故事；以及有關群體關係的問題：例如與兄弟姊妹及其他家人的相處情形，與幼稚園的同學或社會人士互動的關係；甚至面臨國家、社會變故，幼兒流離失守，或是死亡的問題。像林良的《小琪的房間》，敘述一個叫小琪的小女孩，不會整理房間。媽媽常常為了整理小琪的房間，花了好多時間。有一天，小琪的好朋友小珍珠來到小琪的房間玩，看到小琪房間的棉被疊得好整齊，就問小琪，誰幫她疊的？小琪說自己疊的，不敢說是媽媽疊的。後來小琪到小珍珠家，看到小珍珠的棉被疊得很整齊，就問誰幫她疊的？小珍珠說她上次到小琪家，聽了小琪自己疊棉被，回來以後也學小琪自己疊棉被。小琪聽了以後，開始自己疊棉被，收拾房間的東西，不再麻煩媽媽了。這個朋友互相學習的故事，在生活上常常發生，屬於幼兒生活故事。

再如方素珍的《祝你生日快樂》，寫的是一個叫小丁子的小男生，遇到一個得了癌症的小女孩，小女孩的頭髮因為化學治療而掉光。他們一起玩耍，並許願。後來小女孩過世了，小丁子仍依照約定許願，祝福小女孩生日快樂。這個故事除了

資料來源：國語日報社，《小琪的房間》

圖4-2 《小琪的房間》

向小朋友介紹治療癌症會掉頭髮的知識，以及高
貴的友誼情操外，主要是委婉的告訴小讀者，生
活中遇到朋友或親人離自己而去，不要悲傷、恐
懼。這樣委婉的讓孩子接觸親友死亡的問題，也
跟兒童的生活有關，也屬於生活故事。

二、歷史故事

資料來源：國語日報社，《祝
你生日快樂》
圖4-3　《祝你生日快樂》

　　歷史故事寫的是跟歷史事實有關的人、物
或事蹟的故事。例如吳涵碧的《吳姊姊講歷史故
事》的書中，就有許多歷史故事。

　　歷史故事依人、事、物的不同，又可細分為記人、記事、記物的故事
（林守為，《兒童文學》，頁129）。

　　記人的歷史故事，以歷史上的人物為故事的主角而演述的故事。例如
大家熟悉的《司馬光打破水缸》的故事：從前有一個名叫司馬光的孩子，跟
幾個小朋友在花園裡玩捉迷藏，小朋友們怕被捉到，紛紛尋找隱密的地方
躲起來。一個小朋友爬上大水缸上躲，一不小心，「噗通」一聲，掉落水缸
裡。「哇！」水缸裡的孩子叫出聲來，玩捉迷藏的孩子不知道要怎麼辦，有
的孩子還嚇得哭出來。司馬光看到後，馬上說：「快找一塊大石頭把水缸打
破。」司馬光找來一塊大石頭，用力的砸向水缸。水缸破了，水流出來了，
小孩子也得救了。這是敘述司馬光小時候就很勇敢和機智的故事。其他如
《民族英雄鄭成功》、〈華盛頓砍櫻桃樹〉等故事，都是記人的歷史故事。

　　記事的歷史故事，以歷史上的事件為中心，記敘它的發生、發展、結果
及影響的故事。例如《淝水之戰》的故事，敘述臨危不亂的謝安、謝玄，以
八萬精兵，打敗號稱百萬的符堅軍隊，救了國家的故事。

　　記物的歷史故事，寫的是人類生活中某一個物品的發明或演進的故事。
例如〈鐵絲網的故事〉，敘述一個看守牧場的小孩子，牛常撞毀欄杆而跑出
牧場；這個小孩子研究出牛不敢從長滿荊棘的地方跑走，於是以鐵絲造了人
工荊棘，把牛圍在裡面。牛怕被尖銳的鐵絲刺疼，乖乖的在園裡。鐵絲網發

明了，幫牧場的人解決了問題。其他如：《書的故事》、《汽車的故事》，
都是記物的歷史故事。

三、民間故事

　　民間故事是流傳於民間的口述故事。這類故事大多都是根據傳說而來，
真實性大可懷疑，不過因其中有離奇的情節，濃郁的趣味，如果慎加選擇和
處理，仍可給幼兒閱讀和欣賞。這類的故事，也可分為記人、記事和記物三
類（林守為，《兒童文學》，頁130）。

　　記人的民間故事，記載的人，有的是歷史上有名的人物，例如：大象幫
助耕田的舜、抵抗清軍的鄭成功、號稱鴨母王的朱一貴以及抗日的義賊廖添
丁等等；也有虛構或者不易考證出來的人物，例如：蛇郎君、白賊七、邱罔
舍等等。

　　記事的民間故事，敘述某件事來歷的故事。例如「年」的由來，「中秋
節為什麼要吃月餅」等等。有關「年的故事」，敘述的是：很久很久以前，
深山裡住了一隻喜愛吃人的怪獸，叫做「年」，牠平常不下山，只有到每年
的最後一天，也就是農曆除夕那天的傍晚以後，才下山吃人。大家都很怕年
獸，因此家家戶戶都圍爐吃除夕飯，養足體力，準備應付年獸；而且擔心被
年獸衝散，還準備年糕、發糕等乾糧，以供逃難時吃；又發紅包給幼小的孩
子，以供逃難時有錢買東西。有一位婦女，算錯了年獸下山吃人的日子，除
夕夜那天，不但沒有躲起來，還在屋裡蒸年糕，年獸吼叫著，出現在這婦女
的家門，這位正在灶前添加柴火的婦女嚇了一跳，手中燃燒的柴火被甩了出
來，茅草跟竹子搭的房子也燒了起來，火光衝天，把年獸嚇壞了；而竹子因
遇熱，劈哩啪啦的爆出聲來，年獸聽到這聲音，趕忙跑走。後人發現火光和
爆炸聲可以嚇走年獸，於是過年前，大家都貼紅聯以及放鞭炮，求得平安。
一直到現在，過年時，家家戶戶都貼春聯，又放鞭炮；隔一天的人相見，都
互道「恭喜」，表示平安的度過年關。

　　記物的民間故事，乃是敘述某物的來歷。例如臺北縣〈鶯歌地名的由
來〉、臺中縣大甲鎮鐵砧山〈國姓井的由來〉、公雞的啼聲為什麼叫「鹿角

還狗哥」的故事等等。

四、寓　言

　　寓言是具有勸誡或諷刺意義而篇幅簡短的故事；有人說，寓言就是一種
用比喻的故事來說明道理的文學作品。寓言寄寓的寓意，幼兒也許比較不能
理解，不過故事性強的寓言，幼兒也能欣賞。例如上述提到伊索寓言的〈龜
兔賽跑〉，便是老幼皆適合的故事。對幼兒來說，遇到寓意較深的，家長或
老師可以在旁輔導。例如下列這篇具有兒歌文體的寓言：

狐狸和母雞 / 林良

狐狸拜訪母雞，

帶來一份大禮：

是個粗粗麻袋，

裡面裝些穀粒。

母雞看也不看，

狠狠瞪他一眼：

休想拿些穀粒，

來換我的雞蛋！

（《林良的看圖說話》，頁61）

　　這篇寓言告訴我們：壞人常常利用各種手段親近我們，我們不要貪小便
宜而上當。

　　有的寓言比較長，例如筆者根據敦煌文學改寫出來的〈群鳥學做窩〉，
將近七百字：

〈群鳥學做窩〉

　　老母雞、貓頭鷹、老鷹、烏鴉、麻雀、小燕子，聽說鳳凰很會做窩，就一起飛到鳳凰那兒去學。

　　鳳凰說：「學做窩並不難，只要有耐心，就可以學成……」

　　老母雞聽到這兒，呼呼的睡著了。貓頭鷹聽到這兒，心想：學做窩並不難，我何必浪費時間在這兒聽呢？於是翅膀一拍，飛走了。

　　鳳凰繼續說：「做窩的第一步工作是打好根基，選擇大樹枝上的三個杈……」

　　老鷹一聽便說：「做窩這麼簡單，我已經學會了。」他也翅膀一拍，飛走了。

　　鳳凰接著說：「然後把叼回來的樹枝，一層層的疊起來……」

　　烏鴉聽了說：「哈哈哈，我也會了。」說完，呱呱呱的叫著飛去。

　　鳳凰繼續往下說：「這種窩可以棲身，但是不算很好。要住得好，可以搭在人家的屋簷下，不怕風，不怕雨……」

　　麻雀以為鳳凰教完了，就高興的說：「我學會了。」也撲撲的飛走了。

　　鳳凰又說：「先叼泥土，把泥土一層一層的疊起來，然後再把叼來的毛和草，鋪在上面，就成了好窩。」

　　結果，老母雞因為一直睡覺，沒聽到鳳凰的話不會做窩，只好依賴人們做給牠；貓頭鷹太早飛走，也不會搭窩，只好站在樹上睡。

　　老鷹選擇三個杈的大樹枝休息。烏鴉搭的窩不算好，大風一來便吱吱作響；大雨一來牠被淋成落湯雞。

　　麻雀在人家的屋簷下做窩，雖然可以避風雨，但還不是最好的巢。只有小燕子用心學，有耐心，結果蓋了一個很好的窩，住在裡面，風吹不到，雨打不著，舒服極了。（陳正治，《防凍藥》，頁25-28）

　　這篇寓言要告訴讀者的是：做任何事都要虛心、專心、耐心，才會有好成果。

五、神　話

　　神話是敘述以神的行事為主的故事。這種文體的產生，大部分是遠古時期的人們，借用神力來解釋自然現象、人類的誕生、社會的起源與變化等等問題而來。神話的內容大部分是荒誕、不值得相信的，但是這種文體，充滿幻想、情趣，可以增進孩子的想像力，因此我們也可以從中選擇較沒有負面作用的材料，改寫給孩子看。這類的故事，常見的有解釋自然現象、開天闢地、創造人類、征服自然等神話。

(一)解釋自然現象的神話

　　先民對自然現象如「日蝕」、「月蝕」、「地震」、「彩虹」等，常無法理解，因此有些人就以神力來解釋。例如為什麼「先閃電再打雷」的神話：

　　玉帝派雷公巡視大地，要他負責考察大地的人民。雷公看到一個婦女把白米飯倒給雞吃，結果大為生氣，從雲上丟下雷公錘，把婦女打死了。這個婦女自認是好人，不甘願被雷公打死，因此她的靈魂飄哇飄，飄到玉帝前告狀；玉帝把雷公找來回答。雷公說：「五穀比較營養，是給百姓吃的，不該給雞、鴨、鵝吃；婦女把白米飯倒給雞吃，這是浪費食物，該處罰。」婦女說：「我家很窮，吃不起白米飯。生病的婆婆要吃白米飯，我借了一碗米煮給婆婆吃，婆婆吃不下去。我捨不得吃，想留到下一餐再蒸給她吃，沒想到白米飯餿掉，不能吃了，我把它倒給雞吃。這有什麼錯？」玉帝聽了，知道雷公犯錯，除了嘉獎婦女的孝順，留她在天上當神外，還責備雷公的魯莽。後來雷公出巡，都請帶了照妖鏡的電母陪同，先請電母用鏡子照照地面的人，看看他是好人還是壞人？遇到壞人，就丟下雷公錘打他。因此，一直到現在，都先閃電再打雷。這個故事除了解釋為什麼「先閃電再打雷」的問題外，還告訴我們：在上位的人，脾氣不可亂發，懲罰不可任性。做任何事，都要看清楚，不要意氣用事。

(二)開天闢地的神話

天怎麼形成的？地怎麼來的？山、河怎麼形成的？先民也編出了神話。例如有名的〈盤古開天闢地〉的故事：

在很久很久以前，天地還沒有分開，宇宙像一個大圓球，裡面住著一個叫盤古的大巨人。有一天，他忽然醒了，感覺周圍一片漆黑，就隨手亂抓，抓到一把大斧頭，往外劈去，只聽到一聲巨響，天地分開了，輕而清的東西緩緩上升，變成了天；重而濁的東西，慢慢下降，變成了地。天地分開以後，光明也出現了。盤古怕天地又合起來，看不見光明，於是就頭頂著天，用腳蹬著地，不肯休息。天每天升高一丈，地每天加厚一丈，盤古也隨著愈長愈高。經過了一萬八千年，天和地相距有九萬里以後，天不再升高，地不再加厚。盤古知道天地已形成，就放心的倒下來。盤古倒下來後，他的身體發生了變化：左眼睛變成了太陽，右眼睛變成了月亮；身體肌肉變成了肥沃的土壤，骨骼和牙齒變成了高山和大石頭；血液變成了江、河，汗水變成了雨、露；毛髮變成了花草樹木，呼出的氣息變成風和雲……。盤古用他的一生，努力的創造了天地。

(三)創造人類的神話

人怎麼來的？中外都有這類的神話。〈女媧造人〉的神話，在東方的世界裡是流傳最廣的一種。

相傳天地開闢後，雖然有山川、草木、鳥獸、蟲魚，但是因為還沒有人類。一位有神力的女巨人——女媧氏出現了，她看到大地一片荒涼、寂靜，於是抓起了一團黃土，按照自己的臉龐，捏出了一個小小的像小娃娃的東西。她把這小東西往地上一擺，並向他吹了一口氣，結果這小東西居然會蹦會跳，而且嘰哩咕嚕的叫著。女媧感到很好玩，就把這個小東西叫做「人」，並接二連三的做了幾個「人」讓他們生活在一起。做了好多人後，她累得筋骨痠痛；尤其她擔心將來這些小人終有一天會老化死亡，還得她再捏黃土做人，於是想到一個辦法，就是把男人和女人一對一對的配合起來，叫他們自己去創造下一代，負起養育兒女的責任，使人類的生命永遠延續下去，於是人類就大量繁殖，大地也就熱鬧、繁榮了。

㈣征服自然的神話

先民生活在大地上，常常遇到天災、地變、蟲害等等困難。先民為了解決這些問題，常常幻想借用神力來克服。例如克服火災、水災的神話〈女媧補天〉：

上古的時候，有一年，大地出現了兩個巨人：一個名叫共工，他有驅使大水的本領，有人稱他水神；一個名叫祝融，他有喚起大火的法力，有人稱他火神。這兩位巨人，脾氣不好，常常衝突，引起大地水災或火災，人們生活很痛苦。有一次，他們又再鬥法，大地不是水患，就是火災。水神共工打不贏火神祝融，結果慚愧得很，一頭撞向位於西方，撐起天壁的不周山。由於用力過猛，西方的不周山被撞倒了，塌下來的天空東西，掉落在那兒，使得大地隆了起來，變成幾千公尺的大高原；東南方的地陷了下去，出現了大海。山林猛烈的燒起來，洪水也凶猛的撲過來。女媧神看到她造的人類受到煎熬，於是出來收拾這場悲劇，她除了消除掉水患和火災，讓人們不再受苦外，還練石補天，不讓天再塌下來。

第三節　幼兒故事的寫作原則

幼兒故事的寫作應該注意些什麼？現在述說於下。

一、寫作前

㈠瞭解幼兒並多看幼兒故事作品

幼兒故事是給兒童欣賞的，所以創作的人，要瞭解兒童的需要、想法和理解能力。例如從文字來說，作者也要採用兒童聽得懂的淺顯口語並具形象性的語言寫作，不要採用文言文或抽象語寫；題材的選擇，要注意與幼兒有關的生活經驗和興趣。瞭解幼兒外，還要多看他人的幼兒故事作品，以厚植創作力和鑑賞力。

㈡隨時蒐集寫作題材

有心從事幼兒故事創作，要隨時善於觀察幼兒生活，並記下跟幼兒有關

的事項。例如幼兒看家、幼兒第一次上街、幼兒的流口水或尿床、幼兒的擔心家人突然不見了、幼兒的玩具、幼兒的朋友、幼兒的好奇等等，都可以編成故事；而跟幼兒有關的自然界或過去的歷史材料，如水火的無情、名人的小時候、其他的動物生活，也都可以當作寫作題材。

二、寫作中

有了以上的準備後，要從事創作，還得注意以下要件：

(一)選擇題材並深入研究

寫作幼兒故事，常常會陷入題材狹窄或人云亦云的窠臼裡。寫出的故事，大部分除了褒獎某個幼兒誠實、愛清潔，或是批評某個孩子虐待動物、不懂禮貌外，很少有更寬大、深入的題材。一個眼界高的作者，除了寫這類題材外，應該也可以開拓視野，寫不是幼兒周遭的題材。例如義大利的作家英諾桑提的《鐵絲網上的小花》，寫的是一個叫露絲・白藍琪的小女孩，親眼看到第二次世界戰爭中，被關在鐵絲網後面的孩子生活的無奈。小女孩發揮愛心救助他們，卻被德軍害了的悲哀。夏婉雲的《穿紅背心的野鴨》（國語日報社出版），寫的是救助被箭射傷的野鴨故事，顯現了民胞物與的精神。

有了題材，還要考慮它值不值得寫。林守為教授提出兩項原則：一是先要審查這些材料是不是具有「故事價值」。所謂故事價值，就是指所要選用的材料，是否能喚起我們某種的感情？能否引起我們的好奇心？二是這些材料是否含有良好的意義？例如合於現代社會理想，或自然進化法則、兒童的心理和生活的。如果不違反，就值得寫成故事（林守為，《兒童文學》，頁131）。

資料來源：格林文化出版，《鐵絲網上的小花》，文圖／英諾桑提

圖4-4　《鐵絲網上的小花》

(二)確定主題，並間接呈現

題材找到後，可寫的角度很多。幼兒故事的特色是情節單純，主題單一。一篇故事

最好只有一個主題，然後根據主題再選用材料。原始的材料如果不夠的話，可以運用想像補充。例如蘇尚耀先生（筆名蘇樺）撰寫《中國神話》一書時，原始的材料太簡略，為了能更充分的表達主題，於是設身處地，補充、改造了許多相關的情節。寫作的時候，就是要先確定主旨，然後再依據主題編製情節。而故事的主題，除了少數寓言需要作者提示外，最好把主題融入情節中，採用含蓄、婉曲的呈現方式表示，不要大刺刺的在作品中直接說教，失去了藝術美。

㈢決定形式及活用技巧

1.決定形式

幼兒故事沒有固定的形式，大部分都是採直線進行的方式來表達。這種直線形的表達，常見的有下列兩種：達到目的型及未達目的型的結構。

⑴「達到目的型」的結構：

達到目的型的故事，就是作者在故事前，安排人物面臨的問題，構成懸疑而喚起讀者的好奇心；故事進行中，主角克服困難，解決了問題。這種形式，大部分是這樣安排的：①提出衝突問題及決定努力目標；②布置障礙；③處理障礙；④轉機；⑤解決問題。現在以臺灣英文雜誌社出版，日本作家清水道尾著，文婉譯的《小美一個人看家》的幼兒生活故事為例，說明於下：

在暖和的屋子裡，小美正在唸圖畫故事書給熊熊聽。

「小美！」媽媽叫她。

「什麼事？」

「有件事，不知道妳會不會？」

「會什麼呢？」

「一個人看家啊。」

「看家？我會呀！有熊熊陪我啊！」

「真的？那太好了。媽媽有急事要出去，很快就會回來。

拜託妳囉！」

資料來源：台灣英文雜誌社，
《小美一個人看家》
圖4-5　《小美一個人看家》

「好的，沒問題！」

小美今年三歲了，這是她第一次要
一個人看家。

這是《小美一個人看家》的開頭。開頭裡
除了介紹小美是個三歲的孩子外，很快的提出
小美面臨一個人看家的問題，以及她答應看家
後，能否順利達成目標。這部分，屬於①提出
衝突問題及決定努力目標。

「砰」的一聲，媽媽才剛剛把門關上，屋子裡馬上變得靜
悄悄的。突然，鞋櫃上面那隻木雕的熊，好像張了一下嘴巴。

還有，還有掛在廚房裡的壁鐘，嘀嗒嘀嗒，好像在說：

「一個人、一個人、一個人……」

「媽媽，快回來吧！」

從這兒開始，故事進入中段。這兒寫出的是媽媽出門後，屋子裡變寂靜
了，氣氛令人感到不安。這部分屬於第一次的②布置障礙。

布置障礙後，要處理。作者的處理方法是叫著：「媽媽，快回來吧！」
到此，這可以說是情節設計的第一回合。

接著故事又向下進行：

「叮咚！」門鈴響了。

那不是媽媽。因為媽媽會連續按三次：「叮咚！叮咚！叮
咚（小美、小美、小美）！」

「叮咚！砰、砰、砰、」

小美好害怕啊！

她拿起媽媽掛在椅子上的圍裙，往頭上一套，踮起腳尖走

向大門。

「包裹！送包裹來了！請拿印章出來領！」

「不、不要……包裹。」小美支支唔唔的回答。

「怎麼？媽媽不在家嗎？」

「對，媽媽不在家！」

「喔，那就等媽媽回來，拿這個給媽媽看，好嗎？」

郵差叔叔把一張紙條塞進大門上的投信口裡。

「噠、噠、噠！」等腳步聲走遠，聽不見了，小美才慢慢掀開門上的眼洞，偷偷向外看。

嗯，一個人影也沒有了。

「咦？」

小美發現掉在腳邊的紙條。

「好奇怪的信喔！」

小美撿起紙條，順手丟進廚房的垃圾桶。

這一段是第二回的布置障礙和處理障礙。作者布置的障礙是郵差來按鈴，小美的處理方法是拒絕郵差上門。接著第三回：

「叮咚——」

門鈴又響了。

「不要！」小美使盡力氣，大聲叫了起來。

「收報費！麻煩您，請開門。」門外的人說。

「……」

嘎——

門上的投信口被掀了開來。

兩顆好大的眼珠子，骨碌碌的望進來。

啊，妖、妖、妖怪！

小美嚇壞了。

「哦，原來是個小蘿蔔頭。媽媽呢？不在家嗎？」大眼妖
怪問。

小美抓緊圍裙的邊邊，不停的發抖。

「那，沒法子，只好明天再來吧！」

眼珠子不見了，投信口的小門又蓋了起來。

趴噠、趴噠！腳步聲又漸漸遠了。

「如果……又有人來，我該怎麼辦呢？」

小美眼睛裡含著淚水。

　　這一段是第三回的布置障礙和處理障礙。作者布置的障礙是有人來收報
費。小美的處理方法是拒絕收報員上門。接著故事又轉進一層：

「叮咚──」

小美的心臟差一點兒跳出來。

「叮咚！叮咚！叮咚！」鈴聲一共響了三次。

「啊，是媽媽！」

「媽媽──」小美飛一樣的衝過去。

媽媽已經開了門，笑瞇瞇的站在門口。

　　這一小段是故事的高潮，也就是故事的轉折處。小美緊繃的心情是推向
高峰，或是得以解脫，就以這段為分水嶺。作者採用媽媽及時回來，解決了
小美的困擾。

「小美，我回來了。辛苦你了，看，有妳的禮物喔！」

媽媽拿給小美一個包裝精美的小盒子，順手把她抱起來
問：「有沒有人來過啊？」

「有哇！兩顆好可怕的眼珠子來過。」

「什麼？眼珠子？從哪兒來的？」

「那裡！眼珠子還說：收報費。」

「哦──來收報費的。還有呢？」

「對了，還有一個説：有、有小包裹。我告訴他不要，他就走了。」

「小──包──裹？嗯，應該是郵差。」

「他又送了一封信。小美怕怕，就把它扔掉了。」

「嘎！信在哪兒？」

「就在那裡！」小美得意的指一指垃圾桶。

媽媽慌慌張張，趕緊從垃圾桶裡撿起紙條來唸：

「送達時沒人在家，請帶印章到郵局領取。」

「小美，妳忘了嗎？上次奶奶從鄉下寫信來，説要寄蓮霧給妳吃啊？小包裹一定是奶奶寄來的。明天我們就有蓮霧吃囉！」

「哇！太棒了！」

媽媽帶回來的禮物，原來是小美最愛吃的布丁。

這一段是故事的結局。除了敘述小美完成看家的任務外，也處理了看家時，未處理的問題。結尾裡，媽媽以布丁犒賞小美，這是一個溫馨、圓滿的結局。

達到目的型的故事設計，除了上述「先降後升型」，也就是在提出問題後，多次面臨挫折，但是不屈不服，終於達到目的地外，有的是「上升型」，每件事都順利達到。

(2)「未達目的型」的結構

未達目的型的故事，就是作者在故事前，安排人物面臨的問題，構成懸疑而喚起讀者的好奇心；故事進行中，主角沒有達到目的。這種形式，大部分是這樣安排的：①提出衝突問題及決定努力目標；②達到小目標或布置障礙；③他人反應或處理障礙；④轉機；⑤結局：未達目的。現在以義大利作家英諾桑提原作，林海音翻譯的《鐵絲網上的小花》為例，說明於下：

　　這本故事書開頭，介紹發生故事的背景是戰爭時期的德國小城；冬天來了，一個叫露絲・白蘭琪的小女孩發現街上到處是軍車和阿兵哥。此種開頭，提出了國家似乎發生了什麼事，社會不安的環境，讓孩子感受到社會要變動了，以及勾起讀者想知道發生什麼事的好奇心；這是故事的第一懸疑問題。第二段開始，敘述一名小男孩從軍車後面跳出來，想跑開，可是被抓住，又被軍車載走。小女孩想知道那個男孩會被送到哪兒去？這是故事中提出的第二個懸疑問題。以上兩段，屬於「未達目的型」情節的第一部分：①提出衝突問題及決定努力目標。

　　接著敘述小女孩穿過城的邊境，到了野外，發現一處空地上，有個鐵絲網圍住的木屋前，關了好多人。有一個很小的孩子說他們都很餓，露絲・白蘭琪把手上的麵包給他們吃。這是「未達目的型」情節的第二部分：②達到小目標；也就是針對開頭提出的「社會動盪，小男孩被抓」的問題，伸出了小援手。

　　木屋裡的孩子越來越多，關的是猶太人的子女，他們因為缺少糧食，個個都骨瘦如柴。露絲・白蘭琪想幫助他們，又怕被人發現。幾個星期裡，她儘量節省自己的食物，以及把家人的配給食物，偷偷的送給這些關在木屋的孩子吃。這是「未達目的型」情節的第三部分：③他人反應或處理障礙。

　　戰爭有了新發展，城裡出現了傷兵、以及穿破爛衣服的大兵。有一天，露絲・白蘭琪又到樹林的那處空曠地去，發現鐵絲網被破壞了，那裡空蕩無人。樹林裡很多暗影在移動。這時傳來一聲槍響。這是「未達目的型」情節的第四部分：④轉機；也就是決定結局的因素。

　　結尾中，城裡來了另一批衣服顏色不同，語言也不同的軍人。露絲・白蘭琪的母親一直沒等到她的女兒。這是「未達目的型」情節的第五部分：⑤結局：未達目的。

　　未達目的型的故事設計，除了上述「先升後降型」，也就是在提出問題後，多次達到小目標，但是最後卻未達最終目的外，有的是「下降型」，每件事都不順利，一直到大失敗。

2.表達技巧

以表達技巧來說，可活用的技巧很多；例如主題的表達，有直接表達法也有間接表達法；直接表達法，也就是故事中可以找到主題字。像有些寓言，常在最後時寫出該篇的寓意。例如王壽來翻譯的《珍珠寓言集》，每一篇都把寓意直接寫在文後。如〈鄉下人與蛇〉：

　　一個鄉下人，在寒冷的冬天裡，無意中發現籬笆邊有一條快凍死的蛇。他大發善心，把蛇抱入懷中，用體溫使牠活轉過來；可是，等到那條蛇一恢復到能作惡的時候，就猛咬了救命恩人一口。不幸的鄉下人，因此毒發而死。

　　寓意：即使是在做好事，也應該看對象。（頁12）

大部分的故事，主題的表現採用間接法。例如上述林良先生的〈狐狸和母雞〉、清水道尾的《小美一個人看家》等作品。

再如敘述觀點的選擇、人物的刻畫、語言的應用，也都要注意。大部分幼兒故事的敘述，採用的方法，就是「外部觀點」。敘述者置身於他所訴說的故事之外，沒有參加那些不平凡的事。例如前述清水道尾的《小美一個人看家》的作品。但是也有少部分採用了「內部觀點」，也就是採用故事中參與不平凡事件的角色為觀點人物，並以第一人稱（我）的方式述說。例如上述英諾桑提原作，林海音翻譯的《鐵絲網上的小花》，前面五分之四的文字，採用內部觀點敘述，結尾才轉為外部觀點。開頭的文句：「我的名字叫露絲·白蘭琪。我住在一個德國的小城裡，那兒有狹小的街道，古老的飲水機和高高的房屋，屋頂上落著許多鴿子。有一天，第一輛卡車來到城裡，很多人下車。他們都穿著軍裝。冬天開始了，學校窗戶下面，軍車一輛跟著一輛。車裡面裝滿了我們不認識的大兵，可是他們正向我們眨眼……媽媽說軍車太多，要我過街的時候要小心。她說大兵是不會把車開慢下來的（頁1-4）。」這是內部觀點的應用。

至於人物的刻畫有直接刻畫和間接刻劃。直接刻畫是直接將人物的個

性直接說出。例如有些民間故事中出現的開頭句子：「從前有一個懶惰的人」，這是採用直接刻畫，介紹人物特性的寫法。間接刻畫有人物自我表現（應用動作、對話、思緒）、他人襯托（應用正襯、反襯、側襯）和環境呈現的方式表達（可參閱陳正治《童話寫作研究》頁149-169）。一般文學作品，大部分應用這些方式刻畫人物。例如上述《小美一個人看家》，很多文句都採用間接刻畫，像：「她拿起媽媽掛在椅子上的圍裙，往頭上一套，踮起腳尖走向大門」、「小美抓緊圍裙的邊邊，不停的發抖」就是以「動作」表達小美心中非常害怕的間接刻畫。

還有，句子的語言問題，也是幼兒故事作者應該注意的。寫作的時候，要注意幼兒的年齡特徵，以及應用情趣的語言，不用標語式的口號。例如林良先生的《我要大公雞》裡的文字，就很注意語言的應用。

　　樹蔭下，有青草，大太陽，曬不到。微風吹過來，胖胖想睡覺。一二一，來了一隻大公雞，戴著大紅帽，樣子真神氣！大公雞，不客氣，伸伸脖子，搶走胖胖手裡的花生米。胖胖嚇醒了。呀！好大好大的一隻公雞！

　　大公雞歪著頭，大公雞沒吃夠，瞪著胖胖手裡的花生米，還要胖胖再給幾粒。胖胖生了氣，想把公雞趕出去。胖胖只剩兩粒花生米，哪能再給大公雞！

　　大公雞拿定了主意，不吃到花生米，不回去。胖胖在前面跑，大公雞在後面追。胖胖笑嘻嘻，要跟公雞比一比；都是兩條腿，看誰跑得過誰？

　　哥哥回來了，他也喜歡這隻大公雞。剛買回來的花生米，一粒粒，都送進大公雞的嘴裡……

這篇故事，大多採用短句寫作，語言也用幼兒聽得懂的詞語，而且富有節奏美和形象美。幼兒故事的語言，就是要這種的語言。

三、寫作後

寫出幼兒故事後，還要勤於修改。有些名作家，寫完作品後，都要口誦或者唸給幼兒聽，看看是否合口，幼兒是否聽得懂。如果故事和文字抽象、難懂的，就改。

第四節 幼兒故事作家與作品

幼兒故事的寫作，由於要考慮幼兒的接受能力，因此，比一般文學作品的寫作還難，幼兒故事的作家和作品，相對的就比其他文體少。現在介紹幾位作家和作品於下：

1.《老公公的花園》／華霞菱

春天來了，老公公在花園裡種了幾株扶桑花，打算再種玫瑰花。一天早晨，發現扶桑花被頑皮的孩子拔起，扔在路邊。他很生氣，想要糾正這個壞孩子。後來他捉到了這個頑皮的孩子，罰他一起種花。夏天來了，花園裡有了玫瑰花、鳳仙花、含羞草、千日紅和太陽花；秋天裡，鳳凰木換衣裳，紫葡萄成熟了，籬邊的菊花也開了；冬天來了，聖誕樹的綠葉紅花，在寒風裡搖搖擺擺。小男孩要去外婆家過年，他說明年春天再見。

資料來源：台灣省教育廳，
《老公公的花園》
圖4-6 《老公公的花園》

簡介：

華霞菱（1918-），河北天津市人。來臺後，先服務於新竹師範附小，擔任幼稚園老師，後來轉任臺北師專附小擔任國小老師。對幼教及國教，都有很深的瞭解。著作甚多，共有《小糊塗》、《老公公的花園》、《顛

倒歌》、《五彩狗》、《小皮球遇險記》、《一毛錢》、《魔術筆》、
《幼稚園幼兒讀物精選》、《讀書和作文結合》等二十多本。

　　〈老公公的花園〉故事的產生，作者說是因為校園裡的花木常遭到
孩子攀折，於是拿來當題材，寫出希望大家共同愛護花草的主題。作者以
老人的慈祥舉動來感動孩子，讓孩子也親身參與種植花木，瞭解春、夏、
秋、冬常見的花木。故事用淺白的韻文體寫作，朗朗上口，不繞舌；內容
雖然富有教育意義，但不說教。

2.《老牛山山》/ 嚴友梅

　　有個小男孩，家裡養了一頭牛，名叫山山。小男孩從小就騎在
山山背上唱歌、吹笛，跟山山有了感情。山山年紀大了，爸爸想把
牠賣掉，改換耕耘機來耕田。小男孩不願意山山被賣到屠宰場，哭
著要求爸爸不要賣牛，但是沒有獲得同意。好朋友阿雄來了，帶他
去打棒球，希望他忘了賣牛的事。他玩了一下，仍舊忘不了山山，扔了球棒，回家去探望山山。阿雄又來了，替他想到一個辦法，把山山藏到山洞裡去。第二天天亮了，他們去看山山，發現山山不見了，於是著急的到處找。接近中午，小男孩回家，爸爸笑著對他說：「不賣牛了。」原來政府以低利貸款給農民買耕耘機。小男孩到牛房去看，牛在牛房裡。小男孩對山山說：「你不用再耕田了，你是我的玩伴。」

資料來源：台灣省教育廳，
《老牛山山》
圖4-7　《老牛山山》

簡介：

　　嚴友梅（1925-2007），生於河南省信陽縣。來臺後，從事兒童文學研
究和寫作，曾在中國文化大學任教，是一位有名的童話作家，經常有作品
在國內外發表。出版過很多書。如《老牛山山》、《湖中王子》、《快樂

城》、《小燈盞》、《鐵人和皮人》等。

　　《老牛山山》寫的是農夫採用鐵牛（耕耘機）代替真牛而引出「價值」觀念的問題。農夫想賣掉老牛，改買耕耘機。常帶老牛去吃草，騎在牛背上唱歌、吹笛子的農夫孩子，捨不得老牛被送往屠宰場，想辦法要救老牛。後來農夫以貸款購買耕耘機，沒賣掉老牛。一生奉獻人類的老牛，終於可以安養晚年。故事中，顯現了人性感恩和愛護動物的偉大情操。

3.《我要大公雞》／林良

　　樹蔭下有個小男孩，名叫胖胖。一隻大公雞來了，搶走了他手裡的花生米。大公雞還想吃，胖胖就跟公雞玩起追逐遊戲。哥哥回來了，他也喜歡這隻大公雞，就把花生米一粒粒送進大公雞的嘴裡。天黑了，公雞要住哪裡？他們把公雞藏了起來，不讓爸媽知道。胖胖忽然變得很乖，吃飯的時候不再掉飯粒；睡覺的時候，不用爸媽催。第二天，爸媽聽到了大公雞在喔喔啼。隔壁的張伯母來找遺失的大公雞，媽媽陪著在院子裡找，可是沒找到。公雞又喔喔啼，媽媽和張伯母終於找到了，原來胖胖把公雞藏在舊娃娃車裡。張伯母要把公雞抱回去，胖胖不肯。胖胖說公雞是他撿到的。媽媽說，人家的東西不能要，胖胖很失望。後來張伯母答應胖胖用五十張舊郵票換大公雞。

資料來源：台灣省教育廳，
《我要大公雞》
圖4-8　《我要大公雞》

簡介：

　　林良（1924-），生於福建廈門。來臺後，服務於國語日報社，擔任過編輯、出版社主任、董事長。對兒童文學一往情深，以兒童文學工作為生平職志，是一位有名的兒童文學作家及成人散文家，有臺灣兒童文學大家

長的美譽。作品有《小琪的房間》、《小動物兒歌集》、《兩朵白雲》、《我是一隻狐狸狗》、《我要大公雞》、《小紙船看海》、《小鴨鴨回家》、《金魚一號、金魚二號》、《小木船上岸》等兒童文學作品二百多冊，以及《小太陽》、《和諧人生》等散文集八冊。

　　《我要大公雞》寫的是孩子跟寵物的關係，也寫出不是自己的東西，雖然喜愛，卻不可以私下佔有。這篇故事大多採用短句寫作，語言也用幼兒聽得懂的詞語，而且富有節奏美和形象美。

4.《媽媽心‧媽媽樹》／方素珍

　　有一個小女孩，不喜歡上學。媽媽用手帕做一顆「媽媽心」，讓她帶去學校，掛在教室旁的樹上，表示媽媽在教室外陪她。其他的同學，也都請他們的媽媽做一顆媽媽心，掛在樹上。一個沒有媽媽的小男孩，搶了這個小女孩的媽媽心，又搶了其他小朋友的

資料來源：國語日報社，《媽媽心‧媽媽樹》

圖4-9　《媽媽心‧媽媽樹》

媽媽心。老師勸告小男孩不要搶別人的媽媽心，小男孩推開了老師。老師難過得哭了。一個學生安慰老師，告訴老師也可以拿媽媽心來掛在樹上。老師打電話給小男孩的爸爸，請他替兒子做一個媽媽心。第二天，小男孩帶來爸爸做給他的媽媽心，並掛在樹上。小朋友發現媽媽樹上掛了一顆藍色的媽媽心，那是老師的奶奶為老師做的。從此，孩子們都高高興興的上學，因為大家都有媽媽心陪他們。

簡介：

　　方素珍（1957-），臺灣省宜蘭人，現定居臺北市，曾多次獲得「國語日報牧笛獎」、「洪建全兒童文學詩歌創作獎」，是一位多產的兒童文學作家。擔任過海峽兩岸兒童文學研究會理事長，並兼任香港教育出版社語

文顧問、北京幼兒師範學校顧問。創作有《祝你生日快樂》、《媽媽心‧媽媽樹》、《娃娃的眼睛》、《小珍珠》、《灰盒子寶貝》等二十多本書，譯作近百本。

　　《媽媽心‧媽媽樹》寫出了幼兒普遍剛上學，離不開媽媽的困擾，以及媽媽和老師，如何發揮愛心，安撫幼兒的情形。是一本非常適合幼兒欣賞的故事書。

5.《爺爺一定有辦法》／菲比‧吉爾曼原著、宋珮譯

　　約瑟還是娃娃的時候，爺爺為他縫了一條奇妙的毯子。約瑟漸漸長大了，毯子又破又舊，媽媽要他把它丟了；約瑟捨不得丟，說：「爺爺一定有辦法」。爺爺把它做成外套。有一天，媽媽說外套縮水、變小了，該把它丟了。約瑟捨不得丟，又說：「爺爺一定有辦法」。於是外套變背心，背心變領帶、領帶變手帕、手帕變鈕釦。最後鈕釦掉了，故事才結束。

資料來源：上誼文化出版，《爺爺一定有辦法》

圖4-10　《爺爺一定有辦法》

簡介：

　　菲比‧吉爾曼（1940-2002），生於美國紐約的布魯克林區，後定居加拿大。曾於安大略藝術學院教授繪畫課程。著有《爺爺一定有辦法》、《氣球樹》、《吉利恩‧吉斯》、《奶奶和海盜》、《吉普賽公主》、《寶貴的珍珠》等書。由於對兒童文學領域的貢獻，她得到加拿大作家協會的維琪‧麥卡夫獎。

　　《爺爺一定有辦法》是猶太人一代一代傳下來的故事。除了表現「無中生有」的奇妙故事外，也寫出了老人的智慧，以及祖孫的深厚感情。故事中的情節，採用反復技巧，而且由大而中、而小，富有節奏美。

6.《你看我有什麼》／安東尼·布朗

　　安安在街上散步，皮皮騎著新腳踏車過來。皮皮對安安說：「你看我有什麼？我敢說你一定也想要。」皮皮表演兩手鬆開的騎車術，結果摔在地上。安安來到公園，皮皮在玩新足球。皮皮對安安說：「你看我有什麼？我敢說你一定也想要。」皮皮踢了球，結果把球踢到警衛室，把玻璃踢破，挨警衛先生的罵。安安經過一家糖果店，皮皮抱著一大包棒棒糖出來。皮皮又說：「你看我有什麼？我敢說你一定也想吃。」皮皮一個人把糖全吃光，結果肚子痛。安安走到郊外，一隻大猩猩跳出來，原來是皮皮假扮的。皮皮再去嚇路人，結果被狗追咬。安安在樹林裡，皮皮穿了海盜衣服出現說：「你看我有什麼？我敢說你一定也想要。」安安說：「不見得。」皮皮被真海盜抓走，走船板，掉落水裡。安安把皮皮救起，皮皮跟安安誇耀說：「我爸爸要帶我去動物園，你一定也想去。」安安沒理他。

資料來源：英文漢聲出版股份有限公司，《你看我有什麼》

圖4-11　《你看我有什麼》

簡介：

　　安東尼·布朗（1946-），生於英格蘭的雪菲爾，是一位著名的兒童文學作家兼畫家。著有《你看我有什麼》、《穿越魔鏡》、《大猩猩》、《動物園的一天》、《小凱的家不一樣》、《小熊奇兵》等等書，曾獲格林威獎及國際安徒生獎。

　　《你看我有什麼》寫的是孩子愛誇耀，結果惹禍的故事，這個故事也告訴小孩子，不要亂羨慕別人。故事的情節，採用反復技巧，富有節奏美。

7.《吃六頓晚餐的貓》／英格‧莫爾原作　黃迺毓譯

資料來源：和英出版社，《吃六頓晚餐的貓》

圖4-12　《吃六頓晚餐的貓》

席德是一隻黑貓的名字。牠住在亞里斯多德街一號，也住在二號、三號、四號、五號、六號，是六戶人家共同的寵物，吃了六份晚餐。牠在六家的主人前，表現不同的個性，睡不同的床鋪，也受到不同部位的撫摸；為了吃六頓晚餐，席德努力去做，也很滿意這種生活。有一天，牠染上重感冒，六個主人分別把牠送給獸醫治療，結果被灌了六次藥。後來被獸醫發現，告訴了不相往來的六個主人後，他們只准席德每天吃一頓晚餐。席德已經習慣吃六頓晚餐，於是搬家到畢達哥拉斯街一號去住，又同時做畢達哥拉斯街二號、三號、四號、五號、六號，六戶人家共同的寵物。

簡介：

英格‧莫爾（1945-），生於英國，1952年隨家人移居澳洲，1981年回英國倫敦定居。1990年以《吃六頓晚餐的貓》一書獲得英國Smartie大獎。是一位有名的兒童文學作家兼畫家。

《吃六頓晚餐的貓》是一本幽默、有趣、富有寓意的動物故事書。一隻叫席德的貓，妥切的扮演了六個家庭的寵物，得到六個家庭的食物犒賞；但是由於得了重感冒，結果也吃了六個家庭的藥。故事雖然幽默、有趣，但也給我們很多啟示：身兼多種身分或工作的人，雖然得了多種好處，但是也常帶來了多種的禍害；權利和義務是相對的，有得必有失。這是一本老少皆宜，富有寓意的故事。

參考書目

一、故事理論書籍：

1. 何三本編著，《幼兒文學》，臺北市：五南圖書出版股份有限公司，2003年4月，初版一刷。

2. 邱各容著，《臺灣兒童文學作家及作品論》，臺北市：富春文化事業有限公司，2008年8月，初版一刷。

3. 林文寶、徐守濤、陳正治、蔡尚志合著，《兒童文學》，臺北市：五南圖書出版公司，1996年9月，初版一刷。

4. 林守為著，《兒童文學》，臺北市：五南圖書出版股份有限公司，1988年7月，初版一刷。

5. 梅果主編，《幼兒文學創作與賞析》，北京市：經濟科學出版社，1994年5月，初版一刷。

6. 陳正治著，《童話寫作研究》，臺北市：五南圖書出版股份有限公司，2008年10月，初版七刷。

7. 華東等八省幼兒園教師進修教材協作編寫委員會編，《幼兒文學》，上海市：1987年6月，初版一刷。

8. 鄭光中主編，《幼兒文學教程》，成都市：四川民族出版社，1998年8月，初版一刷。

二、故事作品：

1. 方素珍著，《祝你生日快樂》，臺北市：國語日報社，1996年3月，初版一刷。

2. 王壽來譯，《珍珠寓言集》，臺北市：民生報社，1985年12月，二版。

3. 伊索著，《伊索寓言》，高雄市：大眾書局，1960年4月，二版。

4. 安東尼‧布朗原作，漢聲雜誌譯，《你看我有什麼》，臺北市：英文漢聲出版有限公司，1985年1月，初版一刷。

5. 林良著，《小琪的房間》，臺北市：臺灣書店，1969年9月，初版。

6. 林良著，《我要大公雞》，臺北市：臺灣書店，1972年9月，初版。

7. 林良著，《林良的看圖說話》，臺北市：國語日報社，1997年7月，初版一刷。

8. 英格・莫爾原作，黃迺毓譯，《吃六頓晚餐的貓》，新竹市：和英出版社，2000年11月，初版一刷。

9. 英諾桑提原作，林海音譯，《鐵絲網上的小花》，臺北市：格林文化事業有限公司，1994年1月，初版一刷。

10. 唐・佛利曼著洪炎秋譯，《不愛理髮的孩子》，臺北市：國語日報社，1969年12月，初版一刷。

11. 陳正治著，《防凍藥》，臺北市：圖文出版事業有限公司，1993年6月，初版。

12. 菲比・吉爾曼原著、宋珮譯，《爺爺一定有辦法》，臺北市：上誼文化實業有限公司，1999年10月，初版一刷。

13. 華霞菱著，《老公公的花園》，臺北市：臺灣書店，1980年7月，初版。

14. 清水道尾原作，文婉譯，《小美一個人看家》，臺北市：臺灣英文雜誌社出版，1992年7月，初版一刷。

15. 潘人木著，《滾球滾球一個滾球》，臺北市：民生報社，2001年6月，初版。

16. 蘇樺改寫，《中國神話》，臺北市：國語日報社，1980年7月，初版一刷。

閱後自評（是非題：對的打圈，錯的打叉，每題十分）

（　　）1.〈龜兔賽跑〉的寓言，從廣義的故事定義來說，它也是故事。

（　　）2.《不愛理髮的孩子》這篇故事，媽媽要孩子「一蹦一蹦的到理髮館去」的句子，其中「一蹦一蹦」，表達出母親知道孩子好動、活潑的性格。

（　　）3. 林良的《小琪的房間》，表達了孩子有模仿及見賢思齊的天性。

（　）4.方素珍的《祝你生日快樂》，屬於歷史故事。

（　）5.《小美一個人看家》的故事，屬於「未達目的型」的結構。

（　）6.寓言的寫作，一定要在文末直接告訴讀者，這篇故事的主題。

（　）7.〈盤古開天闢地〉，屬於故事體中的神話。

（　）8.《我要大公雞》的作者是嚴友梅女士。

（　）9.達到目的型的故事，就是作者在故事前，安排人物面臨的問題，構成懸疑而喚起讀者的好奇心；故事進行中，主角克服困難，解決了問題。

（　）10.幼兒故事的類別，以表現的工具來分，有圖畫故事、卡通故事、語言故事；以想像來分，有寫實故事，虛幻故事；以內容、性質來分，有生活故事、歷史故事、民間故事、寓言、神話等等。

習題（總分100分）

一、故事有廣義和狹義的定義。廣義的是什麼？狹義的是什麼？你贊成採用哪一種？為什麼？（20分）

二、幼兒故事的語言，你認為應該怎樣才妥切？請舉例說明。（20分）

三、請根據〈群鳥學做窩〉的寓言，分析它用到什麼寫作技巧。（20分）

四、請寫出你最喜愛的一本幼兒故事書名、內容、作者、出版社名稱、出版年，及為什麼喜愛它的理由。（20分）

五、請以「達到目的型」的形式，自創一篇幼兒生活故事。（20分）

第五章
童　話

第一節　童話的意義與特質

　　童話是專為兒童編寫，以趣味為主的幻想故事。想像分為寫實的想像和虛幻的想像。寫實的想像，指的是想像出來的事情，在這個世界是可能發生的；例如說有位作家寫了：「從前有一個人，在路上撿到一百萬元，送到警察局去，結果被小偷在警察局裡偷走」的故事，這樣的想像，屬於寫實的想像，這是這個世界可能會發生的故事。如果這個作家寫的是：「從前有一隻小白兔，在路上撿到一百萬元，送到警察局去，結果被狐狸在警察局裡搶走」的故事，這樣的想像，屬於虛幻的想像，這是這個世界不可能發生的事。童話，即是屬於虛幻想像的文體，跟〈寬大的劉寬〉、〈誠實的華盛頓〉等寫實故事不同。

　　童話的價值很高，它可以給予兒童快樂、陶冶兒童性情、啟發兒童思想、增進兒童知識、促進兒童的想像力、及提高兒童語文能力（陳正治，《童話寫作研究》，頁7-36）。在幼兒文學裡，童話是最受幼兒喜愛的文體。成人跟幼兒講故事，如果開頭就進入童話世界，例如說：「從前有三隻小豬，離開了他們的媽媽，到遠地方去旅行」就比說：「從前有三個小孩，離開了他們的媽媽，到遠地方去旅行」來得吸引人。

　　童話這種文體，跟其他的文體來比，它有三個特質。

資料來源：五南圖書出版，《童話寫作研究》

圖5-1《童話寫作研究》

一、老少咸宜的趣味

幼兒看故事書、聽故事，主要的目的是得到快樂，並不是要接受勸誡、增加知識。因此供給幼兒閱讀或欣賞的童話作品，要非常注意「趣味」；這種「趣味」，甚至是「老少咸宜」的。童話作品中，諸如題材的奇特、新穎、親切；內容的幽默、滑稽、富有深意；人物的誇張、變形、擬人；情節的神奇多變；敘述時「物我混亂」、「時空觀念解體」、以及重視懸疑、延宕、活潑；語言的淺顯、準確、意象、有味，都可以增進趣味，引起閱讀興趣（《童話寫作研究》，頁12）。例如有一本《樹》的童話，敘述有一位老公公買了一棟房子。忽然起了一陣大風，一顆奇異的種子落在這棟房子的大門前。經過一個晚上後，一棵三十個人環抱還少兩尺的大樹，矗立在大門前，擋住了出入。老公公找人來鋸，砍倒大樹後，第二天它又長出來。老公公用鹽巴灑在樹頭上，想讓它枯死；用漆去漆，想讓它悶死，也沒有效果。後來老公公看到八歲的孫子從後窗跳進跳出，於是請工人把後窗改成大門，由後門出入，不再砍樹。原來的大門不通了，但是老公公家有了一棵大樹，大樹像一把大傘，讓房子不受日曬雨淋。大家都來參觀這棵樹，老公公一家都覺得很快樂。這篇童話，情節神奇，充滿趣味；也充滿了寓意：告訴我們，遇到大自然的考驗，如能發揮智慧，也許可將逆境轉為順境，跟大自然和平共存。這種童話，除了小孩子喜歡以外，連大人看了也會入迷。

二、天馬行空的幻想

童話充滿幻想。不管是人物的設置、情節的演進、故事的解決，常常是超現實，不依自然法則和規律的。例如童話人物很多是會跟人溝通的牛、馬、羊、狐狸等等動物，或者洋娃娃、木偶、銅像等等器物；小飛俠彼得潘永遠不會老，影子可以剪掉再縫上去；傑克的魔豆一個晚上可以長到天上去，而天上住有巨人；海裡有人面魚身的公主；木偶會說話，一說謊，鼻子就變長，改正壞習慣後，可以變成真人；睡美人十六歲睡著，一百年後，已經是一百一十六歲了，經過年輕的王子一吻後，就醒過來，並嫁給王子。這些都是超現實的幻想。

　　童話世界裡，物我關係是混亂的，也是相通的；人可以跟貓、狗講話，也可以跟石頭、木頭溝通；貓和老鼠可以做朋友，大象和鯨魚，也可以玩拔河比賽。到處充滿了伊甸園的和樂。這也是天馬行空的幻想。

三、富有意義的象徵

　　童話是幻想的作品，充滿誇張、神奇，跟實際人生似乎沒有關係，其實童話的幻想是建築在現實的生活上，也就是說，童話是通過變形的人物，應用誇張、超現實的情節，反映現實的社會和人生。因此，童話內容跟實際生活是有關係的，童話的內容常帶有象徵特質的（《童話寫作研究》，頁14）。美國兒童文學家亞歷山大說：「所謂寫實主義作品，看去似真實可信，其實是虛假的；而童話幻象，看去似乎滿紙荒唐，其實是真實的。」俄國文學家普希金說：「童話是假的，但其中有深意，它可以指引善良的兒童。」這些都是說明童話雖然是幻想的作品，但是跟實際生活有關，它是借用幻境，反映現實生活，具有真實的象徵特色。

　　例如大家熟悉的《杜立德醫生》的故事。在非洲叢林裡一群猴子，有的扛著袋子，有的扛著行李，甚至還有一隻猴子抱著一隻豬。隨後跟著走的有鴨子、狗、貓頭鷹、鱷魚、鸚鵡，和一個胖胖的、樣子滑稽的人。這個人手裡提著一隻醫生出診用的黑皮包。他們到達了一個深谷那兒，國王的士兵追上來了。動物們不讓兵士把這個人抓走，因為這個人是個奇妙的醫生，他不僅能治好各種動物的病，而且能聽懂各種動物的語言。他們要帶著他越過深谷，走進誰也抓不到他的「猴國」去。故事充滿幻想，情節曲折有趣，迷倒了許多小朋友。現實社會不可能出現這個事實，但是它卻是現實生活中「愛護動物」、「動物也有生存權」的寫照。根據蒙特高茂來的說法，《杜立德醫生》的作者羅夫亭參加第一次世界大戰，受傷住院醫治。他問護士，參

資料來源：臺灣東方出版社，
　　　　　《杜立德醫生》
圖5-2　《杜立德醫生》

加作戰的軍士受了傷，可以躺在病床接受治療，一同參加作戰的馬、騾子，如果受傷不能走，是否也住院治療？護士回答說：「要是牠傷得很重，我猜是用槍打死牠。」羅夫亭說：「這不公平。我們讓動物跟我們一起去打仗、冒險，為什麼在牠們受了傷的時候，我們不設法照顧牠們？」羅夫亭的困擾得不到答案，於是寫下了獸醫「杜立德」到處為動物治病的故事（《世界文學名著的小故事》，頁63-65）。《杜立德醫生》的故事，就是充滿「愛護動物」、「動物也有生存權」的象徵意義。其他如前述的「樹」的故事，告訴我們，換個角度，跟自然並存，也可以得到快樂。這也富有象徵意義。

第二節　童話類別

依照不同的分類方式，童話的類別也不同。例如以文體發展角度來分，童話可以分為古代童話和現代童話，或是傳承童話和創作童話；以內容、性質來分，童話可以分為身心發展的童話、做人處世的童話、知識性童話、社會性童話、哲理性童話、娛樂性童話；以表達領域來分，童話可以分為自我領域童話、群體領域童話、自然界領域童話、超越界領域童話。對幼兒來說，超越界領域的童話罕見，現在依照人生領域，將童話分為自我領域童話、群體領域童話、自然界領域童話等三類：

一、自我領域童話

自我領域童話寫的是幼兒自我瞭解的童話。人能認清自我，瞭解自我的特性及優缺點，才能肯定自己，發揮潛力，產生自信，進而關懷群體及大自然世界。童話作品，很多寫的是自我認識、自我定位、自我成長、自我超越的故事。例如管家琪《口水龍》（民生報出版）的童話，寫一條小龍不停的流口水，其實是反映幼兒流口水的現象，屬於生理的自我認識。莫里士桑塔克的《野獸國》，寫一個叫阿奇的孩子，因為很皮，被母親罰回臥室睡覺，而且不准吃晚飯。這個被罰的小孩，幻想房間裡長出大樹來。接著海水來了，帶來一艘小船。阿奇搭上船，漂流到野獸國，遇到凶猛的野獸。阿奇馴

資料來源：英文漢聲出版股份有限公司，《野獸國》
圖5-3　《野獸國》

服了野獸，帶著野獸一起在森林裡大鬧一場。玩累了，阿奇想回家，野獸們不肯放行。阿奇不理野獸，獨自跳上小船回家去了。回來的時候，發現媽媽已經幫他把晚餐放在房裡的桌上。這是描寫幼兒遊戲，喜愛獨自幻想及宣洩情感的童話，屬於自我認識中的「心理」童話。其他如羅素‧侯班的《偏食的小熊》，寫偏食帶來的害處，也是屬於自我領域的童話。

資料來源：國語日報社，《偏食的小熊》
圖5-4　《偏食的小熊》

　　魯意絲‧法秀的《快活獅子》，寫快活獅子的家在動物園。每天有很多人來看牠，送食物給牠吃。有一天，看守的人忘了關牠房間的門，牠就走出獸欄，要到城裡拜訪常來看牠的人。誰知道，大家看到牠，不是昏倒就是嚇跑；一樓的人，紛紛把鐵門拉上，爬到二樓去躲避，並且一直指著牠叫著：「獅子！獅子！」。帶槍的人瞄準牠，向牠走來。快活獅子不明白平常對牠好的人，怎麼變成這樣，也不知道要怎麼處理。後來一個常來看牠的小孩子來了，把快活獅子帶回動物園。從此以後，快活獅子再也不想出門找麻煩。這篇童話，雖然寫的是獅子不瞭解自己被人們認為是猛獸，不該隨意走到人群裡，其實也是告訴小孩，要瞭解自己的身分，懂得自我定位，不要做出大家不能接受

資料來源：國語日報社，《快活獅子》
圖5-5《快活獅子》

的事。例如上廁所，男生要到男生廁所，不可闖入女生廁所，以免惹來麻煩。這篇童話，屬於自我領域中的自我定位。

大家熟悉的安徒生的〈醜小鴨〉的童話，敘述一隻鴨子如何在困苦環境中變成一隻白天鵝，這是自我領域中自我成長、自我超越的童話。

二、群體領域童話

群體領域童話寫的是幼兒生活在家庭裡、社會中，跟他人相處的童話。人不能離開群體而生活，因此人在家庭中、社會裡，應如何跟他人相處，這是很多文學家常提出的故事題材。寫這類的童話，就是群體領域的童話。例如謝爾‧希爾弗斯坦的《愛心樹》。

敘述從前有一棵樹，好愛一個小男孩。每天小男孩跑來這棵樹下蒐集樹葉、爬上樹幹，抓著樹枝盪鞦韆，摘蘋果吃；她不但沒有怨言，還跟小孩一起玩，提供樹蔭供小男孩睡覺。他們彼此都很快樂。日子一天天過去了，男孩長大了，離開了這棵樹。有一天，男孩回來了，告訴樹說：「我要買東西來玩，需要錢，你可以給我一些錢嗎？」這棵樹說：「我只有蘋果，沒有錢。蘋果都給你拿去賣錢吧！」男孩摘走了蘋果，好久沒再回來。樹看不到男孩，很傷心。

有一天，男孩又回來了，樹很高興，要他再爬樹，盪鞦韆，跟她一起玩。男孩說沒空，他要一間房子。樹就讓男孩把樹枝砍下來去蓋房子。

男孩好久沒有再來。男孩長大了，又回到樹旁。樹很高興，邀他一起玩。男孩說：「我想要一條船，想遠離這兒。你可以給我一條船嗎？」樹說：「砍下我的樹幹去造條船吧。」男孩砍下樹幹，造了一條船，坐船走了。

過了好久好久，男孩變得很老，回到了樹旁。樹對孩子說，我再也沒有東西可以給你了。男孩說：「我現在要的不多，只要一個安靜，可以坐著休

息的地方。我好累，好累。」只剩樹根的樹說：「正好啊，老樹根是最適合坐下來休息的。來啊，孩子，坐下來休息。」

男孩坐下來，樹好快樂。

這篇童話雖然寫的是樹奉獻一生為男孩服務故事，其實寫的是父母一生為孩子服務的事。這篇童話栩栩如生的刻畫孩子對父母無窮無盡的剝削，父母無私無我的奉獻情形，屬於「群體領域關係」不正常家庭的寫照，可供父母警惕，為人孩子的人反省。

至於大家熟悉的王爾德童話《快樂王子》，敘述矗立在城中的銅像——快樂王子，請燕子把身上的金片、寶物，送給窮人，最後自己和燕子都凍死的故事。這種犧牲自己，關懷他人的美德，是群體領域中社會關係的童話。

三、自然界領域童話

人的生活，除了認識自我、把握自我、悠遊在群體生活外，還要認識大自然、跟大自然和平共處。自然界領域童話，寫的就是人與自然關係的童話。人面對自然界，要採取的四種應對態度。一是競爭：例如大至地震、風災、水災，小至遇到虎頭蜂、眼鏡蛇，都需要小心對待。二是利用：例如人應該瞭解什麼土地，該種什麼食物。三是保護：利用大自然的時候，也要注意對大自然的保護，否則造成大自然的反撲，例如發生土石流的災禍，就是忽略了「環保」的問題。四是欣賞：大自然可以調節人們的緊張情緒，讓人淨化（傅沛榮，《哲學與人生》，頁343-344）。

童話作品如果寫的是這類的內容，就是自然界童話。例如美國兒童文學作家羅勃‧麥羅斯基的《讓路給小鴨子》的童話。

鴨馬拉和太太飛到波士頓公園的湖裡。在那兒，遊客常餵牠們花生米等食物。有一天，母鴨馬拉太太在公園散步，差點被騎腳踏車的孩子撞上。馬拉太太快生產了，牠擔心孩子的

資料來源：國語日報社，《讓路給小鴨子》

圖5-6　《讓路給小鴨子》

安全，便飛到美國波士頓城外查爾斯河中的小島上生產。在那兒，牠們孵出了八隻小鴨，也跟愛護動物的警察米其爾做了朋友。小鴨漸漸長大，馬拉太太訓練牠們走路、游泳、排隊，然後全家要搬到波士頓公園去住。小鴨一隻挨著一隻，上了公路。牠們來到十字路口正想穿過馬路，來來往往的車子擋住了去路，而且猛按著喇叭。正在危急的時候，米其爾警察出現了，攔下了來來往往的汽車，讓牠們安全的走到波士頓公園去。

這篇童話寫的是尊重萬物，保護大自然的問題。遊客的接納野鴨，給野鴨食物，警察的關懷野鴨，都是愛護動物的表現，屬於「自然界領域」的童話。

再如柏吉爾的《烏拉波拉故事集》裡的童話，大部分屬於自然界領域童話。例如〈小水點〉這篇，寫的是小姑娘的一滴眼淚，被太陽光蒸發成無數微細的水泡，在空氣中飄盪。後來水泡被吹上天空，遇到冷空氣，就凝縮成微粒，跟其他微粒碰在一起，變成了雲。後來天氣又更冷了，微細的水粒漸漸併成球狀，成為雨點，降落在海面。小水點被輪船捲進鍋爐裡，又變成了蒸汽，然後又變成水滴。小水滴飄向非洲海岸，因為那兒太熱，小水泡又被太陽逼到天空，遇冷凝結成尖尖的冰針。它被吹向北方的高山上，降落下來變成了雪花。在山頭上住了好幾個月後，跟著崩雪來到地面，經過太陽一照，又變成水滴。後來水滴被葡萄根吸收，跑到葡萄裡去，被製成了葡萄汁。

這是介紹「水的三態變化」，屬於認識大自然現象，也屬於「自然界領域」的童話。

第三節　童話的寫作原則

童話的寫作應該注意些什麼？前述第四章的幼兒故事寫作原則，在這兒也可通用。例如寫作前應瞭解幼兒並多看童話作品、隨時蒐集寫作題材；寫作中應選擇題材並深入研究、確定主題並間接呈現、決定形式及活用技巧；寫作後要勤於修改。

童話的文體，比幼兒故事精緻而且富有變化。因此，童話的寫作，還可

以更深入的探討。現在從找題材、安排結構、人物刻畫與語言及敘述觀點等方面簡論於下。

一、如何獲得童話題材

找尋童話題材，跟一般詩文的尋找題材，原則相通。也就是題材的獲得，有「神往會物」和「物來感人」兩種。神，就是意念；物，是形象。意念和外面的形象結合，激起火花，就有了童話題材。寫作童話的人，不管是先有意念，再找物象，或者先有物象再找意念，只要用得妥切，都可以產生童話。現在介紹幾種獲得童話題材的方式於下：

㈠由崇高的意念獲得

把自己認為很有意義的一句話，放在腦子裡成為潛意識，然後尋找相關的外界事物，把它表現出來。這是一種「神往會物」的找材料方法。例如我在國小任教的時候，指導小朋友寫童話。國小四年級的林怡君小朋友想到「開口就傷人，得不到他人喜愛」的一句話，想把它寫成童話。她想到亂叫的烏鴉，於是靈感一來，寫了一篇〈多嘴的烏鴉〉的童話（《小朋友寫童話》頁164）。

㈡由人物特性獲得

另一次作文，林怡君小朋友從人物特性去找。她發現動物園中有一隻熊，不停的在檻內走來走去。她想到：這隻熊的個性一定很急躁；急躁的人常常粗心、健忘，於是編了一篇〈熊小弟的困擾〉的童話（《小朋友寫童話》，頁167）。這也是一種「神往會物」的找材料方法。

㈢由既有事件獲得

由既有事件獲得，方式很多。例如回憶往事，從典籍、傳說、民間故事等找事件，觀察兒童生活所發生的事情，根據報紙或電視的報導事件，由聽演講或談話中的事件獲得。物，包含事，這是「物來感人」的找材料方法。例如林思穎小朋友從報上看到一個捕蛙人，利用音樂引出田裡的青蛙，然後把牠捕捉，賣給餐廳賺取外快的新聞。他很同情青蛙，於是用這個材料，寫了〈青蛙阿順和音樂〉的童話抗議（《小朋友寫童話》，頁129），希望捕

蛙人也能愛護動物，不要再捕青蛙。

㈣由物品獲得

這是「物來感人」的找材料方式。孫晴峰獲得中國時報舉辦的童話創作獎第一名的作品《小紅》，就是對著皺紋紙而想出的（內容見第四節）。

㈤由想像獲得

應用想像力主動尋找題材。例如從打破平衡的方向入手。像猴子喜歡爬樹，假使有一隻猴子怕爬樹，會如何？葉玫小朋友的〈怕爬樹的猴子〉（《小朋友寫童話》，頁50），寫的就是這個題材；狗都會看家，如果有一隻狗不想看家，會如何？許淑媛小朋友的〈不想看家的狗〉，（《小朋友寫童話》，頁180）就是這樣來的。（《童話寫作研究》，頁76-91）

二、童話的結構

從外在段落來分，童話的組成，可以分為：開頭、中段、結尾三部分。

開頭的主要任務是向讀者介紹本篇故事所要認識的一切初步事實，以及喚起讀者的好奇心。例如：故事發生的時間、地點、社會環境、故事人物的身分和其他人物的關係，以及故事人物的努力目標或面臨的難題。

中段的任務是生動的處理故事人物在開頭裡提出來的努力目標或難題。常用的方法有：反復法、對比法、循環法、現實與幻想結合法、包孕法、巧合法、誇張法。故事的高潮，常出現在中段的後面。

結尾的任務是清楚的交代故事的結果。好的結尾，常常有以下的特徵：驚奇而圓滿、交代清楚、形式簡潔、餘味盎然。

從內在的邏輯線索來分，童話有單線結構、雙線結構和多線結構的形式。

單線結構指的是一根主線貫穿作品前後。這根主線也就是以作品中主要人物的遭遇、性格發展，和其他人物的糾葛構成主線；而把其他人物、細節、事件結合在這主線上。童話依據單線結構的變化，常見的有先降後升型、先升後降型、下降型、上升型、圓圈型、時空交錯型、連環型、水平型。

　　雙線結構指的是作品由兩條主線同時或先後分別展開情節，而在有些章節中，又把兩條主線結合起來。全文的人物、情節組織在一起。童話依據雙線結構的變化，常見的有交叉分開型、交叉合一型。

　　多線結構指的是作品由三條或三條以上的主線，同時或先後分別展開情節。它們相互交叉，把全文的人物、情節組織在一起，成為一個整體；有的雖然各自散列，但仍有一條看不見的橫線連接一起。常見的多線結構有交叉分開型、交叉合一型、合一分開合一型、散列型。（例證可參看《童話寫作研究》，頁182-194）。

　　童話的結構雖然多樣，但是主要的是達到目的型和未達目的型，其餘是它的變化。

　　「達到目的型」的結構，最常見的就如上一講在幼兒故事所提的設計方式：

　　作者在故事前，安排人物面臨的問題，構成懸疑而喚起讀者的好奇心；故事進行中，主角克服困難，解決了問題。

　　這種形式，大部分是這樣安排的：①提出衝突問題及決定努力目標；②布置障礙；③處理障礙；④轉機；⑤解決問題。例如安徒生的《醜小鴨》的童話、孫晴峰的〈小紅〉，都是這種結構。這是屬於達到目的型中的「先降後升型」。日本古代童話〈桃太郎〉的情節，沒什麼大障礙，比較接近「上升型」的達到目的型結構。

　　「未達目的型」的結構，最常見的也如上一講所提的設計方式：作者在故事前，安排人物面臨的問題，構成懸疑而喚起讀者的好奇心；故事進行中，主角沒有達到目的。

　　這種形式，大部分是這樣安排的：①提出衝突問題及決定努力目標；②達到小目標或布置障礙；③他人反應或處理障礙；④轉機；⑤結局：未達目的。例如羅傑・杜沃森的《傻鵝皮杜妮》，就是典型的「先升後降型」的「未達目的型」結構。故事敘述傻鵝撿到一本書，就覺得自己已經讀了書，變聰明了，可以為大家解決問題。這是①提出衝突問題及決定努力目標的設計。牠回答公雞雞冠為什麼是紅色、馬要如何避免牙齒疼、告訴母雞牠有

圖5-7 《傻鵝皮杜妮》

幾隻小雞、怎樣讓小貓從樹上下來。自己以為幫了大家很多忙，想不到由於牠的錯誤指導，造成了大家的煩惱。這是②達到小目標或布置障礙、③他人反應或處理障礙的設計。後來牠把鞭炮說成糖果，引起大家爭搶，結果鞭炮爆炸，大家都遭到波及而受傷，連傻鵝的書也炸開。這是④轉機的部分。傻鵝的書炸開後，牠發現書裡有字，覺悟到書是要打開來讀才有用，不是拿著它就可以變聰明。於是傻鵝決定先識字。這是⑤結局：未達目的。

　　有的未達目的型結構，變化為「下降型」。上述魯意絲‧法秀的《快活獅子》，寫快活獅子走出獸欄，要到城裡去拜訪常來看牠的人。這是①提出衝突問題及決定努力目標的設計。中段裡，大家看到牠，不是昏倒就是嚇跑；一樓的人，紛紛把鐵門拉上，爬到二樓去躲避，並且一直指著牠叫著：「獅子！獅子！」。帶槍的人瞄準牠，向牠走來。快活獅子不明白平常對牠好的人，怎麼變成這樣，也不知道要怎麼處理。這是在①提出衝突問題及決定努力目標後，一連串遇到倒楣的事，沒遇到「滿意」，屬於②布置障礙、③他人反應或處理障礙的設計。後來一個常來看牠的小孩子來了，把快活獅子帶回動物園。這是④轉機的部分。接著敘述快活獅子再也不想出門拜訪朋友，以免惹來麻煩。這是⑤結局：未達目的。全篇故事，邏輯線向下降，為「下降型」的未達目的型童話。

三、人物刻畫與語言

　　童話的人物刻畫跟上一講幼兒故事一樣，有直接刻畫和間接刻畫。

　　直接刻畫是將人物的個性直接說出。例如《金嗓子和狐狸》的童話，作者對母雞的刻畫：「那隻歌喉最婉轉的，是美姑娘白第樂。她謙恭、細心、文雅、會交際。」又如H‧A雷伊的《猴子喬治惹麻煩》的開頭：「這就是猴子喬治。牠住在非洲，日子過得很快活。可是牠有一個毛病，就是太

好奇。」這些人物的特性，都是直接說出的。直接刻畫大部分採用作者的敘述、說明、分析、形容等方式來寫人物；有時也利用他人口中說出另一人物的外貌或性格，以及在人物命名時，採用兼敘性格法。例如上述「傻鵝皮杜妮」，便把皮杜妮「傻」的特性，直接揭示出來。

間接刻畫有人物自我表現、他人襯托和環境呈現的方式表達。人物自我表現，就是把人物放在故事的場景裡，讓他運用對話、動作、心理活動（思緒），自行「表演」給讀者看的一種刻畫方式。可用人物的動作、對話、思緒表達；他人襯托就是特寫故事中的其他人物，襯出主要人物來。依襯托方式，可分正襯、反襯、側襯等三種。環境呈現就是描繪人物活動的周圍情景，襯出人物的性格。（可參閱陳正治，《童話寫作研究》，頁149-169）

還有，句子的語言問題，也是童話作者應該注意的。寫作的時候，除了注意字形正確、用詞妥當、句法精確、語意妥切的準確語言外，還要注意幼兒的年齡特徵，以及應用情趣的語言，不用標語式的口號。例如嚴友梅在《玩具船》的文句：

> 小布人、小毛熊和小皮狗，坐在玩具箱裡發愁，他們想環遊世界，可是不知道怎麼走法……。
>
> 小布人悄悄的推開箱蓋，露出半個腦袋向四周看看。現在正是晚上，大家都睡覺了。在這靜悄悄的夜裡出去逛逛，才有探險的味兒。他把頭一擺：「快！外面沒有人影，連隻狗影都沒有，也沒有貓影，也沒有老鼠影。快快！」
>
> 小皮狗比較靈活，三爬兩爬的就爬出了箱子……。
>
> 他們三個弓著腰，踮著腳，走到門口。外面的月亮圓圓的，天空幾乎像白天一樣明亮。小毛熊說：「糟糕！有人提個大燈籠，要抓我們了。」
>
> 「那是太陽！」小布人自作聰明的說：「我早就知道的。」
>
> 小毛熊覺得很慚愧，自己居然連「太陽」都不認識，只好

紅著臉靜悄悄的跟著走。

　　這些語言，用字用詞以及語氣，都考慮到兒童的年齡特徵，以及情趣的特色；尤其難得的是也把三隻布偶憨憨的、沒有見識的特性，生動的表達出來。童話作品的語言，就是要這樣的語言。

　　蘇俄文學大家托爾斯泰說：「錘鍊語言是一件極端艱苦的事情，必須使一切都寫得美麗、簡單、樸素、明快。」研究幼兒文學的鄭光中先生，引用它，認為它是幼兒文學作品應具備的語言特色。他還申論這種語言，應是少用長句，少用形容詞，少用成語，少用文言詞語，少用抽象詞語，少用方言土語。反之，要多用短句（實在需長句，也要中間點斷），多用比喻句，多用動詞，多用摹擬聲、色、形的象聲詞和疊音詞。例如「山路崎嶇不平」的句子，最好力求具體淺顯，改成孩子的口語：「山路高低不平」；「靠自己獨立思考」，改成「靠自己想」；「大家分析找原因」，改成「大家想想為什麼」；「同他一起來的，還有一位五十多歲的不相識的男子」，改成「同他一起來的，還有一位老爺爺」（《幼兒文學》，頁123-124）

　　波特童話的語言，非常注意符合幼兒的這些年齡特徵。例如她在《小兔彼得的故事》一文的句子：

小兔彼得的故事

原著◎碧雅翠絲‧波特
翻譯◎林海音

資料來源：青林國際出版股份
　　　　　有限公司，《小兔
　　　　　彼得的故事》
圖5-8　《小兔彼得的故事》

從前有四隻小兔子。他們的名字叫：

　小福

　　小毛

　　　小白

　　　　彼得

他們和母親住在一個砂洞裡，這砂洞就在一棵非常高大的樅樹根底下。

　　一天早上，兔媽媽對他們說：「我的乖寶寶啊，你們可以去田裡玩，可以順小路一路玩下去，可是千萬別去麥先生的菜

園。你們父親從前就在那兒遭到意外的，他被麥先生做進餡餅兒了。」（頁2-4）

這些都非常注意符合幼兒的年齡特徵，多用短句，多用口語，少用抽象詞語。

四、敘述觀點

童話的敘述觀點，有內部觀點和外部觀點等兩大類。

內部觀點就是故事從裡面講起。也就是說採用故事中參與不平凡事件的角色為觀點人物，並以第一身（我）述說。這種觀點有主角第一身觀點、配角第一身觀點、旁觀者第一身觀點和第一身複數觀點等四種。例如大家熟習的英國文學家史威福特的《格列佛遊記》，敘述格列佛到小人國、大人國、飛島、馬國遊歷的故事，都是採用「我」的觀點寫作的。

外部觀點就是敘述故事從外面講起，也就是敘述者置身於他所述說的故事之外，沒有參加那些不平凡的事件；這是屬於第三身故事的敘述觀點。這種觀點有全知觀點、第三身人物觀點、客觀觀點等三種。大部分的童話作品，都採用全知觀點，例如林怡君小朋友的作品：

多嘴的烏鴉 / 國小四年級　林怡君

在山的那一邊，有一座「快樂森林」。那裡住著許多動物，一隻多嘴的烏鴉也住在那兒。這一隻烏鴉一天到晚說人家的壞話，因此，大家都很討厭牠。

有一天，這隻烏鴉看到一隻小驢子，就大嚷：「哎喲！你的耳朵怎麼這麼長啊！醜死了！」

小驢子聽了非常生氣，就回罵牠一句：「耳朵長是我的事，關你什麼？」

又有一天，一隻小象經過烏鴉的家，那隻多嘴的烏鴉看到了，又拉起沙啞的嗓門嚷著：「ㄍㄚ！ㄍㄚ！我說小象啊！你每個地方

都很美麗，只是嘴巴太小了。」

這隻小象是很和氣的，所以雖然聽了烏鴉說牠的壞話，但是並不生氣，反而勸牠說：「小烏鴉，你不要說人家的壞話，不然別人會不理你的！」

烏鴉聽了不但不理會小象的好意，反而罵牠：「少囉唆！」小象聽了無可奈何的走了。

有一天，村長獅子走到烏鴉的家，烏鴉嘲笑牠說：「獅子，你不能飛，不配做我們的村長。」獅子氣得要命。

終於有一天，快樂森林的動物們，因為受不了這隻多嘴烏鴉的嘲笑，於是向村長——獅子提出抗議，建議把烏鴉趕出森林，永遠都不要讓牠再回來。村長因為也受過這隻烏鴉的氣，所以下令把這隻烏鴉趕出森林。於是烏鴉被趕出森林，過著孤獨的生活。

林怡君這篇童話，作者記錄故事人物的言談、表情、舉止、思想外，還隨時現身說法，參與故事。為外部觀點中，全知觀點的應用。

有的童話，採用外部觀點裡的第三身人物觀點。例如《小朋友寫童話》中，顧學甫的一篇童話：

什麼時候打雷／國小六年級　顧學甫

有一天，兔爸爸坐在書房裡，覺得天突然暗了下來。他說：「天這麼黑，快下雨了吧？」兔爸爸剛說完，天空亮了一下，接著轟隆一聲，傳來了打雷聲。這時候，兔爸爸聽到小兔子叫著：「姊！我怕！我怕！哇哇哇！」

兔爸爸走到客廳，看見兔姊姊正用手摀住小兔子的耳朵，然後說：「不要怕，不要怕，我替你摀住耳朵就聽不見雷聲了。」

小兔子被摀得好像很苦，兩隻小手不停的要把姊姊的手掰開。兔爸爸覺得這樣也不大好，就叫兔姊姊把手放了。可是兔姊姊把手一放，雷聲突然又響起，小兔子再一次被嚇得哇哇的哭起來。

兔姊姊對爸爸說：「不停的摀住弟弟的耳朵，弟弟很苦，我的手也會痠痛；何況我還有好多事要做，不能一直替弟弟摀耳朵。該怎麼辦才好呢？」

兔爸爸聽了兔姊姊的話，想了想後說：「我出去問問看，有沒有人知道什麼時候打雷。假使知道什麼時候打雷，他自己摀住耳朵就可以了。你照顧一下弟弟，我馬上就回來。」

兔爸爸拿著大荷葉遮住身體，然後走出大門。走出大門後，想起了老山羊。「山羊先生年紀大些，可能知道什麼時候打雷，我去問問他。」兔爸爸想到這兒，就快步向老山羊的家走去。

他來到老山羊的家裡，向老山羊打了個招呼。老山羊給了他一條毛巾。兔爸爸擦乾了身體上的雨水後，就問說：「山羊叔叔，天空布滿烏雲後，您知道什麼時候會打雷？」

老山羊想了很久，說：「對不起，這個問題我也不知道。也許博學多才的貓頭鷹博士知道。你去請教他吧。」

兔爸爸告別了老山羊，往貓頭鷹的家去。

「貓頭鷹博士您好。請問您，天空布滿烏雲後，您知道什麼時候會打雷？」

貓頭鷹博士聽了兔爸爸的問話，就把《世界百科大全》拿出來，一頁一頁的找，還是找不到答案。

「對不起，我沒辦法解決你的問題。」貓頭鷹說。

兔爸爸聽了，垂頭喪氣的走出貓頭鷹的家。

突然天空大放光明，接著響起一陣震耳的雷聲。兔爸爸聽到後，腦筋一轉，跳了起來說：「我知道了！我知道了！」就用跑百米的速度衝了回家。

兔爸爸把小兔子帶到窗口，然後對他說：「每一次打雷前就先閃電。你只要看到閃電，馬上自己把耳朵摀住，就不怕雷聲了。」

兔爸爸就這樣幫小兔子解決問題了。

　　顧學甫拿自然界「先閃電再打雷」的知識，編了一篇童話。全篇的敘述觀點，採用兔爸爸的觀點，由兔爸爸的所見、所聞、所感、所想、所做來敘述故事。這是外部觀點中的「主角第三身觀點」（《童話寫作研究》，頁207-208）。

第四節　童話作家與作品

　　童話是幼兒最喜愛的文體，因此寫作童話給孩子欣賞的很多。現在介紹幾位作家和作品於下：

1.城裡老鼠強尼的故事（波特童話集之一）／波特

　　一隻鄉下老鼠藏在菜箱裡吃菜，結果睡著，被車子運送到城裡去。車子停在一棟大房子前，鄉下老鼠逃入屋子裡，跟城裡的老鼠強尼碰面，受到城裡老鼠的許多照顧。由於這戶人家養貓，鄉下老鼠覺得生活充滿危機和不習慣，於是搭載蔬菜的空車回鄉下。告別城裡老鼠的時候，約牠們到鄉下去玩。後來這家房子的主人，覺得老鼠太多了，就要廚子撲殺老鼠。城裡老鼠強尼逃避廚子撲殺，到鄉下找鄉下老鼠避難。鄉下老鼠親切回報。城裡老鼠住了一星期後，覺得鄉下只有蔬菜吃，沒魚肉，不是理想的住處，於是又回到城裡去。

城裡老鼠強尼的故事

原者◎碧雅翠絲‧波特
翻譯◎林海音

資料來源：青林國際出版股份有限公司，《城裡老鼠強尼的故事》

圖5-9　《城裡老鼠強尼的故事》

簡介：

　　波特（Beatrix Potter, 1866-1943），英國童話作家和畫家，為「兔子彼得」系列叢書的作者。她自寫、自畫了專供幼兒欣賞的童話和兒歌書籍，

是一位為幼兒創作成熟，帶有諷刺意味的喜劇作家。作品有：《城裡老鼠強尼的故事》、《小兔彼得的故事》、《母鴨潔瑪的故事》、《陶先生的故事》、《餡餅和餅模的故事》、《青蛙吉先生釣魚的故事》、《金傑和皮克的故事》、《香菜阿姨兒歌集》、《松鼠胡來的故事》、《小松鼠台明的故事》、《兩隻壞老鼠的故事》、《小兔班傑明的故事》、《一隻壞小兔的故事》、《鼠太太小不點的故事》、《小豬柏郎的故事》、《小貓莫蓓小姐的故事》、《傅家小兔們的故事》、《三小貓的故事》、《貓布丁的故事》、《小豬羅平的故事》、《刺蝟溫迪琪的故事》、《老鼠阿斑兒歌集》、《格洛司特的裁縫》等二十三本書。

　　《城裡老鼠強尼的故事》表達每個人都懷念故土，習慣住在自己熟悉的生活環境裡。有諷刺意味，但故事結尾卻是圓滿的。這篇童話的結構，鄉下老鼠和城裡老鼠，各為一條主線，它們先後分別展開情節，在城裡交叉後又分開；到了鄉下，會合後又分開。故事的結構，屬於雙線結構類型的「交叉分開型」。

2.小胖熊遇救（《小熊維尼》之一）／米恩

　　有一天早上，小熊維尼在鏡子前做減肥運動後，邊哼著歌，邊走到樹林的兔子洞口。牠想：「如果我猜得不錯，這個洞裡面一定有兔子。有了兔子，我就有朋友；有了朋友，我就有東西吃，還有人聽我唱歌。」於是牠對洞口大叫：「有人在家嗎？」結果洞裡起了一聲輕微的驚叫聲，然後靜下來。維尼又問：「有人在家嗎？」洞裡傳出：「沒有人。」維尼聽到沒有人，轉身走了幾步，但又覺得奇怪，沒有人怎麼有人回答說「沒有人？」於是又回來問。就這樣，維尼進了兔子洞裡。兔子請牠吃蜂蜜，維尼一罐接一罐，把兔子家的蜂蜜都

資料來源：國語日報社，《小胖熊遇救》

圖5-10 《小胖熊遇救》

吃光，肚子鼓得圓圓的。吃飽了的小胖熊要回去了，結果因為吃太飽，擠不出兔子洞口。兔子告訴維尼，要等瘦下來才能出得去；維尼怪兔子洞開鑿得太小。經過幾天，維尼瘦下來了，兔子請維尼的小主人羅賓來幫忙，才把維尼拖出洞口。情節的設計，採用「先降後升型」的結構。

簡介：

米恩（A. A Milne, 1882-1956），生於英國倫敦西北部的奇爾本，為英國的幽默作家。成名作是《賓先生路過》。最著名的作品是四部兒童文學書籍，皆以小熊維尼為主角。兩本童詩集——《當我們年紀小》、《現在我們六歲了》；兩本童話書——《小熊維尼》、《噗噗熊和老灰驢的家》。米恩的童話，充滿幽默、有趣，極受世界各國兒童喜愛。

〈小胖熊遇救〉把噗噗熊維尼憨憨、有趣的個性，生動的表現出來。這篇童話，先敘述小熊貪吃，結果吃得過胖而擠不出兔洞，情節線是向下的；後來瘦下來，終於可以脫險，這是採用單線結構的「先降後升型」方式設計情節。

3.小黑魚／李歐‧李奧尼

資料來源：上誼文化，《小黑魚》

圖5-11 《小黑魚》

有一條小黑魚，跟一群快樂的小紅魚，住在大海的角落裡。有一天，大海裡出現了一隻大鮪魚，把小紅魚都吞到肚裡去，只有小黑魚逃得快，沒被吃掉。

小黑魚躲在黑忽忽的深水裡後，由於太寂寞了，又游出來。牠看見了海裡的奇妙生物，像水母、大龍蝦、怪魚、海草、鰻魚、海葵。後來牠看到一群跟牠一樣小的魚，躲在岩石和海草的黑影裡。小黑魚邀這些小紅魚一塊兒游出去到處玩，小紅魚不敢，大家

都怕被大魚吃掉。小黑魚想出了一個辦法，要大家游在一起，構成一條大魚的形狀，然後自己充當大魚的眼睛。牠們在大海裡游，把大魚都趕走了。

簡介：

> 李歐·李奧尼（Leo Lionni, 1910-1999），生於荷蘭阿姆斯特丹。1939年移民美國，擔任廣告設計師，後來專心從事圖畫書創作。曾以《小黑魚》、《田鼠阿佛》、《阿力和發條老鼠》等多次獲得凱迪克榮譽獎。作品還有《鱷魚柯尼列斯》、《綠尾巴的老鼠》、《這是我的》、《魚就是魚》、《老鼠阿修的夢》、《一個奇妙的蛋》等三十多部。
>
> 《小黑魚》寫的是弱小的人，應該活用智慧，團結一起，抵抗外面的敵人。這篇童話的結構，為「先降後升型」：先敘述小黑魚差點遇難，這是「下降」的邏輯線；再敘述小黑魚想到一個妙計，把小紅魚組成大魚，自己當大魚的眼睛，這是轉機；然後在大海中悠游，這是達到目的的結局。

4.一毛錢／華霞菱

　　小胖在草地上撿到一毛錢。媽媽叫小胖把錢還給失主。小胖問小白兔丟了錢嗎？小白兔說牠吃草，不用花錢買；問公雞，公雞說牠捉蟲子吃，用不著花錢；問花狗，花狗說牠只要吃骨頭，要錢做什麼？賣冰棒的來了，小胖問他一毛錢有什麼用？賣冰棒的告訴小胖：「買一支冰棒。」小胖說：「可是一毛錢不是我的。」賣青菜的來了，說可買兩根蔥，小胖又說：「可是一毛錢不是我的。」阿文哥哥來了，低頭找東西。小胖問他找什麼？阿文說掉了一毛錢。小胖把一毛錢

資料來源：國語日報社，《一毛錢》

圖5-12　《一毛錢》

還給阿文，並問他一毛錢有什麼用？阿文告訴小胖，存三十個或五十個，可以買一本故事書。晚上，阿文送給小胖一個小撲滿，媽媽給了小胖一毛錢，小胖把它存進了撲滿裡。

簡介：

> 華霞菱（1918-），河北天津市人。來臺後，先服務於新竹師範附小，擔任幼稚園老師，後來轉任臺北師專附小擔任國小老師。對幼教及國教，都有很深的瞭解。著作甚多，共有《小糊塗》、《老公公的花園》、《顛倒歌》、《五彩狗》、《小皮球遇險記》、《一毛錢》、《魔術筆》、《幼稚園幼兒讀物精選》、《讀書和作文結合》等二十多本。
>
> 〈一毛錢〉述說「拾金不昧」的故事，順便告訴幼兒兔子吃草、公雞捉蟲、狗吃骨頭，不必用錢的事，以及養成儲蓄的好處。故事用淺顯的口語寫作，並應用反復法安排細節，內容雖然富有教育意義，但不說教，非常適合幼兒欣賞。

5.玩具船／嚴友梅

　　小布人、小毛熊和小皮狗是寶寶的布偶。有一天晚上，坐在玩具箱裡的他們，覺得很無聊，想去環遊世界，但是不知道怎麼走法。後來他們爬出玩具箱，到了院子裡。院子裡有個魚池，他們把它看成大海，於是坐上玩具船，在「大海」中旅行。由於他們沒見識，又想表現自己多麼有學問，因此鬧了許多笑話。例如把月亮當作太陽；一本書當作「雲片糕」；看到魚媽媽保護小魚，把小魚含在嘴裡，誤以為吃了小魚；對青蛙自稱是「兩棲動物」，譏笑青蛙有兩個太太……。環遊世界，回到玩具箱後，覺得世界太小了，一下子看完，打算下次到太陽那兒去參觀。當

資料來源：臺灣書店，《玩具船》
圖5-13　《玩具船》

然，這就要寶寶在勞作課的時候，把玩具船加上兩個大翅膀。

簡介：

> 嚴友梅（1925-2007），生於河南省信陽縣。來臺後，從事兒童文學研究和寫作，曾在中國文化大學任教，出版過很多書。如《玩具船》、《汪小小照鏡子》、《小番鴨佳佳》、《老牛山山》、《湖中王子》、《快樂城》、《小燈盞》、《鐵人和皮人》等。她的童話，富有情趣，語言能注意兒童的語言特徵，意境高遠，是一位有名的童話作家。
>
> 《玩具船》的童話，寫出幼兒玩玩具，自得其樂的可愛幻想。故事中，充滿童稚的幽默趣味；也寫出有些人沒有見識，卻打腫臉充胖子，自以為什麼都懂的幼稚心態。這是一篇老少咸宜的童話。

6.小鴨鴨回家／林良

小鴨鴨有五個哥哥，小鴨鴨有五個弟弟。牠們都很聽話，只有小鴨鴨不聽話。

有一次，鴨媽媽出門要去找鵝伯伯，牠告訴孩字，河水流得很急，要牠們待在家裡，不要去河裡游水。小鴨鴨不聽話，獨自溜到河裡去玩耍。河水流得急，小鴨鴨沒力氣，被水沖到別鎮去。黃狗要咬牠，野貓要捉牠，正在危急的時候，鴨主

資料來源：國語日報社，《小
鴨鴨回家》

圖5-14 《小鴨鴨回家》

人來了，救了牠。小鴨鴨回到家，從此再也不淘氣。

簡介：

> 林良（1924-），生於福建廈門。來臺後，服務於國語日報社，擔任過編輯、出版社主任、董事長。對兒童文學一往情深，以兒童文學工作為生平職志，是一位有名的兒童文學作家及成人散文家，有臺灣兒童文學大家長的美譽。作品有《小琪的房間》、《小動物兒歌集》、《兩朵白雲》、

《我是一隻狐狸狗》、《我要大公雞》、《小紙船看海》、《小鴨鴨回家》、《金魚一號、金魚二號》、《小木船上岸》等兒童文學作品二百多冊，以及《小太陽》、《和諧人生》等散文集八冊。

　　《小鴨鴨回家》寫的是淘氣孩子不聽話，差點送命的故事。故事大多採用短句寫作，語言使用非常用心。例如：「小鴨鴨頭暈了，小鴨鴨眼花了，牠在水裡打滾兒，心裡實在害怕！」「媽媽快來，快來帶我回家！」「還好，還好，河面漸漸寬了，水流漸漸緩了，小鴨鴨把腳掌拼命亂划，慢慢飄到了對岸。」等等句子，都用幼兒聽得懂的詞語，而且富有節奏美和形象美。

7.小紅 / 孫晴峰

　　小紅是一張縐紋紙的名字。有一天，它被送往文具店裡，引起一陣大騷動；因為所有文具店裡的紙張，表面都是平平的，只有縐紋紙的外表面一凹一凸，長得跟大家不同，大家都說它生了畸形病。小紅說它的爸媽也這樣，大家還擔心這種病會不會傳染。後來大家幫小紅治病，把它壓平；隔不久，小紅身體一動，縐紋又出現，他們就請來熨斗，想把它燙平。熨斗把小紅燙得冒煙了，幸而水壺噴水滅了火。小紅從此變成一邊白一邊紅的縐紋紙，它不再接受朋友的幫忙治病。過了不久，有個小朋友來買紙，他挑選了小紅。文具店的紙張都笑這個小朋友很笨，買了生怪病的紙；小紅也自責，自己不該騙小孩子。小紅被小朋友送到教室裡，看到每個小孩桌上，都準備了縐紋紙，這才發現原來有很多紙跟它一樣，一凹一凸的。小朋友把它摺成成一朵一邊紅一邊白的康乃馨，引起其他小朋友的嘲笑。小紅責怪自己，因為紙張是一邊紅一邊

資料來源：民生報社，《小紅》

圖5-15　《小紅》

白，不能像別的縐紋紙，全紅或全白，使得小主人被同學恥笑。老師把這個小朋友請去，告訴他，母親在，就摺紅花，過世了就摺白花。你為什麼摺一邊紅一邊白的花？小朋友告訴老師，他的生母已經過世，爸爸又替他找來了新媽媽。兩個媽媽都很疼他，因此他花了很多時間，找到了一邊紅一邊白的縐紋紙，才摺成康乃馨花送給兩位媽媽。小紅聽了，在感動之下，也覺得自己有用而感到開心。

簡介：

> 孫晴峰（1959-），生於臺灣。擔任過民生報兒童版記者、編輯，是一位多產的兒童文學作家，現旅居美國，任教於美國紐約大學。著有《小紅》、《狐狸孵蛋》、《獅子燙頭髮》、《葉子鳥》、《變形蟲的故事》、《方方嘴》、《外星人日記》、《寶寶在美國》、《炒一盤作文的好菜》等書。
>
> 《小紅》是一篇屬於自我肯定的童話。童話中，暗示一個跟他人不一樣的人，並不是罪惡或無用；每個人有每個人的特點或專長，只要放對位置，能發揮特點或專長，就是有用的人。故事富有深意。

8.口水龍 / 管家琪

阿丹是一隻文靜的小恐龍，在森林裡，有許多朋友。有一天，阿丹生了一場病後，突然變得很會流口水。恐龍的體型很大，一流口水，對大象、獅子、老虎、花豹等小朋友來說，簡直是瀑布，大家紛紛走避。阿丹非常羞愧，拼命向牠們道歉，一道歉，口水又流出來。從此大家叫阿丹為「口水龍」。阿丹怕帶給大家困擾，於是把身體藏在大海裡。幾天後，阿丹的好朋友，大象、

資料來源：民生報社，《口水龍》
圖5-16 《口水龍》

獅子、老虎、花豹等找到阿丹時，送給阿丹一個禮物，那是一條吸水很強的大圍兜。阿丹太感動了，接過禮物從海裡站起來的時候，發現嘴裡多了一顆大門牙。阿丹不再流口水了，不過阿丹還是天天繫著一件動物們送的大圍兜。

簡介：

> 管家琪（1960-），生於臺北市，擔任過民生報記者，現以寫作為專職。出版有《口水龍》、《怒氣收集袋》、《管家琪童話》、《明年夏天》、《魯西亞的記事本》、《珍珠奶茶的誘惑》、《管家琪教作文》、《居禮夫人》等書，共二百多冊，是一位多產的年輕作家。
>
> 〈口水龍〉是一篇短篇的童話，以幼兒長牙齒前常流口水為題材，並寫出眾人的關懷。這是一篇有關幼兒自我成長，屬於生理現象領域的童話。管家琪的這篇童話，可以讓孩子知道流口水是自然現象，不必感到自卑、難過；也讓孩子知道，遇到他人有困擾，我們要關懷他。

參考書目

一、理論書籍：

1. 林文寶、徐守濤、陳正治、蔡尚志合著，《兒童文學》，臺北市：五南圖書出版公司，1996年9月，初版一刷。

2. 林守為著，《兒童文學》，臺北市：五南圖書出版公司，1988年7月，初版一刷。

3. 陳正治著，《童話寫作研究》，臺北市：五南圖書出版公司，2008年10月，初版七刷。

4. 傅沛榮著，《哲學與人生》，臺北市：天下遠見出版文化事業公司，2006年10月，初版八刷。

5. 鄭光中著，《幼兒文學》，四川省：四川少年兒童出版社，1988年6月一版。

6.蒙特高茂來原著,張劍鳴譯,《世界文學名著的小故事》,臺北市:國語日報社,1977年12月,初版一刷。

二、童話作品:

1.米恩原著,朱傳譽譯,《小胖熊遇救》,臺北市:國語日報社,1968年7月,初版。

2.巴巴拉‧庫妮原著,張秀亞譯,《金嗓子和狐狸》,臺北市:國語日報社,1965年12月,初版。

3.李歐‧李奧尼原著,張劍鳴譯,《小黑魚》,臺北市:上誼文化實業有限公司,1999年10月,初版。

4.波特原著,林海音等譯,《波特童話集》,臺北市:純文學出版社,1978年4月,初版。

5.林良著,《小鴨鴨回家》,臺北市:臺灣書店,1990年10月,三版。

6.孫晴峰著,《小紅》,臺北市:民生報社,2008年5月,新一版。

7.莫里士桑塔克原作,漢聲雜誌譯,《野獸國》,臺北市:英文漢聲出版有限公司1987年3月,初版。

8.陳正治編著,《小朋友寫童話》,臺北縣:富春文化事業有限公司,2002年6月,初版。

9.華霞菱著,《一毛錢》,臺北市:臺灣書店,1986年5月,三版。

10.管家琪著,《口水龍》,臺北市:民生報社,1991年7月,初版。

11.魯意絲‧法秀原著,夏承楹譯,《快活獅子》,臺北市:國語日報社,1968年7月,初版。

12.羅勃‧麥羅斯基原著,畢璞譯,《讓路給小鴨子》,臺北市:國語日報社,1995年2月,新一版。

13.羅素‧侯班原著,洪炎秋譯,《偏食的小熊》,臺北市:國語日報社,1968年12月,初版。

14.羅傑羅傑‧杜沃森原著,琦君譯,《傻鵝皮杜妮》,臺北市:國語日報社,1965年12月,初版。

15.H・A雷伊原著，夏承楹譯，《猴子喬治惹麻煩》，臺北市：國語日報社，1966年8月，初版。

16.嚴友梅著，《玩具船》，臺北市：臺灣書店，1969年9月，初版。

閱後自評（是非題：對的打圈，錯的打叉，每題十分）

（　　）1.童話是專為兒童編寫，以趣味為主的寫實故事，屬於寫實的想像；想像出來的事情，這個世界可能發生的。

（　　）2.睡美人十六歲睡著，一百年後，已經是一百十六歲了，經過年輕的王子一吻後，就醒過來，並嫁給王子。這些都是超現實的幻想。

（　　）3.羅夫亭寫作《杜立德醫生》的童話，主要是表現「動物也有生存權」，我們要愛護動物。

（　　）4.莫里士桑塔克的《野獸國》，寫一個叫阿奇的孩子，這是描寫幼兒到森林與野獸遊戲，喜愛獨自幻想及宣洩情感的童話，屬於自然界領域童話。

（　　）5.《烏拉波拉故事集》裡的童話，大部分屬於自然界領域童話。例如〈小水點〉這篇童話。

（　　）6.林怡君小朋友從人物特性去找。她發現動物園中有一隻熊，不停的在檻內走來走去。她想到：這隻熊的個性一定很急躁；急躁的人常常粗心、健忘，於是編了一篇〈熊小弟的困擾〉的童話（《小朋友寫童話》頁167）。

（　　）7.找尋童話題材，跟一般詩文的尋找題材，原則相通。也就是題材的獲得，有「神往會物」和「物來感人」兩種。神，就是意念；物，是形象。意念和外面的形象結合，激起火花，就有了童話題材。

（　　）8.李歐・李奧尼的《小黑魚》，寫的是小黑魚撿到一本書，覺得自己已經讀了書，變聰明了，於是到處為大家解決問題的故事。

（　）9.羅傑・杜沃森的《傻鵝皮杜妮》，就是典型的「先升後降型」的「未達目的型」結構。

（　）10.《小胖熊遇救》是《小熊維尼》中的一篇，這是波特寫的童話。

習題（總分100分）

一、童話和一般的幼兒故事有何不同？請舉例說明。（20分）

二、童話有什麼特質？請簡單說明。（20分）

三、童話的類別有幾種？請舉例說明（要自己找例證，不要採用講義上的例子）（20分）

四、請應用想像力，從打破平衡的方向入手，寫一篇「未達目的型」的童話。（20分）

五、請任舉自己看過，適合幼兒欣賞的一篇童話，敘述它的書名、作者、出版社、大概內容，及你為什麼喜愛它的理由。（20分）

第六章
圖畫書

第一節　圖畫書的意義與特質

圖畫書是幼兒文學中的璀璨明珠,透過奇妙鮮活的圖象,生動有味的淺語,呈現世界萬物的潛在美質,開啟孩子的心靈之眼,藉以傳遞真的發現、善的啟示、美的洗禮,提供閱讀樂趣和藝術美感,啟發想像與創造力,成為幼兒認識自我、人際互動、探索世界的最佳媒介之一。

圖畫書的設計,主要是為了體貼學齡前後的幼兒,針對其識字與生活經驗有限的狀況,文字不會過多或過於艱澀,且通常得靠大人代為念出,圖像是這個年齡層的幼童主要的閱讀內容,眼睛讀圖,耳朵聽故事,即可進入書中無遠弗屆的世界,優秀的圖畫書無疑是成人文明給幼兒的一份最佳禮物。

一、圖畫書的定義

「圖畫書」一詞翻譯自英文「Picture Books」,而來自日文則稱為「繪本」,字面上的意思是指:有圖畫的書。進一步用培利・諾德曼(Perry Nodelman)的定義說明:「意欲給幼兒的書,經由一系列圖像,結合相關的少量文字或根本不用文字,來傳達資訊或訴說故事。」(*Words about Pictures*, vii)

根據上述定義,再輔以臺灣目前出版及研究現狀,加以補充:

㈠閱讀對象

以幼兒為主,但不以幼兒為限。

製作圖畫書主要以幼兒的需求為考量的前提,即學齡前後階段,二至八歲的孩子為主。但不以此為限,目前也有學者下修到嬰兒零歲開始閱讀,例如:李坤珊《小小愛書人》,談零到三歲嬰幼兒的閱讀世界。更因圖畫書多

樣的出版形式及動人的意涵，吸引廣大讀者，其讀者群不再限於幼兒，而成為零歲以上到成人都愛看的書。

（二）形　式

大都由圖像和文字共同合作敘事或傳達資訊（information），但也有少部分「無字書」（Wordless Books）的作品，僅用圖像來完成說故事的功能。圖像不再只是文字的陪襯，強調圖像的連貫性與敘事功能，圖文巧妙搭配，發展出獨特藝術形式。

（三）內　容

掌握兒童身心發展而書寫的「文學性」與「知識性」作品。諾德曼定義中「傳達資訊」可視為「知識性」作品特色，「訴說故事」正是「文學性」作品的重要任務。

二、圖畫書的特質

培利・諾德曼提出：「圖畫書因為包含插圖，所以提供一種不同於其他說故事形式的樂趣；而圖畫書也因為包含文字，因此能提供有別於其他視覺藝術形式的樂趣。」（《閱讀兒童文學的樂趣》，頁331），因此圖畫書中圖、文各自有其特色，二者如何結合，共同敘述一個故事或意念是考量重點，重視書籍物質形式給讀者第一印象的成書設計，及讀者與圖畫書互動的方式也不同於其他書籍。以下分項敘述之。

（一）圖像的傳達性

圖像是圖畫書最大的特色，一本書可以沒有文字全由圖像來說故事的稱為「無字圖畫書」，但是，沒有圖畫，就不可能稱作圖畫書。

「圖畫書中的手繪插畫是畫家將『純粹繪畫』的美感特質，結合『美術設計』的傳達原理，配合文章內容所製作的『有條件、有目的的插畫』。」（蘇振明，見徐素霞編著，《臺灣兒童圖畫書導賞》，頁15）

「插畫與純繪畫最大的不同在於插畫所具有的傳達功能性較純繪畫更為強烈……」（徐素霞編著，《臺灣兒童圖畫書導賞》，頁43）

不管是傳遞知識性的正確資訊或文學性的感性思維，精緻有創意的圖像

構成，肩負「呈現訴說」的強烈意圖，各畫面之間連續性的設計，共同表達一個完整的意念，以吸引孩子一頁頁翻閱下去的動力，正是一本圖畫書成功與否的關鍵。

㈡文字的音樂性

給幼兒的圖畫書，文字篇幅大多不長，是經過藝術技巧處理過的「淺語」（林良，《淺語的藝術》，頁17-28），讀起來要順口，聽起來要順耳，是需要被大聲朗讀的「聽覺型文字」，要簡短精練如詩一般，節奏優美像兒歌一樣，不必要求押韻但要順暢、自然有韻律；若能配合故事情境調整句式長短、聲音抑揚頓挫，達到「聲情相合」的境界，更為可貴。

尤其，要與圖畫互相搭配，有時一個故事都由文字說盡了，加上圖反而顯得文字的囉唆累贅，文字要像珍珠項鍊上的線，完整稱職的將一個個如珍珠般的畫面連接起來[1]，且不減損文字的優美情韻。

㈢圖、文的合作性

文字與圖像各以不同的方式傳達訊息，文字較擅長處理時間、因果、主從、內心思考等事件發生的關係，圖像則擅長處理空間場景、物體外表、角色造形等，文字若要表現空間，就需長篇描述；圖像若要表現時間，就需用連環小圖，所以文與圖以各自擅長，交互作用、互相影響，拓展故事主題的藝術感染力，圖、文合作表現出來的成果才是「完整的故事」；在知識性圖畫書中，圖、文並呈才能簡單明瞭的解說知識。

依照諾德曼的看法：「一本圖畫書至少包含三種故事：文字說的故事、圖畫暗示的故事，及兩者結合後產生的故事。」（《閱讀兒童文學的樂趣》，頁351）

因此，圖畫書光讀文字或只看圖像，一定不如圖、文兩者合作建構的故事（或知識）來得精采與完整，讀者常常在圖、文對照間歸納出故事真相而覺得滿足。

---

[1] 原載 Barbara Z. Kiefer (1995) *The Potential of Picturebooks*，p.6。採用插畫家芭芭拉‧庫尼（Barbara Cooney）的比喻：圖畫書像是一串珍珠項鍊，插畫是珍珠，文字是串起珍珠的細線，細線沒有珍珠不能美麗，項鍊沒有細線也不存在。

㈣成書的設計性

沒有一種書籍像圖畫書這樣注重成書的硬體特質,如書的大小與形狀,或印刷時的紙質選用,都會給讀者不同的第一印象。

封面、封底、乃至標題或字體選用、跨頁的圖文配置等整體設計,都需運用巧思以貫穿意念、深化敘事,使書本成為完滿俱足的藝術整體。

甚至以互動、遊戲為設計主軸的鑿洞、拉頁、特殊觸感,轉輪、信封、小人偶……等添加附件,及立體書的紙藝架構,多樣化的創意呈現每本書的獨特設計性。

㈤讀者的參與性

因圖畫書設定讀者為幼兒階段,是以特別強調親子共讀,大人小孩一起參與生動的語言演奏,圖像為幼兒想像故事角色或認知學習提供了機會與線索,刺激孩子語言發展,拓展想像與認知能力。

即使是最簡單的閱讀過程,「包含了握住書本、翻頁、觸碰、指著插畫,以及將一本心愛的書抱近胸前的動作技能。當然,也包含察看插畫、詮釋插畫意義、尋找正文中所提的細節,以及反覆瀏覽喜愛影像的視覺技能。」(Mary Renck Jalongo,《幼兒文學》,頁5)更不用說遊戲、互動圖畫書的特殊設計,在在引導幼兒運用視覺、聽覺、觸覺、肢體動作等身體感官投入,以及藝術審美、語言邏輯、創意思考等全人教育、全腦學習的高度參與性。

第二節　圖畫書的分類

一、各家分類

圖畫書內容包羅萬象,國內外學者的分類林林總總各有不同,依照閱讀對象、目的、版式、材質、圖文比例等不同來分類:

㈠依閱讀對象可分為

嬰兒書(Baby books)、圖畫故事書(Picture story books)、易讀

書（Easy-to-read Books）[2]、較大兒童圖畫書（Picture Books for Older Readers）。

㈡依特定目的設計可分為

玩具書（Toy books）、立體書（Pop-up books）、字母書（Alphabet books）、數數書（Counting books）、概念書（Concept books）、預測性圖書（Predictable Books）……。

㈢依版式可分為

硬紙板書（Board Books）、紙板造形書（Shaped Board Books）、拼圖書、洞洞書、口袋小書、大書。

㈣依材質可分為

紙書、布書、塑膠書、感覺觸摸書……。

㈤依文、圖敘事比例可分為

沒有文字只有圖像敘事的「無字圖畫書」、圖文敘事分量並重的「圖畫故事書」。

另有「插圖書」（Illustrated Books），以大量文字為主、少數插畫點綴，即使沒有圖也不會影響故事的了解，這樣的書通常不被視為圖畫書。而以成人閱讀趣味為導向的「圖文書」、「圖像小說」等也不列入。

圖畫故事書是圖畫書中出版數量最多且最受歡迎的種類，受到消費者與評論者最多注目，很多時候評論者談論的「圖畫書」其實就是指「圖畫故事書」，容易忽略還有其他值得關注的類別。

二、以內容為分類判準

為了全面廓清「圖畫書」豐富的內涵，今以內容作為分類判準，依圖畫書內容偏重不同，分為「文學性」與「知識性」兩大類別。（分類詳見林文

---

[2] 易讀書的設計，主要是幫助初學閱讀者能夠成功地獨立閱讀。這類書於每一頁有限定的字數、字體印刷較大、使用雙行間距且文句較為簡潔。通常每隔一頁會有一張圖畫，語言形式大多有所限制，字彙選擇多為精簡常用。（Carol Lynch-Brown & Carl M. Tomlinson，《兒童文學理論與應用》，頁109-110）包括遠流出版蘇斯博士（Dr. Seuss）的作品和上誼出版《小熊》（little Bear）系列叢書。

寶等合著，《兒童文學》，頁9-11）

　　對於年齡愈小的幼兒，基於「全人教育」與「全語言」的觀點，此時期的知識性讀物，大多融於文學的情境中表達，正確的知識概念應以遊戲與趣味方式傳達，方能收到寓教於樂的功效。以下舉例多取臺灣創作者出版作品說明之：

（一）文學性圖畫書

　　內容偏向語言審美趣味的圖畫書，依文類體裁分為韻文、故事兩大類：

　　1.韻文類：包含兒歌與童詩。

　　⑴兒歌

　　兒歌特色為內容淺顯、句式簡短、有情味的韻文，搭配圖像與音樂CD共同包裝，為今日兒歌出版的新形式，如：《月亮船》，幼兒可在多種曲風的音樂中與書籍連結，每首兒歌搭配一幅插畫，書中林芳萍的文字清新、率真，充滿音韻節奏，趙國宗的圖像揮灑流麗的線條與釉彩，豐沛的童趣躍動全書。

　　以注音符號韻符為創作內容的《嗚哇嗚哇變》李紫蓉文/林小杯圖，一首首兒歌充滿童話趣味的無邊想像，搭配林小杯自由隨性的圖像，天馬行空、古靈精怪，吸引人在文、圖間留連。

　　如圖6-1：〈黑狗掛鈴鐺〉，文字清朗單純，替想像定下序曲與節奏，小女孩與狗相視的溫馨互動，情感流轉於畫面，文、圖配合，延展出豐富的戲劇性；文字背景的反白鋼琴，更替畫面帶來另一種音樂的想像。

資料來源：《嗚哇嗚哇變》，信誼基金出版社

圖6-1　〈黑狗掛鈴鐺〉

(2)童詩

親切的語言，跳躍的想像，帶來瑰麗的發現與趣味，是讀童詩最大的享受，搭配圖像，渲染情緒與氣氛，擴大想像空間。《花和蝴蝶》林煥彰文/鄭明進圖，即是以一首詩一插畫搭配的童詩圖畫書。

如圖6-2：詩句加上熱鬧花叢的圖像，每朵花形各異，蝴蝶紛飛，筆觸有種天真的喜悅，在風和日麗的氛圍中，洋溢著美好詩情。

資料來源：《花和蝴蝶》，聯合報股份有限公司民生報事業處

圖6-2　〈花和蝴蝶〉

楊喚的童詩歷久彌新，有相當多詩作成為插畫家揮灑的舞台，製成優美的圖畫書。如《春天在哪兒呀？》、《水果的晚會》、《夏夜》等。舉《夏夜》為例，由黃本蕊插畫，分段像是朗誦時呼吸的停頓點，在十幾幅的畫面，傳遞夜的靜謐優雅，具有神秘的吸引力，暗色系的色調層次分明，每一次翻頁，變換不同場景，開闊想像的視野。

2.故事類：亦即為數最多的「圖畫故事書」，內容以虛構為主，寫作體裁可分寫實性的生活故事，幻想性的童話、神話、寓言等。不同文類展現不同的故事風情。

生活故事擷取自幼兒日常生活的片段，用以反映生活的情狀、表現情味，內容為幼兒所熟悉，容易獲得共鳴與同理心。《媽媽買綠豆》可說是此類經典，簡單、素樸的對話與生活場景，交織著親子相處的幸福和滿足。從

買綠豆、煮綠豆湯到種綠豆，豐富的細節運用分格連續畫面呈現，簡短的文字，具有畫龍點睛、帶動情節的作用。圖像親切有味，尤其母子倆坐在門前台階，一起喝綠豆湯，這種單純的快樂對幼兒而言是愛和安全感的保證。

　　幻想性故事中，擬人化富於想像的角色，誇張與脫離現實法則的情節，是幼兒圖畫書的最大宗。如：《好想吃榴槤》描述小老鼠單純對「榴槤」這種陌生水果的想望，四個跨頁布滿「好想吃榴槤」的圖像（圖6-3），小老鼠對未知事物的追求勇氣，在書中具體呈現，滿足孩子感覺性的想像，而大人則欣賞書中以輕鬆幽默的方式，觸及的人性議題，可謂老少咸宜。

資料來源：《好想吃榴槤》，信誼基金出版社

圖6-3　手寫文字的柔軟手感卻有強烈的情緒感染力，讀者和書中的動物一樣，也在心中吶喊著：「好想吃榴槤！」

　　口耳相傳的神話與民間故事，常能反映民族的文化特色。如：取材自臺灣原住民傳說所創作的《射日》由賴馬文/圖，傳遞人類與日月山川共存共榮，才能代代傳承的意念。《圓仔山》是以臺灣南部「半屏山」的地名由來，改寫成的故事。潘人木明快、簡潔的故事文字，搭配曹俊彥的圖像，在人物穿著及使用器物上傳達民俗的風格與文化特色，具有樸實美感也有生動活潑的肢體表情。

再如寓言故事，《黑白村莊》，表達族群和諧、求同存異的主題。書中劉伯樂的文字直白簡明，圖像中表情各異的眾生相，充滿細節的吸引力；圖、文的編排亦具有連貫的韻律，在黑白兩村對立中鋪陳情節，充滿戲劇張力，發揮寓言的作用。

㈡知識性圖畫書

內容提供事實與知識的訊息，圖像有助解釋深奧難明的觀念，並且能夠吸引讀者注意，加深印象。可分科學、社會、藝術人文三大類。

1.科學類：含數學、自然科學與應用科學等。

針對幼兒設計的數數書、概念書均含於此類。如：《拍花籮》是一本遊戲趣味十足的數數書，藉由拍手與相互擊掌的唸唱遊戲歌，數字概念在琅琅上口的兒歌中輕鬆學習。潘人木運用日常語彙扼要的示範語詞內涵與概念，曹俊彥的圖像增加細節並且富於動感，延伸兒歌趣味，可提升幼兒觀察的興趣與能力。其他如：《小黑捉迷藏》、《小圓圓跟小方方》等都具教導顏色或形狀、增加語彙等概念書功能。

適合幼兒閱讀的自然科學圖畫書，以孩子生活中可以實際接觸觀察的事物為出發點，內容不宜太複雜，應放大聚焦主題，吸引幼兒滿懷好奇，由淺入深，探索多樣的動、植物世界。《親親自然》月刊，是針對幼兒製作的本土自然月刊，其中不乏優秀作品，以簡潔活潑的文字、清晰的攝影輔以趣味的插圖，深入主題。

再如：《鳥兒的家》由鳥類生態畫家何華仁獨立完成，文字以一問一答的方式展開，幼兒可以預測，又充滿期待，下一個跨頁出現的鳥兒。特寫的鳥類圖繪，精密寫實呈現鳥類的羽毛色澤、生活環境，及各種不同的築巢方式，更流露鳥類親子間親密的情感，很能獲得幼兒共鳴。

其他如：以臺灣昆蟲為素材的《蝴蝶》，精緻正確的圖鑑式圖畫，呈現臺灣蝴蝶的樣貌，注重結構比例的精準，更兼具手繪的溫潤與自然景物的美感。《獨角仙》則是以流暢淺近的文字與生動逼真的圖像，詳實介紹臺灣獨角仙各個階段的型態及生活習性。

繪者除了擁有過人的觀察力與繪畫技巧外，還要具備豐富的昆蟲知識與

翔實的棲地生態考察，將細膩清楚的昆蟲圖像，融入大自然生態中，營造特殊的視野與情境氣氛，不只追求科學的真實正確性，更融合美感與人文關懷的閱讀高度。

2.社會類：含禮俗、戰爭、環保等議題及地理、歷史、傳記等內容。

《請到我的家鄉來》是一本極具水準的知識性圖畫書，文字由林海音主筆，以輕快愉悅的邀請口吻，介紹各國特色，每一篇以「請到我的家鄉來，我的家鄉是……」為開頭，「來吧，請到我的家鄉來吧！」作結尾，彷彿詩歌般有著迴環反複的韻律，簡短文字即勾勒出各國鮮明的印象，理路清晰文辭優美。鄭明進插畫，落筆簡練豪放，粗放處寥寥數筆，精細處刻劃入微，既給人視覺愉悅，又給人以審美啟發。大開本遼闊的視野，令人眼睛一亮的版面設計，大小圖像巧妙搭配，不但加強了視覺上的層次，整體色調更顯繽紛多彩，營造豐富宏大的世界觀。

傳記類圖畫書如：《三角湧的梅樹阿公》，文字以梅樹阿公一日作息作為敘述主軸，從晨起寫生開始，運用和孫子的對話，帶出阿公從生活取材的藝術取向與學習過程，以及為家鄉修建祖師廟的用心。圖像中三峽老街的古樸風情，三峽溪的自然美景，與淳樸人民，以寫實畫風呈現，多幅「畫中畫」的描繪，為讀者搭起欣賞李梅樹大師作品的橋樑。

3.藝術人文類：各類型藝術作品的欣賞與引介。

《看畫裡的動物》鄭明進為幼兒編選有關動物的藝術作品，集結各家作品，以牛、雞、貓、狗等動物為主題，豐富的媒材，呈現風格不一，各具魅力的精采對照，活潑的文字介紹鑑賞重點，強調美的多元性與創作的自由度。尤其名家如畢卡索、徐悲鴻、米勒、黃土水等人作品和孩子天真的畫作交互呈現，既拉近作品與孩子的距離，也提高欣賞的眼界。

其他如：何雲姿文／圖的《收集東、收集西》、鄭明進文／圖的《找朋友》等都以趣味的方式傳達造形與線條的欣賞，以及色彩與媒材質感的新鮮體驗。

第三節　圖畫書的製作原則

　　圖畫書以其圖文敘事的特質，蘊含獨特魅力，帶給大小讀者莫大閱讀樂趣，近年來更興起「手製繪本」的熱潮，創發各式各樣的版式與材質[3]，無論是個人怡情遣懷的手工書製作，或是學生深化閱讀與寫作的學習成果，大多偏向個性化私人珍藏，僅有少數通過層層主客觀商業考量，而能成為大量複製的文化成品，此時才能躋身擁有廣大讀者群的圖畫書創作者。

　　一本好的圖畫書看似渾然天成，能輕鬆帶給讀者天馬行空、心領神會的樂趣，其實，當中包含了縝密的設計巧思，成書過程每一個環節都能影響品質的好壞，所以從書籍結構的設計、圖文敘事的協調、全書旋律的掌控都應有所了解，具備全面認知，才能通盤細緻考量。因篇幅限制，以下僅就文學性圖畫書創作過程，加以討論。

一、書籍結構的設計

㈠開本

　　一本書的長寬、大小，是給讀者的第一個感覺，通常小開本，是基於體貼幼兒的小手方便自行翻閱，內容大多傾向較為簡單的視覺造形。而大開本則適合表現壯闊的景致，有利各種視角變換。

　　長方形書頁，若裝訂在短邊為橫開本，適合寬廣地景描繪，如：《咱去看山》（圖6-4）；或漫長旅程跋涉，如：《射日》。裝訂在長邊為豎開本，適合角色肖像特寫，如：《紅公雞》（圖6-5）；表現植物向上生長的特性，如：《葉子鳥》。

　　另有連頁式設計如：《長頸鹿量身高》，全部拉開成為一長幅的身高表；《驚喜》一頁頁的折頁為小矮人的林野遊記，攤開後則是一個大巨人的全身像。

---

[3] 坊間出版各式手製繪本教學的書籍，有四頁書、五格書、摺疊書、捲軸書、禮物書、樓梯書……等各式版式，與卡片書、盒子書、瓶子書、透明片書、不織布書、項鍊書……等，不同材質的製作方式。詳參《繪本教學DIY》、《繪本創作DIY》、《繪本遊藝場》、《做自己的手工書》等書。

資料來源：《咱去看山》，徐麗媛繪，臺灣英文雜誌社股份有限公司出版

圖6-4　以臺灣苗栗縣三義鄉火炎山自然保留區的景象為主題，畫家運用橫開本描繪出自然廣闊的秀麗風景。

資料來源：《紅公雞》，信誼基金出版社

圖6-5　以豎開本表現紅公雞的特寫，大而清楚的突顯角色造形特徵。

㈡封皮與書衣

封皮與書衣具備故事精采預告，達到召喚讀者的功能，須依據明確的意念進行設計封皮樣式。封皮包含封面、書背（又稱書脊）、封底三者，處理方式可以三者個別處理，封面、封底的圖像可以是書中精采的一頁，有些書的封底放置推薦的評論或內容簡介，加上書中的某些小圖呈現，如：《綠池

白鵝》（圖6-6）。或三面一體的類型，連結成為一幅完整的圖像，如：《一位溫柔善良有錢的太太和她的100隻狗》（圖6-7）。

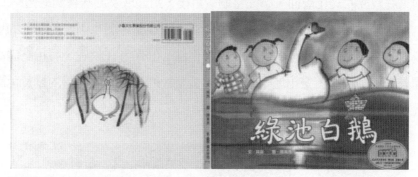

資料來源：《綠池白鵝》，小魯文化

圖6-6　選取書中精采圖像成為封面、封底。

資料來源：《一位溫柔善良有錢的太太和她的100隻狗》，和英出版社

圖6-7　封面、書背、封底連成一幅完整圖像，是故事開端的場景。

　　而書衣的圖像多與封皮相同，只是別忽略前後折口，通常載有書籍相關訊息及作繪者簡介。

也有特別繪製的封面和封底，成為全書意旨的整合。如：《早起的一天》，封面是角色的家族成員，排列成一個「早」的字型圖案，概括故事層面與家庭親族的文化層面，讀完整個故事後，封面成為回味連結的起點。

封底則延續書中故事，最後一個跨頁，家族圍繞餐桌團聚，熱鬧的場面成為故事高潮，在此作結，亦無不可，但細心的作者在封底，將視點調高為在屋外俯瞰的鏡頭，畫出屋子的全貌，藍紫色的夜景，襯托屋內橙黃色調的燈光，溫暖的餘韻盤繞不絕……。

資料來源：《早起的一天》，和英出版社

圖6-8　封面是家族成員排列成的字型圖案，封底俯瞰房屋外觀，屋內透出溫暖燈光，象徵家族親密的情感。

㈢蝴蝶頁

又稱糊貼頁或環襯，通常可視為故事的背景，若是單色的設計大多和故事的基調相呼應，如：《媽媽，買綠豆！》的嫩青色，像綠豆剛吐出的新芽，也像阿寶嫩稚的童年；蝴蝶頁也像是故事的序曲，《Guji-Guji》故事角色的剪影和《沒毛雞》的草叢圖案；還有故事外的故事，如：《星期三下午，捉‧蝌‧蚪》水生動物教室及人類教室教學現場的融合（圖6-9），《射日》則在蝴蝶頁用漫畫繪製這本書的創作過程，很有後設的趣味。

資料來源：《星期三下午，捉‧蝌‧蚪》，信誼基金出版社

圖6-9 蝴蝶頁裡水生動物的教室，與故事中的師生關係相映成趣。

(四)書名頁

大多是故事角色亮相之處，如：《Guji-Guji》的鱷魚鴨，《請問一下，踩得到底嗎？》三隻可愛的動物主角；有時是書中關鍵的物品或場景，如：《媽媽，買綠豆！》在磅秤上的綠豆，《射日》是被太陽烤曬的熾熱大地。

(五)版權頁及作繪者簡介

版權頁有時會置於書前和書名頁同在一個跨頁設計，如：《一位溫柔善良有錢的太太和她的100隻狗》，此處的圖像已然具備敘事功能，呈現包含故事人物與空間場景的故事情境。

也有很多書會將版權頁和作者簡介放置在故事結束後。具有巧思的作者會再花心思，用圖像介紹自己，如：《圖書館的祕密》；或由美術編輯加入故事中的小圖，讓故事外資料性的頁面也和故事有相連的氣氛，如：《狐狸孵蛋》。

(六)內頁

圖畫書的長度大都限定在32到40頁之間，扣掉前述的書名頁、版權頁、作繪者簡介等，大致剩下28到36頁，即14到18個跨頁，以戲劇為比喻就是有14到18場戲上下。而圖文作者的功力就要在這有限的篇幅中發揮，圖畫書成功與否全看內頁的表現。

圖畫書內頁重視跨頁的整體感，及翻頁連續性，有時配合故事進行，創作者會將內頁加長、加寬成為折頁設計，成為書中高潮，如：《我變成一隻噴火龍了！》加長的噴火長焰，氣勢十足；《怪物馬戲團》往上延伸空中飛

人的彈跳，動感加倍（圖6-10）。還有《現在，你知道我是誰了嗎？》上下加寬的巨幅大頁，表現煙火綻放的璀璨，令人驚歎連連。

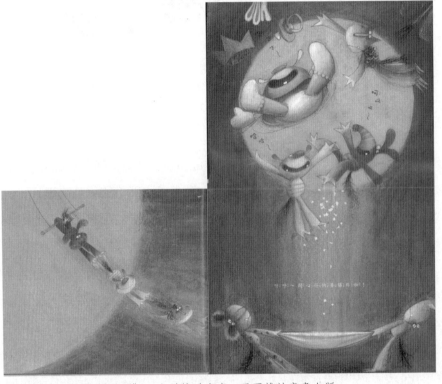

資料來源：《怪物馬戲團》，文／繪／唐唐，天下雜誌童書出版
圖6-10　折頁往上翻，表現彈跳的動感。

二、圖、文敘事的協調

除了無字圖畫書之外，大多圖畫書著重在圖、文之間的交互作用，須具備文學的特質，藝術的美感還要有設計的創意，三者缺一都會減損作品動人的強度。

(一)故事發想

故事的靈感從那兒來？歸結起來還是創作者內在情感、思考與外在環境感應，觸發創意來源，養成隨時蒐集創意點子的習慣，而後專注思考，並持

續有毅力的規劃創作，完成一個完整的敘事。

插畫家黃本蕊有一段文字是這樣描述的：

　　每當我有一個模糊的故事概念產生時，它通常以電影畫面的形式進駐我的腦裡。我的腦門也就像相機的快門一樣，一個畫面接著一個畫面地將故事情節定格摘下。為了更清楚說明每一幕的故事，這時便有賴於文字了。如果你是個慣於文字思考的人，你可以根據這個畫面提供的靈感儘量去作文字敘述。相反的，如果你慣用視覺思考及偏愛畫面的話，那麼就根據畫面的直接需要給予必要的文字即可。

　　　　　　　　　　（黃本蕊，《插畫散步─從臺北到紐約》，頁57）

很多故事都是從「一個畫面」開始的，如果找不到這樣一個靈光乍現的畫面，日本設計師南雲治嘉在《繪本設計》一書中提出幾種建議：

　　從用途想：聚焦在為何創作繪本的目的上，限定主題的範圍。

　　從社會層面想：以社會事件為線索找尋創意靈感。

　　從民間故事等等想：以民間故事、傳說等等為基礎提煉出新創意。

　　去冒險：想像自己化身為主角去展開冒險。

　　從科學知識想：從種種科學知識中找尋靈感。

　　當作給孩子的信：困惑的孩子、孤單寂寞的孩子。（頁34）

故事的發想，最根本在於抱持創作的熱情，有了熱情並能持續思考，如同在心靈拉出了故事天線，就能時時接收源源不斷的創意點子。

㈡企劃腹案

有了初步發想，接著再一步步進行製作企劃腹案，決定整本圖畫書設計

的方向性。

1.設定對象

　　圖畫書以兒童為主要設計對象，然而從市面上圖畫書製作，仍隱約可看出零到三歲；三到八歲；八到十二歲，三個年齡層的區隔。

　　依照設定對象的不同，會有不同的情節安排、插畫表現、文字敘述，甚至開本、紙質都會有所不同，尤其專為零到三歲設計的小開本的厚紙版書，更有鮮明的專屬對象。

　　南雲治嘉認為構思的基本概念，包括對目標對象的了解並抱持溫柔的心意，希望對象開心的服務精神。處處表現出以讀者為重的體貼，才能將想表現的內容，更好的傳達出去。（南雲治嘉，《繪本設計》，頁34-37）

2.設定主題

　　設定主題，並非先行思考要傳遞給孩子的教育目標，而是決定故事要表達的主軸，設定的主題不宜過於複雜，格林文化總編輯郝廣才認為：「大多數成功的繪本，都有一個明顯的特徵，就是『主題單純』。故事有一個『紅心』，有一個主要的問題要解決，所有的箭都朝紅心射去。」

　　他又以樹作為比喻，「有了集中的主題，才能形成主軸，所有的趣味片段才能串連起來。」「『單純』和『豐富』沒有矛盾，必須並存。好像一棵樹，單純指的是樹幹，豐富是樹幹生出的茂密枝葉。如果枝葉失去了樹幹，散落在地上，那就是『雜亂』。」（郝廣才，《好繪本 如何好》，頁138-140）

　　如：《紅公雞》的故事，從紅公雞撿到一顆蛋，託母雞照顧遭到拒絕，有蛇出現想吃蛋，公雞挺身保護，只好自己孵起這個蛋，這個舉動受到其他動物的圍觀，因而成為母雞們心目中的大英雄，紛紛協助牠。對未出世寶寶的好奇猜想加上疲倦，公雞做了惡夢，虛驚一場，最後小雞終於順利破殼而出。故事主題可說是公雞孵蛋，所有事件都圍繞這中心發展，衍生出種種驚險、趣味的片段。

3.情節結構

　　故事大綱與情節發展，都應以主題為中心累加堆疊，形成精簡、直接而

有力的表現，結構要經過特別設計，才能在有限篇幅內，吸引讀者，讓人看了愉悅、感動或驚喜。

情節結構有基本型發展，即「起、承、轉、合」。以下是南雲治嘉說明：

起：故事的入口，角色出場、時間、場景簡略交代。

承：接續「起」、概略、日常的發展。

轉：事件、衝突、高潮。

合：結局、餘韻、留下深刻印象或另一個故事的開端。

（詳見《繪本設計》，頁38-39）

陳璐茜提出的ABABABABABC的結構法，是一種令人安心的節奏加上一個出乎意外的結果，單數跨頁A是原因，雙數跨頁B是短暫的結果，C是最終精采結局。情節在反覆中累積力道，集中推向高點，不凡的結果決定了全書的創意。（《繪本發想教室》，頁58-68）《請問一下，踩得到底嗎？》就是運用這種單純結構，圖、文互補，顯現主角想像與現實環境的差異，製造一種反差的幽默，獲致巧妙的結局。

其他還有各種結構變化如：依照時間順序的直線進行型、連續事件的因果型、倒敘型、列舉型、正反對比型、同時呈現的圖鑑型……等種種類型，總之，必須善用幼兒生活經驗為素材，掌握單純中尋求變化，變化中不失其秩序的原則，層次分明完成故事，並添加幽默與愛的意涵，才能吸引孩子。

4.分鏡圖

分鏡圖著重在版面初步安排和故事邏輯的整理，將故事段落區分進入頁面中，為每一跨頁的圖、文做一簡要的安排，這中間包括角色雛型、場景簡圖、視點變化、情節分段、文字初稿。也在此時處理圖、文之間的進退，有時文與圖有相乘的作用，有時互補，有時反諷，有時對立，有時若即若離、平行進行，有時文為主、圖為輔，有時圖為主、文為輔，有時完全由圖表現。並列每一頁，全盤瀏覽，以考量全書視覺動線是否流暢，整體節奏是否

合宜。

5.角色定調

故事成功的基礎，就在角色，角色的外型樣貌、衣物配件、表情姿勢等要素，影響故事的可親、可感度。

幼兒圖畫書有相當多擬人動物的角色，因為動物外觀特徵明顯，辨識度高，很容易留下深刻的印象，如：《子兒吐吐》的胖臉兒、《Guji Guji》的鱷魚鴨、《我變成一隻噴火龍了！》的阿古力，《紅公雞》裡那隻熱情善良的紅公雞，牠們表情豐富，動態十足，都帶著令人喜愛的憨勁，尤其角色遭受的困境，是幼兒生活中可能遇見或能夠理解的狀況，容易獲得幼兒認同，並產生移情投射的作用。

真實人物的形象中，《媽媽，買綠豆！》媽媽圓胖溫暖和阿寶可愛純真，《小魚散步》小魚好奇俏皮，雜貨店老闆慈愛親切，爸爸溫厚顧家的形象，都讓人印象深刻。

這些角色造形簡單清晰，具有鮮活的存在感，帶有生命與個性，能引領讀者投入故事的情感波動中，享受體驗的滿足。

(三)進行製作

1.圖像構成

圖像構成是第一個觸動感官的關鍵，從分鏡圖放大成與書本同尺寸的草圖，上色粗稿到精稿描繪的漫長過程，考驗繪者的技術層面與生命涵養。

透過線條、造形、色彩、構圖、光影、質感及各種表現方式，豐富圖像藝術，以因應不同的故事趣味。強調觀察第一手資料以保持畫面鮮活，角色反覆的描繪過程，應隨時保持警醒與活力，避免過度修飾，流於刻板老成。

畫面呈現有場景、有伏筆、有細節暗示或視覺象徵，以處理戲劇性連貫，色彩與構圖的連續性或留白的運用，透過翻頁產生空間的立體與時間的流動，達到情緒氛圍的營造，更要考慮圖、文之間的張力與均衡，保持微妙的互動與呼應。

而圖像要傳達的主題內在精神，應該比炫麗的畫面重要，是否有童心和想像力，能否吸引孩子，讓孩子獲得快樂，透過畫面有所感受、延伸思考，

從而獲得成長的能量，是重要課題。

　　所以，一本書的圖畫創作，應該是「由心至手」而非「由眼至手」。（黃瑞怡等著，《藝出造化‧意本自然—Ed Young 楊志成的創作世界》，頁65）好的圖畫書，除了繪畫技巧外，對於兒童的瞭解與體貼，及創作者人格特質與人生觀，會透過畫面流露，技藝創造圖畫書的意義，而創作者的生命氣質則會影響技藝。

　　2.版面配置（layout）

　　版面配置是安排頁面上圖畫與文字所佔的位置，考慮文與圖是分開還是融合，是否達到圖不壓字、字不擾圖的視覺平衡。在構思所有草圖之後，攤開每一個跨頁，考慮所有圖的關係、顏色、構圖變化，與文字搭配是否產生應有的韻律？每一張圖在整體布局中是否站在恰當的位置、如何安排畫面呼應、如何達到戲劇起伏？這些都是引導讀者進入圖畫書世界的重點。（詳見郝廣才，《好繪本 如何好》，頁12-25）

　　3.文字細部修正

　　文字並非圖畫書故事的全部，但卻是勾出故事清楚眉目的重要訊息，給二到八歲的孩子，文字首要是簡潔動聽，切忌冗長拖沓、艱深、抽象的形容詞，短短的篇幅，當然字字要斟酌。

　　郝廣才強調：「文字是有聲音、重量、外形」，他盛讚美國童書作家蘇斯博士（Dr. Seuss, 1904-1991），可以用最簡單、極少的字創造押韻，寫出充滿節奏變化的奇妙故事。（《好繪本 如何好》，頁56）他自己的寫作，大多是押韻的文字，尤其《一片披薩一塊錢》押韻和諧，故事也充滿趣味，是一本極佳的韻文故事。然而一般寫作者，不必執著於押韻，若以韻害意，反而得不償失。

　　文字要多朗讀，念起來自然流暢，有聲調上的音樂性。賴馬創作《我變成一隻噴火龍了！》，原作1995年初版，2004年改版，文字上多處修改，茲舉三個簡單例子前後對照，即可具體說明之。

表6-1　《我變成一隻噴火龍了！》文字對照評析表

頁數	1995年初版	2004年改版	評析
第一頁	有一隻會傳染噴火病的蚊子，叫做波泰。	有一隻蚊子名字叫做波泰，牠會傳染噴火病。	初版文字聲調較平板，用冗長動作當作形容詞（會傳染噴火病的），也不恰當。改版後，改變句型，加上「名字」兩字與「蚊子」韻腳疊合，形成具有抑揚頓挫的短句。
第六跨頁	「哇，他是我所看過的火氣最大的怪獸！」波泰說。	「哇，他是我看過火氣最大的怪獸！」波泰說。	刪去「所」「的」兩字，不損原意，語調更流暢。
第七跨頁	……鼻子的火更是二十四小時無休止。	……鼻子的火更是二十四小時噴個不停。	書面文字「無休止」替換成口語文字「噴個不停」，具有動感，形象具體。

三、全書旋律與絃外之音

圖畫書研究者黃瑞怡，歸納圖畫書的三個層次：

　　(1)故事的精義，或「靈魂」

　　(2)文字與繪畫

　　(3)設計包裝

（黃瑞怡，《藝出造化‧意本自然—Ed Young 楊志成的創作世界》，頁65）

第一個層次簡稱為「故事的精魂」，是貫穿圖畫書創作的一條隱藏的線，如前所述：包含圖像構築的戲劇性舞台、角色演出、文字聲音，所有的設計都是為了讓孩子容易投入，又能提升創作至藝術境界。「超越了僅止於提供資訊和娛樂，以及情感解放的功能。」（Mary Renck Jalongo，《幼兒文學》，頁19）

這三個層次緊密結合，全書不只會流瀉出一種旋律，更會激盪出一股絃外之音。所以，好的圖畫書，不止包含故事的表層，更進一步要讓讀者感受

到象徵的寓意，才能讓平凡的事物透出生動的趣味或值得深思的韻味。

　　所以繪者不只要知道「畫什麼」，更要清楚「如何畫」和「為什麼這樣畫」，就如英國圖畫書評論家珍‧杜南（Jane Doonan）提醒：「了解畫中呈現的每一個記號都可能蘊含意義，可以先從繪畫使用的媒材及工具開始。」「了解圖畫中的象徵符號如何暗示真實世界裡我們所接觸的實體，以及抽象的觀念和經驗。」（珍‧杜南，《觀賞圖畫書中的圖畫》，頁18）這些提醒不只針對讀者，創作者更不可不知。

　　總之，圖畫書製作要邁向專業須朝向五大目標：眼界要寬廣、技藝要成熟、文化素養要足夠、對兒童的認知要清楚，還要有讓人幸福的設計心意。

第四節　圖畫書作家與作品

　　圖畫書講究圖、文搭配的要求下，在某一個層面上自寫自畫的創作者，較能自由的掌握圖、文間的協調，而能寫、能畫且堅守在兒童圖畫書領域耕耘的創作者則非常少，以下介紹三位作品質量均優的臺灣創作者，依照作品適讀年齡，選擇二到八歲幼兒適讀的圖畫書加以介紹。

簡介

　　曹俊彥（1941－），筆名王碩，曾任國小美術老師、臺灣省教育廳兒童讀物編輯小組美術編輯、信誼基金會出版社總編輯。他和當時信誼基金出版社的社長李南衡搭配，首開臺灣幼兒圖畫書的出版市場。

　　他是一位能畫、能寫、能編的資深兒童文學工作者，圖像有獨特的東方藝術特質與臺灣風土形象，善於運用民間藝術的趣味，如：剪紙、版畫等技巧，造形簡約又具幽默感。

　　自寫自畫作品如下：《大家來畫月亮》、《白米洞》、《小鴨鴨的朋友》、《白白、黑黑和花花》、《嘟嘟嘟》、《大家來排隊》、《畫圓》、《你一半我一半》、《別學我》、《上元》、《蝴蝶結》、《赤腳國王》、《加倍袋》、《大塊頭、小故事》、《屁股山》、《好寶貝》。

(一)《小蝌蚪找媽媽》文圖／曹俊彥

《小蝌蚪找媽媽》前身為「中華幼兒叢書」中同名作品，原作由白淑／文，王碩／圖，王碩乃曹俊彥筆名。2006年由信誼基金會出版社重新出版，改由曹俊彥重新撰文，搭配原圖製版。

將近四十年的圖像，歷久彌新，封面封底一圖成形，極簡的壓印手法，運用簡單線條製造微笑的造形，青蛙、蝌蚪的眼神對望，及旁觀小魚的視線延伸，已然營造出愉快、溫暖

資料來源：信誼基金出版社

圖6-11　《小蝌蚪找媽媽》

的故事氛圍。荷花、荷葉設色典雅，豐富的肌理透出溫潤的質感，紫色系渲染的水色與白色波紋及嫩綠的浮萍點綴，充滿迷人的藝術感染力。

第一個跨頁，黃綠、青綠色充滿生機的水紋中，小蝌蚪在跨頁右方，張開嘴一付樂觀昂揚的姿態，朝向右方蓄勢待發，細觀孕育生命的生態環境，水草豐美，一顆顆未孵出的青蛙蛋，在畫面牽動視線，彷彿流瀉出一曲生命之歌。文字如兒歌般有著輕快的節奏，排列在蝌蚪的左下方，與視覺主體呼應，在朗讀的節奏下，似乎小蝌蚪也隨之搖動著尾巴，活躍了起來。

小蝌蚪的尋親之旅，試圖融入水中生物的群體，但屢受挫折，文字以簡單的句式，堆疊出類似的情節，但又顯露出些微的變化，易於理解而不失呆板。

最後，蝌蚪蛻變為青蛙，終於遇見了大青蛙，在水邊倒影中照見彼此，找到親情的歸屬，也呼應了生命開始於水中的情景。淡橙色背景一抹橘紅，引發夕陽暮色中闔家團圓的情緒，場景變換具有層次的交替，亦有寄情於景的聯想。

全書情節安排以「異同」作為連結基礎，小蝌蚪為尋求認同而尋找週遭物品「裝扮」的心情，很能獲得幼兒情感上的共鳴，而動物媽媽們找出牠們

的相異點，則將生態知識不露痕跡地隱藏在故事的脈絡中，讓幼兒在自然而生動的故事中學習，並興起進一步觀察週遭生物的動機。可以說：情節連結的邏輯，異同的判定，知識的吸收與情感的歸屬，加上壓印畫的趣味，成就了這一本豐富內涵的佳作。

簡介

　　賴馬（1968－），本名賴建名。1995年出版第一本書：《我變成一隻噴火龍了！》即獲得好評，目前專職從事插畫及圖畫書創作。

　　擅長塑造角色，書中不管是人或動物甚至怪物，總是富有鮮明的個性和活靈活現的表情，畫面色彩鮮豔，濃厚而富層次。嚴謹的工作態度，從故事構思、草圖、樣書反覆修正，到手繪完稿、成書美編，每個環節都力求完美，及至印刷階段，更親自到印刷廠關注版面分色等細節，直到印刷成書才算大功告成。

　　自寫自畫作品如下：《我變成一隻噴火龍了！》、《我和我家附近的野狗們》、《帕拉帕拉山的妖怪》、《慌張先生》、《射日》、《早起的一天》、《十二生肖的故事》、《現在，你知道我是誰了嗎？》。

(二)《十二生肖的故事》文圖／賴馬

資料來源：和英出版社

圖6-12　《十二生肖的故事》

　　《十二生肖》成功將傳統素材以幽默現代化的畫面詮釋，利用圖畫書的特色，在舊有故事上，添加另一層圖像敘事的趣味，帶來新鮮的面貌，既有先民的文化遺澤，又有現代創意的光輝。

　　善用古代圖像元素，重新組合，如：封面十二生肖的動物和未上榜的貓，以擬人的造形出現，拿著古代官員出巡時前導隊伍所拿的執事牌，成為介紹書名、作者、出版社的新鮮包裝，為故事做出極佳的前導。封底打瞌睡的天兵，歪斜拿著ISBN長牌，勾狀雲浮現的動物臉譜，玉兔搗藥、吳剛伐桂，既有思古幽情的故事基調，又有現代幽默的另類設計。

　　故事結構裁剪為「前言」、「正文」、「後記」的敘事框架，在前蝴蝶頁就華麗的展演玉皇大帝挑燈苦思如何紀年，想出辦法後，交由土地公發佈消息，這是故事的「前言」，爾後眾人和各種動物圍觀在城牆上的公告，成為「正文」的開端，後蝴蝶頁的生肖紀年表則類似「後記」的效果。

　　前後蝴蝶頁人物古今並存，展現想像與邏輯交融的趣味，如：玉皇大帝和土地公聯絡，是最新科技的視訊連線，土地公寫好公告後，卻得扛著梯子，張貼於牆，新舊交融而不突兀，高大的長梯與可愛版土地公的懸殊比例，襯托出巨幅公告的重要地位，它既揭示書名頁，宣告故事開始，又在結尾時，以文字紀錄十二生肖順序，是故事的主題所在。

　　賴馬慣用水蠟筆及彩色鉛筆為媒材，既有兒童熟悉的質感，又能層層鋪設濃厚的色彩與細膩層次變化，在這本書中，出血滿版的畫面，時時召喚讀者投入圖像的趣味中，人與動物平等共存的熱鬧街市，擬人趣味的動物茶坊，清新雅緻的竹林小屋，霧氣瀰漫的湖邊清晨，渡河的激艷波光，飛龍出現的狂風呼嘯，及下雨典禮的樂隊指揮，精湛的技巧與童心創意，呈現不凡場景與美感、趣味兼具的審美經驗。

　　盈逸在故事外的圖像細節與視覺雙關，是讀圖時擋不住的吸引力，也可說是圖像語言的專長，賴馬精細的圖像紛陳，每一角落似乎都可自成一個世界，岳飛「精忠報國」的故事、「螳螂捕蟬」的成語、《西遊記》的唐三藏、通緝公告和通緝犯、他知名的圖畫書主角「噴火龍」，都在畫面中不斷的散發吸引力。

簡介

陳致元（1976－），2001年以《想念》獲得信誼幼兒文學獎肯定，之後作品《小魚散步》、《Guji Guji》等更是佳評如潮，成為少數能夠擠入美國童書銷售排行榜的臺灣圖畫書。

翻開陳致元的作品，充滿愛與關懷的主題，在溫和的色調中，情感慢慢滲透。他喜歡運用複合媒材，捕捉故事角色的純真，也善用溫馨幽默的圖像與文字，將平凡的現實和不美好的現狀，加以改造，帶領讀者以不平凡的眼光重新包容、擁抱這個世界。

自寫自畫作品如下：《想念》、《小魚散步》、《Guji Guji》、《一個不能沒有禮物的日子》、《沒毛雞》、《阿迪和朱莉》。

㈢《一個不能沒有禮物的日子》　文圖／陳致元

資料來源：和英出版社

圖6-13　《一個不能沒有禮物的日子》

這是一本用光影寫作的圖畫書，中間色調的圖像緩緩流轉著詩意，就如美國著名圖畫書創作者莫里斯‧桑達克（Maurice Sendak）所描述的：「視覺之詩」（Visual Poem）。（Martin, Salibury，《彩繪童書》，頁74）詩的迷人在於用精煉的語言，暗示無限的意涵，而這本書，就含有這樣的特質。

像猜謎一樣，《一個不能沒有禮物的日子》是什麼日子呢？在封面，書

名用常見的黑色新細明體印刷，刻意留下筆劃不連續的飛白效果，朦朧中，像是寫在影子裡的詩句。圖像是小熊蹲在牆下，獨自拿著樹枝畫聖誕樹，浴沐在斜映的光影中，更加鮮活而具有故事性。創作者在看似簡單的封面設計，醞釀了故事的精髓，暗示了時間、季節，以及小熊這個充滿愛的發光體，猶如聖誕樹上的那顆星。

　　小熊的爸爸失業了，生活瀰漫著困頓的愁緒，看熊爸爸牽著小熊過馬路時，無語問蒼天的落寞神情，鐵皮柵欄盡頭，熊爸爸痀僂的背影，客廳中父母對坐，熊媽媽轉身用單指敲著琴鍵，透露出一籌莫展的無奈。文字中描述小熊的爸爸、媽媽、哥哥、姊姊都為聖誕節盡了心力，布置窗景、製作聖誕樹、有了一頓可口的平安夜晚餐，但都不能彌補沒有禮物的缺憾，而最終，神秘的「聖誕小小孩」則用愛和關心填補缺口，晨光中聖誕樹下，每個人都得到一份特別的禮物。在公寓侷限空間的視角中，一幅幸福的家庭畫像，像一道光亮般向我們的視線投射過來，淡黃、淺藍與點綴的紅與光影交織的效果，讓人物宛如被時間凝結一般，散發出一種溫暖的永恆與崇高。（圖6-14）

資料來源：《一個不能沒有禮物的日子》，和英出版社

圖6-14　圖像定格在幸福的一刻，吸引讀者凝神靜觀，仔細品賞。

　　再回頭觀看圖像，書名頁中，熊姊姊和花傘、熊哥哥和風箏，都是具有深意的伏筆。而文字中刻意不太提到的小熊，在圖像中卻有吃重的演出，父

母親困坐愁城，他仍興致盎然地「玩」著紙盒、趴在地上尋找鈕扣、跟在熊爸爸後面找到帽子、丟著紅線球，還有最後一個跨頁，躺睡在紅色沙發中的小熊，面露滿足微笑，白色的腳底板，隱隱透露了，他在聖誕節前夕，為何能夠肯定的對熊爸爸說：「聖誕老公公每年都會送禮物給我們，今年，他一定也不會忘記！」

　　小熊體貼的心思，成為觸動人心的關鍵。創作者節制文字敘述，倚重圖像演出，圖、文配合發展情節，以簡潔的構圖、溫和的色調與嫻熟技法，掌握故事的層次，尤其光與影的表現讓畫面充滿詩意的隱喻氛圍，使景物更立體，也更具情感張力。全書舉重若輕地揭示：「似乎一無所有，卻是樣樣都有。」的深遠啟示。

參考書目

一、圖畫書

1. 王蘭文、張哲銘圖，《紅公雞》，臺北市：信誼基金出版社，2003年2月。

2. 安石榴文／圖，《星期三下午，捉・蝌・蚪》，臺北市：信誼基金出版社，2004年4月。

3. 何華仁文／圖，《鳥兒的家》，臺北市：臺灣英文雜誌社有限公司，1999年2月。

4. 李紫蓉文、林小杯圖，《嗚哇嗚哇變》，臺北市：信誼基金出版社，2007年5月。

5. 李瑾倫文／圖，《一位溫柔善良有錢的太太和她的100隻狗》，新竹市：和英出版社，2001年8月。

6. 李瑾倫文／圖，《驚喜》，臺北市：信誼基金出版社，1996年7月。

7. 林良文、陳美燕圖，《綠池白鵝》，臺北市：小魯文化事業股份有限公司，2006年1月。

8. 林芳萍文、趙國宗圖、洪予彤曲，《月亮船》，臺北市：民生報社，2007年1月。

9. 林海音文、鄭明進圖，《請到我的家鄉來》，臺北市：小魯文化事業股份有限公司，2009年4月。

10. 林煥彰文、鄭明進圖，《花和蝴蝶》，臺北市：聯合報股份有限公司民生報事業處，2007年11月。

11. 邱承宗文、林松霖圖，《獨角仙》，臺北市：紅蕃茄文化事業有限公司，1999年3月。

12. 邱承宗文／圖，《蝴蝶》，臺北市：紅蕃茄文化事業有限公司，1999年4月。

13. 唐唐文／圖，《怪物馬戲團》，臺北市：天下雜誌股份有限公司，2008年9月。

14. 孫晴峰文、睡眼圖，《葉子鳥》，臺北市：信誼基金出版社，1988年6月。

15. 孫晴峰文、龐雅文圖，《狐狸孵蛋》，臺北市：格林文化事業股份有限公司，2003年1月。

16. 郝廣才文、朱里安諾圖，《一片披薩一塊錢》，臺北市：格林文化事業股份有限公司，2006年7月。

17. 張東君文、蔡秀雅圖，《長頸鹿量身高》，臺北市：格林文化事業股份有限公司，2009年8月。

18. 曹俊彥文／圖，《小蝌蚪找媽媽》，臺北市：信誼基金出版社，2006年6月。

19. 陳致元文／圖，《Guji Guji》，臺北市：信誼基金出版社，2005年12月。

20. 陳致元文／圖，《一個不能沒有禮物的日子》，新竹市：和英出版社，2005年1月。

21. 陳致元文／圖，《小魚散步》，臺北市：信誼基金出版社，2005年4月。

22. 陳致元文／圖，《沒毛雞》，新竹市：和英出版社，2005年9月。

23. 曾陽晴文、萬華國圖，《媽媽，買綠豆！》臺北市：信誼基金出版社，1999年8月。

24. 童嘉文／圖，《圖書館的祕密》，臺北市：遠流出版事業股份有限公司，

2006年2月。

25.楊喚文、黃本蕊圖，《夏夜》，新竹市：和英出版社，2005年6月。

26.劉旭恭文／圖，《好想吃榴槤》，臺北市：信誼基金出版社，2007年4月。

27.劉旭恭文／圖，《請問一下，踩得到底嗎？》，臺北市：信誼基金出版社，2008年8月。

28.劉伯樂文／圖，《黑白村莊》，臺北市：信誼基金出版社，2007年3月。

29.潘人木文、徐麗媛圖，《咱去看山》，臺北市：臺灣英文雜誌社有限公司，1998年11月。

30.潘人木文、曹俊彥圖，《拍花籮》，臺北市：信誼基金出版社，2006年2月。

31.潘人木文、曹俊彥圖，《圓仔山》，臺北市：臺灣英文雜誌社有限公司，1999年1月。

32.鄭明進編選，《看畫裡的動物》，臺北市：臺灣英文雜誌社有限公司，1999年2月。

33.賴馬文／圖，《十二生肖的故事》，新竹市：和英出版社，2009年3月。

34.賴馬文／圖，《早起的一天》，新竹市：和英出版社，2002年11月。

35.賴馬文／圖，《我變成一隻噴火龍了！》，臺北市：國語日報社，2002年7月。

36.賴馬文／圖，《我變成一隻噴火龍了！》，新竹市：和英出版社，2007年12月。

37.賴馬文／圖，《射日》，臺北市：青林國際出版股份有限公司，2001年5月。

38.賴馬文／圖，《現在，你知道我是誰了嗎？》，新竹市：和英出版社，2007年3月。

39.蘇振明文、陳敏捷圖，《三角湧的梅樹阿公》，臺北市：青林國際出版股份有限公司，2001年4月。

二、專書

1. Mary Renck Jalongo著，葉嘉青編譯，《幼兒文學》，臺北市：心理出版社股份有限公司，2008年9月。

2. Carol Lynch-Brown & Carl M. Tomlinson著，林文韵、施沛妤譯，《兒童文學理論與應用》，臺北市：心理出版社股份有限公司，2009年5月。

3. Martin Salibury著，周彥璋譯，《彩繪童書—兒童讀物插畫創作》，臺北縣：視傳文化事業有限公司，2005年3月。

4. 南雲治嘉著，巫玉羚譯，《繪本設計》，臺北縣：楓書坊文化出版社，2008年8月。

5. 珍・杜南（Jane Doonan）著，宋珮譯，《觀賞圖畫書中的圖畫》，臺北市：雄獅圖書股份有限公司，2006年3月。

6. 培利・諾德曼（Perry Nodelman）、梅維斯・萊莫（Mavis Reimer）著，劉鳳芯、吳宜潔譯，《閱讀兒童文學的樂趣》，臺北市：天衛文化圖書有限公司，2009年3月。

7. 李坤珊著，《小小愛書人》，臺北市：信誼基金出版社，2001年4月。

8. 林文寶、徐守濤、陳正治、蔡尚志合著，《兒童文學》，臺北市：五南圖書出版有限公司，1999年4月。

9. 林良著，《淺語的藝術》，臺北市：國語日報社，1994年10月。

10. 林美琴著，《繪本遊藝場》，臺北市：天衛文化圖書有限公司，2006年9月。

11. 徐素霞編著，《臺灣兒童圖畫書導賞》，臺北市：國立臺灣藝術教育館，2002年1月。

12. 郝廣才著，《好繪本如何好》，臺北市：格林文化事業股份有限公司，2006年9月。

13. 陳璐茜著，《繪本發想教室》，臺北市：雄獅圖書股份有限公司，2004年4月。

14. 黃本蕊著，《插畫散步—從臺北到紐約》，新竹市：和英出版社，2005年9月。

15. 黃瑞怡、葉青華、宋珮、黃迺毓著，《藝出造化・意本自然-Ed Young楊志成的創作世界》，新竹市：和英出版社，2001年2月。

16. 黃瑞貞著，《做自己的手工書》，臺北縣：教育之友文化，2003年9月。

17. 鄧美雲、周世宗著，《繪本教學DIY》，臺北市：雄獅圖書股份有限公司，2004年9月。

18. 鄧美雲、周世宗著，《繪本創作DIY》，臺北市：雄獅圖書股份有限公司，2006年12月。

19. Barbara Z. Kiefer, "*The potential of picturebooks: from visual literacy to aesthetic understanding*". Englewood Cliffs, New Jersey: A Simon and Schuster. 1995.

20. Perry Nodelman, "*Words about pictures: The Narrative Art of Children's Picture Books*". Athens, Georgia: the University of Georgia Press. 1988.

閱後自評（是非題：對的打圈，錯的打叉，每題10分）

（　　）1. 圖畫書的閱讀對象，以幼兒為主，但不以幼兒為限。

（　　）2. 圖畫書的形式，大都由圖像和文字共同合作敘事或傳達資訊（information），但也有少部分「無字書」(Wordless Books) 的作品，僅用圖像來完成說故事的功能。

（　　）3. 圖畫書的內容包含掌握兒童身心發展而書寫的「文學性」與「知識性」作品。

（　　）4. 圖畫書的插畫是裝飾點綴性質，即使沒有圖也不會影響故事的了解。

（　　）5. 圖畫書的文字注重音樂性適合朗讀，所以一定要押韻。

（　　）6. 童詩不能成為圖畫書的題裁。

（　　）7. 自然科學類圖畫書，繪者除了擁有過人的觀察力與繪畫技巧外，還要具備豐富的動植物知識與翔實的棲地生態考察，不只追求科學的真實正確性，更要融合美感與人文關懷的閱讀高度。

（ ） 8.圖畫書的版面配置指的是整本圖畫書中圖畫的形狀、大小和安排，以及文字所放的位置，即圖文位置的安排，會影響讀者閱讀時感受。

（ ） 9.圖畫書的圖像是給幼兒閱讀，所以不必注重藝術表現的美感。

（ ） 10.好的圖畫書，不止包含故事的表層，更進一步要讓讀者能感受到象徵的寓意，才能讓平凡的事物透出生動的趣味或值得深思的韻味。

習題（每題20分，總分100分）

1.請選擇一本你所喜愛的文學性圖畫書，嘗試以書中所提圖畫書的五種特質，作為審視原則，並將分析內容紀錄下來。

2.請向大家介紹一本知識性圖畫書，並說明這本書的優點。

3.請選擇一本圖畫書朗讀給幼兒聽，並簡略記錄共讀過程與幼兒的反應。

4.請選擇一本得獎的圖畫書，說明其主題與情節結構。

5.請選出兩個你喜愛的圖畫書角色，並說明原因。

（以上答題，請紀錄該書書名、文圖作者、出版社、出版年月）

第七章
漫　畫

第一節　漫畫的意義

一、漫畫的定義

　　「漫畫」，在我們生活中經常可見。它是一種娛樂，也是一種傳播媒體，但它卻鮮少被認真看待，即使有，也是相對少數。大多數的人都愛看漫畫，卻同時認為這是一種看過就算，或者純屬娛樂，沒有什麼太大學問的東西。

　　直到晚近，隨著對視覺文本研究的展開，漫畫逐漸被接受當成一種文學文本來研究。它具有複雜的圖像與文字間的交互作用，使它成為一種獨特的媒體。要理解漫畫，我們不妨先從「漫畫」這個詞彙談起。

　　漫畫一詞，根據考察，最早出現在北宋學者畫家晁以道（1058-1129），在其著作《景迂生集》中所說：「黃河多淘河之屬，有曰漫畫者，常以嘴畫水求魚。」這裡所說的漫畫指的是一種水鳥的名稱，因其捕魚時瀟灑自如，像在水上作畫而得名。後來被日本人引用，於二十世紀又從日本被引進。由於先後包含的內容不完全相同，所以引起了辭意的分歧。（《現代漫畫概論》，頁2-3）

　　另一方面，來自西方的英文翻譯也同樣使得「漫畫」一詞的文義更加混雜而模糊。與之相關的英文詞彙，經常全被翻譯成「漫畫」。從英文而來與漫畫相關的名詞，包括了Cartoon、Caricature、Comics、Comic Strip四種最為常見，也最容易產生混淆：

　　　　㈠Cartoon：譯為卡通，是英文中較早出現的一個詞彙，原
　　　　　　意指繪畫。十九世紀四〇年代成為獨立的滑稽畫，用以

諷刺時事、民俗、政治或社會潮流。後來逐漸擴大，被用為各種漫畫和動畫的總稱。

(二)Caricature：中文譯作漫畫，指單幅的幽默諷刺漫畫，特別是指肖像漫畫，也用作抽象名詞漫畫藝術或漫畫手法。這個詞彙比Cartoon出現得更早一些，原意是對人的聲音、行為誇張模仿，以引人發笑或者諷刺。

(三)Comics：中文譯作漫畫、連環漫畫或故事漫畫。Comic原意指滑稽、逗笑，所以滑稽演員也稱作COMIC。作為連續性的漫畫，必續用複數形式，因為是由許多Comic所組成。

(四)Comic Strip：中文譯作漫畫、連環漫畫或四格漫畫。原意是指報刊上刊載的條形的分格漫畫，以四格居多。

以上四個詞是以Caricature, Cartoon, Comic Strip, Comics的順序先後出現的。除Cartoon外，其他三個詞義各有界定，而Cartoon一詞含義較廣，可以包括其他三個詞的意思。

(《現代漫畫概論》，頁1-2)

於是我們知道，漫畫其實包含的層面廣泛，它是許多不同國家的漫畫文化所交融而成的一種概念。而我們現在所稱的漫畫，實際上根據口語的習慣，可以簡化成「連環漫畫」（Comic Strip）與「漫畫」（Comics，意指現代漫畫）兩者。（Caricature一詞現已極少用來指稱漫畫，大多意指諷刺肖像畫；Cartoon則指向一種簡化與誇張的手法，或者是動畫中的卡通。）我們在下一節中，會對漫畫的類型，進行更仔細的探討。

回到漫畫本身，若我們將漫畫作為一種文體來看，構成漫畫的主要要素，包括了：題材、圖像、漫畫語法。

(一)題材

無論是何種漫畫，都必須要有題材。例如：欲闡述的主題、解說的內容，以及情節的發展。

㈡圖像

漫畫是以圖為主的媒體。雖然漫畫也使用文字，但主要仍是靠著圖像來敘事。而且，在漫畫中的文字，大多也藉著圖像的表達方式來呈現，為「圖像式文字」。

㈢漫畫語法

漫畫之所以是漫畫，在於它有自己的格式特色。這些特色包括了畫格、畫框、對話氣球、效果線、狀聲字等等。這些形式上的元素共同建構起漫畫。事實上，有些成人也宣稱「看不懂」漫畫，或許是因為拒絕接受、學習漫畫的語法，因此而產生障礙。

題材、圖像、漫畫語法三者，共同使得一部漫畫成為完整的敘事文體，缺一不可。在後面的章節中，我們將會更仔細地進行介紹與討論。

二、漫畫的歷史

人類很早就懂得以繪畫來記錄、溝通。以連續型態來呈現者，可以看成是漫畫的前身。隨著時代的演進，將漫畫有意識地透過印刷來傳播，是從十八世紀初以來才逐漸發展起來的。（《現代漫畫概論》，頁15）

在史考特・麥可克勞德（Scott McCloud）的《了解漫畫》（Understanding Comics）一書中曾提到，約在1519年時，考古學者發現了一幅繪製於哥倫布發現新大陸前時期，長36英呎，彩色繪製的連環壁畫，詳細紀錄了一部偉大英雄的史詩。而在埃及，早在西元前1300年便有了連續性的壁畫。（《現代漫畫概論》，頁10-14）嚴格說來，我們無法確切知道這樣「漫畫」的前身最早於何時出現，它是隨著人類的文明逐漸演化而來。

印刷術的發明，如同對文字產生了巨大的影響一樣，也同樣影響了影像的普及。漫畫，受惠於印刷術的進步，才有機會成為一種幾乎人人可讀的媒體。不過，一開始是以圖畫故事（picture-story）開始發展起來，可說是漫畫的前身。近代最早嘗試以連續畫作來進行一個圖畫故事者，可以威廉・霍加斯（William Hogarth）這位畫家作為一個典範。他於1731年完成的六幅畫作：〈娼妓故事〉（"A Harlot's Story"）被設計成要以連續排放的方式順序觀

看。〈娼妓故事〉以及其續作〈墮落的過程〉（"A Rake's Progress"）廣受歡迎，甚至引起新版權法的制定，用以保護這個新形式。

若要談到現代漫畫，瑞士的托普佛（Rodolphe Topffer, 1799-1846）在許多方面的成就，使他被認為是現代漫畫之父，而瑞士也因此被認為是歐洲第九大藝術，也就是漫畫的發源地。[1]他於十九世紀中期開始繪製輕度挖苦的圖畫故事，開始使用了「卡通化手法」（cartooning）以及畫格邊框（Panel Broders），以及歐洲首見的文字與圖畫間的結合。後來英國的諷刺肖像雜誌（British caricature magazines）承襲了這個傳統，而到了二十世紀時，我們所稱作漫畫（comics）的漫畫才開始出現。

事實上，有許多最具啟發與創新的漫畫，經常不被認定／認同為漫畫。漫畫這個詞，似乎代表了較為粗俗、低劣的圖畫故事作品。而漫畫這個詞彙，概念上也十分含糊。我們可以觀察薛爾佛斯坦（Shel Silverstein）、桑達克（Maurice Sendak）等「圖畫書作家」的作品，實際上也可以認定為是漫畫。最近頗受注意的華裔圖畫書作家陳志勇，亦大量使用了類似漫畫的分格技巧。

至於專屬於兒童的漫畫的起源，則要談到英國的漫畫發展。十九世紀末到二十世紀初期，隨著彩色印刷技術與照相製版印刷術的成熟，彩色漫畫逐漸普及。《帕克》（Pulk）是最早刊登兒童漫畫的刊物。第一次世界大戰後，英國嬰兒潮的出現，兒童漫畫的出版也就趁勢興起。當時出版社所設定的市場，大多在八歲以上。而直到1914年，英國AP出版公司（Amalgamated Press）發行了《彩虹》（Rainbow）雜誌，世界上第一本專屬兒童的彩色連環漫畫刊物才真正誕生。（《世界漫畫史》，頁268）

1920年，由赫伯特·福克斯維爾（Herbert Sydney Foxwell, 1890-1943）接手了由朱利斯·斯坦福·貝克爾於1914年開創的漫畫《老虎提姆的故事》系列，更名為《老虎提姆周刊》（Tiger Tim's Annual），廣受兒童的歡迎，老虎提姆成為第一個兒童漫畫明星，福克斯維爾也因此贏得第一個兒童漫畫

1　視漫畫為第九大藝術並不是一個普世認同的概念，有些人認為電子遊戲才是第九大藝術。

家的稱呼。到了一九二〇年代末，《老虎提姆》至少在六種不同的刊物上連載。（《世界漫畫史》，頁268）

　　1939年時，美國阿爾福萊德‧哈維（Alfred Harvey）創立了哈維漫畫出版公司（Harvey Comics），而他的兄弟羅伯特與里昂也隨後加入。哈維兄弟以獨到的眼光，首次注意到了七歲以下低幼齡兒童的市場，推出了一系列兒童漫畫，受到極大的歡迎，為低幼齡兒童漫畫開啟了先機。

　　哈維公司出版了由力特（Seymour Reit）與歐利歐羅（Joe Oriolo）所創作的插圖童書《鬼馬小精靈》（Casper the Friendly Ghost），但一開始沒有成功。後來版權轉到派拉蒙電影公司，改編成電影後，文本才受到注目。後來哈維漫畫公司將角色版權買回，於1952年開始繪製成漫畫，成為該公司最具代表性的漫畫角色。

　　而在日本，漫畫家手塚治蟲，受到迪士尼的啟發，致力於日本漫畫的革新。手塚最重要的成就，在於將電影的鏡頭語法使用在漫畫上，使得現代漫畫的面貌更加成熟，被稱為「漫畫之神」。如此一來，漫畫的畫面變得更加具有變化性與張力。日本漫畫自手塚之後，可說是發展迅速，成為世界漫畫產業最先進的國家。隨著全球化的趨勢，日本漫畫成為漫畫中的強勢文化，席捲全球。

三、漫畫的功能

　　漫畫是一種複雜的媒體，王庸聲歸納出漫畫具有娛樂、傳媒、藝術觀賞、教育四種功能（《現代漫畫概論》，頁53-54），本文沿用其觀點，並加以擴充解說如下：

㈠娛樂功能

　　無庸置疑，現代漫畫的誕生最主要來自於娛樂功能的面向上。好的漫畫平易近人的親切性，讓人樂以忘憂，紓解壓力，沉浸在另一個世界中。相對地，當一個漫畫無法吸引人，這部漫畫可以說是失去了它最基本也最重要的價值。

(二)傳媒功能

好的漫畫能夠吸引人們的注意力，於是它也能夠被當成一種傳播媒介。透過漫畫的圖像，我們更便利於傳遞知識，更容易跨越過語言和文字的藩籬，對於文字適讀能力較低的人，漫畫可以增進其對內容的了解。另一方面，漫畫可以達到無遠弗屆的文化傳播功效。例如我們最常閱讀的日本漫畫，無形中增進了我們對日本文化的理解，同時我們也因此受到日本文化的影響。

(三)藝術觀賞功能

漫畫，原本就是一種藝術形式。如同小說、詩歌等文體，漫畫家們用漫畫來表達自己的觀點，並且嘗試著樹立自己的風格。在優秀的漫畫作品中，有些講述精采絕倫的故事，有些則創造出前所未見的視覺效果，有些更發展出漫畫獨有的敘事語法，將漫畫帶入前衛藝術的領域。只是，漫畫也因為其敢於以圖像呈現各種面貌，使得它們更容易受到道德、教育上的關注與限制，而否定它們的藝術價值。隨著時代思潮的演變，漫畫的藝術成就已經逐漸受到肯定（雖然仍有很大的空間待努力）。

(四)教育功能

隨著對漫畫這個文體／媒介日益開放地被接受與了解，漫畫從兒童教育的大敵，逐漸被開展出在教育上的應用。正面來看，漫畫在某種程度上，能夠幫助幼兒親近文字。利用幼兒喜愛閱讀漫畫的天性，教育者與漫畫家能夠攜手合作，創作出適合幼兒各年齡與程度的漫畫內容，引導他／她們願意閱讀文字，慢慢地透過漫畫累積字彙，具有橋樑書的功能。[2]

從這樣的歸納中，我們可以看出漫畫實際上是與我們的生活息息相關。對於漫畫，我們應該要對它進行充分的了解，以避免對它抱持刻版的負面印象，而排斥、忽略了它的正面價值。

---

2 橋樑書是文字依照讀者的年齡與文字量來設計，以較多的圖片來輔助兒童閱讀文字的讀本。

四、幼兒與漫畫

漫畫究竟適不適合幼兒觀賞？如同許多通俗文類一樣，漫畫也同樣歷經了長時間的爭議，才逐漸有較多正面的評價。綜觀漫畫的歷史，即使在美國與日本這兩個被認為是漫畫先進的國家，漫畫也同樣蒙受了長時間的批評與限制，而臺灣的漫畫也是如此。

漫畫使成人最為憂心之處，在於內容是否沾染了暴力與色情。學者們紛紛進行實證研究，想證明漫畫影響了學童的道德品行；其次，也有學者認為漫畫使得讀者只欣賞圖片，而降低視讀能力，也就是說，降低文字的學習力。

另一方面，在對漫畫的負面影響的隱憂下所產生的審查政策，也同樣影響著漫畫。例如，美國在1954年時，便通過了漫畫法案，由業者本身進行監督審查，合格後才能在書本的封面上加上印記，證明是合格的「好」漫畫。在而在臺灣，則是曾經以「漫畫審查制度」，明定審查的項目與罰責。這些審查制度，最後都因反對的聲浪與思想的開放而告終，甚至被認為是對藝術的扼殺。[3]

到了今天，漫畫已經蓬勃發展。即便仍有許多人對漫畫反感、憂心，但整體來說，閱讀漫畫變成是一種勢不可擋的生活型態。各國政策大致上的走勢都是趨向開放與尊重的態度，將漫畫內容（性、暴力、語言）適度地分類分級，來作為基本的管理方式。內容上的分級管理，一方面是避免兒童接觸到成人認為不適宜的內容外，一方面也鼓勵了為不同年齡讀者的創作。與其進行不可能達成的約束，不如積極創作適合兒童的漫畫。是以，適合不同年齡階層的漫畫分工越來越細緻與專業。此外，隨著我們對圖像的「閱讀」有了越來越不同的見解，越來越多的學者開始肯定圖像的閱讀是豐富的，而且是與文字的認知相當不同。於是，開始有學者提出漫畫是可以藉由圖像，而使得學生連帶保留對於閱讀文字的興趣。

其實不難發現，幾乎每個兒童都喜歡看漫畫。漫畫所具有的圖像親和力

---

[3] 若想對漫畫審查制度有更進一步的了解，請參閱陳仲偉，《台灣漫畫文化史》與《台灣漫畫年鑑》。

和即刻的娛樂性非常出色，使得許多漫畫的讀者年齡層超過作者所設定的範圍，即便漫畫中所使用的文字超過讀者的適讀能力。例如藤子不二雄的《哆啦A夢》，原本設定給小學以上的兒童觀看，卻廣受年齡更小的幼童歡迎，而且，許多成年人也同樣喜愛。是以，要刻意去建立一個兒童或幼兒漫畫的標準，是極為困難的。

第二節　漫畫的類別

漫畫的種類，隨著創作者不斷地創新與改革，發展出多樣繁盛的風貌；不同的國家、文化、社會環境，也會孕育出不同的漫畫型態。因此，要將漫畫做一個全面性的分類，幾乎是不可能的。但為了便於理解，本文在此試著以幾種不同的分類方式，來幫助讀者理解漫畫。

一、依是否與成人共讀來分類

有趣的是，儘管漫畫如此受到兒童的喜愛，然而實際上專為「幼兒」繪製的漫畫書並不多見，但其實在許多幼兒閱讀的刊物中的插畫與單元，實際上也早已採用漫畫的形式。幼兒尚在學習閱讀的初步階段，於是，在近幾年開始有人提出以漫畫做為幼兒學習閱讀的媒介的觀點。從幼兒是否自行獨立閱讀，我們可以將漫畫分成幼兒自己閱讀的漫畫，以及親子共讀兩種類型。

㈠幼兒自己閱讀的漫畫

一般而言，幼兒可以自行閱讀漫畫書，除了合適的主題和內容外，要注意選擇字體的大小與難度合適於幼兒的文本。不過，對幼兒來說，漫畫書是相當具有吸引力的，有時候即使並不太理解文字，他／她們也會從漫畫生動的連續性畫格中嘗試理解敘事，獲得樂趣。例如《小亨利》、《哆啦A夢》等。

㈡親子共讀的漫畫

考慮幼兒的年齡與能力發展，我們可以選擇與他／她們共讀漫畫書。如同圖畫書的閱讀一樣，家長或教師可以朗讀故事，幫助兒童理解。而許多

漫畫也設計用來教育兒童、傳遞知識，家長或教師可以藉此帶領兒童欣賞圖畫、引導學習。根據前面所談過的，我們已經了解到，漫畫有自己的形式上的「語法」，這些格式語法需要透過某些學習來增進理解。它們其實並不難了解，但對幼兒來說，某些時候可能會提出疑問，這時就需要適當地為兒童解說。在下一節中我們將會更為詳細地為讀者建立各種漫畫語法的觀念。

二、從功能性來分類

　　雖然我們在前一節指出了漫畫的四種功能，但其實可以將漫畫依據功能簡化成兩大類：敘事性漫畫與說明性漫畫。

(一)說明性漫畫

　　讓我們先談一談說明性漫畫。人類自古以來就懂得以連續性的圖片來表示一個事件發生的歷程。早在普遍使用文字之前，人類便懂得使用圖畫來作為溝通的工具。時至今日，我們也承認圖畫在某些方面比文字更能具體傳達意見。我們所欣賞的現代漫畫，雖然歷經了長時間的發展與爭議，才得以逐漸被接受為一種文學形式，但漫畫確實是人類文化中長存的一部分。

　　隨著時代，漫畫走入人類現代生活，繼續發揮它的功能。生活中最常見的例子，或許是各式各樣器具的說明書。說明書上的圖片，依照步驟呈現，變成一種連續性的敘事，這也可以說是漫畫的應用。甚至有許多說明書中，加入了漫畫人物，使得說明的過程彷彿就是在閱讀一部漫畫書。

　　由於漫畫是極具親和力的媒體，因此在許多書籍中都可以看見它們蹤影。漫畫，使得原本生硬嚴肅的題材可以變得親切有趣。我們在許多知識性的讀物中，都能夠看見漫畫的元素摻雜其中。例如：漢聲出版的《漢聲小百科》，便利用漫畫的特性來吸引兒童的注意，使得閱讀知識性讀物成為輕鬆有趣、近似於閱讀漫畫的經驗。又如飛機上面的氧氣面罩使用說明，也是利用圖片的連續性來造成說明的效果，事實上，也是一種漫畫的應用。

(二)敘事性漫畫

　　敘事性漫畫是指將漫畫用來作為訴說具有角色、情節的虛構故事的媒介。一般我們所指的漫畫大多意指為敘事性漫畫。就像小說與圖畫書一樣，

漫畫是用來說故事的好工具，而正如同好的小說或圖畫書，敘事性的漫畫主要具備了娛樂性與藝術性兩方面的特質。好的漫畫訴說精采的故事，而我們閱讀精采的故事是為了獲得娛樂。而從創作的角度來看，漫畫家或許會在繪法與概念上尋求藝術上的創新與成就，也就使得許多漫畫被認為具有極高的藝術價值。

美國漫畫家威爾·伊斯納（Will Eisner）於一九七〇年代晚期提出了「圖像小說」一詞，目的就是在於強調漫畫就是一種以圖像進行敘事的小說，具有高度的文學性與藝術性。儘管這個術語仍有許多爭議，但漫畫作為一種具有文學藝術價值的藝術媒介，確實是逐漸受到人們的重視。（《另類漫畫——一種興起中的文學》，頁29）

三、從格式來分類

漫畫的種類繁多，若依照格式的分別，可以粗略分為連環漫畫（Comic Strips）與漫畫（Comics）兩類：

㈠連環漫畫／條狀漫畫（Comic Strips）

連環漫畫的英文原意為「漫畫條」，或者用中文應稱作「條狀漫畫」，因為一般以單格或四格漫畫橫幅或縱幅，成條狀展開；兩格、三格甚至五格以上的情況也有，沒有特別的限制，通常每個畫格都是大小相同的方塊。而日常生活我們也習慣用單格漫畫、四格漫畫等，以格子的數量來稱呼它們，所以稱呼上較不統一，但都是可行的。

連環漫畫特別常見於報紙與雜誌之中，尤其在美國的報紙上，漫畫幾乎是不可或缺的重要單元，深入美國的生活文化中。

一般說來，單格漫畫因為只有單張，所以不具有連續性。單格漫畫大多依賴巧妙的文字與較誇張的圖像來描寫某一個有趣的「瞬間」。例如《淘氣的阿丹》。

四格連環漫畫通常具有「起、承、轉、合」的結構，造成一段時間的連續感；最後一格往往是整個作品的重點，與第一格開始營造的情境造成反差或結論。由於格數適中，即好發揮，因此是最受歡迎的連環漫畫格式。四格

漫畫最常被用來繪製諷刺幽默漫畫。知名的作品有《皮皮》、《烏龍院》、《小亨利》等。

㈡漫畫（Comics）

這裡所指的漫畫，指的是具有連續性、畫格變化較多的現代漫畫。比起傳統的連環漫畫，現代漫畫最大的特徵就在於分格技術的運用。[4]隨著分格、版面設計、對話框等種種技術的進步，漫畫逐漸從連環漫畫的固定格是跳脫出來。

威爾・伊斯納將漫畫定義為一種「連續性的藝術」（sequential art），是將圖片、影像或文字編排，用以敘說故事或者表達意見。史考特・麥可克勞德（Scott McCloud）也延伸這樣的觀點，並且強調這樣的編排對讀者產生美學上的反應。（從這個角度來看，他認為單格連環漫畫不能算是「漫畫」）

而在漫畫家不斷地進行藝術上的嘗試，採用各種特殊的媒材與畫風呈現的漫畫也發展開來，使得現代漫畫產生了多樣化的樣貌，並且充滿無限可能性。

四、其他特殊類型的漫畫

㈠無字漫畫

無字漫畫是沒有對話的漫畫，需要靠角色的動作表情和畫面來傳達意境。沒有對話的漫畫依賴的就是角色生動的動作、表情與形象，來吸引讀者。對兒童來說，有時候無聲漫畫也是很有樂趣的，從連續的圖片中，可以使讀者依靠圖片中的線索來進行邏輯思考，將之連貫成具有意義的敘事。例如田中政志的《ㄎㄨㄥˇ》，描寫沒有人類的恐龍世界，十分逗趣。

㈡影片漫畫（Film Comics）

出版社或許會因為某些動畫特別受到歡迎，因而在動畫中擷取畫面，再將之以漫畫的畫格排版於頁面上，使之成為「影片漫畫」。常見者為美國迪士尼的作品，如《阿拉丁》、《小美人魚》等，以及日本動畫導演宮崎駿的作品，如《龍貓》、《崖上的波妞》等。

---

[4] 關於分格的概念，請見第三節的解說。

第三節　漫畫的特性與創作原則

　　漫畫具有自己獨特的文體語法，或者說，它混合了文字與圖像的特性，使其成為自己特有的語法。想要更深入了解漫畫，或者要進行漫畫的創作，就必須先了解這些漫畫中的「語法」。

一、卡通化（cartooning）

　　回想一下你所曾看過的漫畫，有些畫面是十分寫實，有些則相當簡單。無論漫畫採用的是寫實或者是簡化的圖像，實際上都是一種再現的（representational）的畫像（icon）。而漫畫中重要的手段也就是所謂的卡通化，從具像到抽象、從寫實到簡化的技術，它又包含了簡化和誇張兩種特性。

㈠簡化

　　漫畫經常掌握住人物的特徵，甚至誇張它們，而其他的部分則加以省略，這就是卡通化的簡化手段。卡通化的簡化，事實上是一種主觀的過程，每個漫畫家想要強調的，以及他們表現的方法，都不盡相同，於是我們可以辨識出每個不同漫畫家所繪製而成的角色。有趣的是，通常我們不需要太多的學習就能夠理解漫畫家畫的是人、動物還是其他的東西，即便它們是以相當簡單的線條來表現。我們的大腦會發揮想像力將影像具體化，只要我們提供足夠的線索去暗示它。試想全世界都理解的「微笑」標誌，靠著一個圓圈，兩個點，還有一條曲線，就能夠讓我們認定這是一張「臉」，不是很奇妙嗎？這就是卡通化的簡化神奇之處，而事實上，這種手段不只用在漫畫上，在其他的繪圖媒介上也看得到。如：圖畫書與小說插圖。

㈡誇張

　　一般說來，漫畫是以描繪角色，以及角色的活動為主。而漫畫之所以能夠吸引人，往往在於其能夠「誇張」角色的行為舉止，來產生戲劇效果。早期的漫畫有極大的部分都是以諷刺實際存在的人物為主的諷刺肖像畫。這些諷刺肖像畫，將人物的特徵加以強調，也就是誇張，讓讀者看了能夠一目了

然，了解被諷刺的人物是誰，同時又造成十分滑稽的效果，這就是漫畫中最基本的誇張。

　　對幼兒來說，最能夠直接感受的，就是角色的造型與顏色。以米老鼠和機器貓哆啦A夢這兩個「動物」角色來說，它們並沒有給人「誇張」的感覺，但事實上，它們確實與真實的老鼠與貓極為不同，誇張了某些動物特性（大多其實被略去），同時也誇張了某些人的行為（擬人化）；這些都同樣是誇張的表現。

二、漫畫語法

　　了解了漫畫的卡通化手法之後，接著我們要了解漫畫所獨有的「漫畫語法」。漫畫語法十分豐富，我們將於下文一一介紹。

(一)畫格與畫框

　　畫格是構成漫畫畫面的最小單位。一個漫畫的頁面至少要有一個畫格單位。

　　畫框，或者畫格邊框，是指圍繞畫格或頁面週邊的框線。現代漫畫發展出極其多樣豐富的畫框技巧；不同的框線（包括無框線），用來表達不同的情境，例如衝擊、回憶等。於是畫框可以是各種線條與形狀，甚至是「無框線」，也端看作畫的需要而定。而畫格與畫格之間，通常會保持一段距離，以避免太過擁擠雜亂。然而，這也並非絕對，有些漫畫家喜歡用緊鄰的畫格來造成強烈的連續感，也就是說，畫格與畫格之間的距離，有時候也暗示了時間的間隔。

　　現代漫畫強調畫格與畫格之間的連續性。固然是由一個個相互分離的畫格單位所構成的，但是為了要達成一種合乎邏輯（時間與空間）的順序感，每一個畫格與畫格之中的內容必須是有所關聯的。

　　而漫畫與電影（或動畫）的最大差異，也是在於這樣分格的結構上。電影（或動畫）的每一格間讓你察覺不出有所「停止」或「結束」，因為我們的眼睛會有視覺暫留的現象。漫畫沒有辦法達成這一點，卻也正是漫畫最有趣的一點。漫畫家透過「選擇」，讓兩個事實上「不連續」的畫格之間產生

連續的感覺。畫格之間要產生連續性的意義，則需要依賴畫格之間的結束／終止（closure）。藉著每個後面的一格與前面一格之間的差異（或相同），來產生連續的意義。換句話說，後面的一格可以看成是一種前一格或幾格事件的「結束」（有點像是句子的逗點或者句點），以產生一段有意義的敘事。

畫格之間，則存在著「空白」，即便兩個畫格是僅僅相依的。這裡所說的「空白」，指的是兩個畫格之間「無法」顯示，或者漫畫家刻意「不顯示」的部分。讀者必須要能夠接受，並且學習閱讀這樣的空白，才能夠使得漫畫文本產生意義。麥可克勞德將畫格間的運動可以歸納出六種情形：（麥可克勞德，"*Understanding Comics*"，頁70-76）

1.瞬間到瞬間（moment-to-moment）

描寫在兩個極短暫的時間內產生的事件。例如在兩個連續的畫格中，顯示了蜘蛛趁著人睡著的時候，瞬間快速地從下方移動到上方一些的位置。此時讀者可以看見睡著的人動作並無變化，但蜘蛛的位置改變了。

2.動作到動作（action-to-action）

描寫單一主體兩個特別不同的動作之間的變化。例如在緊鄰的兩個畫格中，第一個畫格顯示了汽車正在快速疾馳，然後在第二個畫格中發生了撞樹的情形，描繪的主體都是汽車，但發生的動作並不相同。

3.主體到主體（subject-to-subject）

描寫在一個場景或觀念間，兩個不同主體的轉換。這種轉換需要讀者的涉入，讓這個轉換產生意義。例如在兩個緊連的畫格中，第一個畫格的主體為跑步選手，第二格的主體為裁判。讀者需要根據文意的情境來判斷這樣的轉換意義為何。

4.場景到場景（scene-to-scene）

連續的畫格在極大的距離、時間、空間中轉換，需要推理的(deductive)閱讀。例如：在鄰近的三個畫格中分別顯示不同的場景（地點）：孟買、巴黎、紐約。同樣的，讀者要自行從這樣的轉換間推斷意義。

5. 角度到角度（aspect-to-aspect）

忽略大部分的時間，建立對一個地方、想法或者心情的游移視線。例如在鄰近的三個畫格中，分別顯示了一位男子游移的視線：第一格代表男子的視線觀看著天空；第二格畫出男子望向天空，給予提示；第三格繪出遠方的風景。讀者可以從圖形中的線索理解這些畫格是表現了該男子視線移動的情形。

6. 無邏輯性（non-sequitur）

兩個畫格毫無邏輯上的關聯性。這種情形較為少見，通常是漫畫家想要造成某種荒謬、衝突或者毫無意義的藝術效果時所採用。例如在緊鄰的兩個畫格中，第一個畫格中呈現了一個角色，但第二個畫格卻出現了難以辨認意義的抽象畫，這兩格之間便毫無邏輯上的關聯性。

讀者要能看懂漫畫，必須要接受作者畫格間關聯性的安排。麥可克勞德稱這樣的關係為「讀者與漫畫家的共犯關係」（頁68），也將漫畫定義成一種「隱形的藝術」（invisible art）。讀者推理、填補、描繪、揣測漫畫家所安排的「空白」，以便使得連續性得以成立。

㈡狀聲字

狀聲字是漫畫的一大特色。漫畫家藉著視覺化的文字，來描摹聲音。在一般的文字文本（如小說、童話、故事等）中，作家會以文字試圖捕捉聲音，但讀者所見僅是固定的字體；在動畫中，除非要營造特別的效果，聲音的部分則是以音效或者錄音來呈現。漫畫中的「聲音」，可說是介於文字文本與動畫之間─雖然仍是以文字來表現聲音，但卻是圖像式的文字。於是，同樣的聲音文字，可以透過不同的筆調和字型，來賦予漫畫家所要傳達的聲音中隱含的情緒與氣氛。

㈢效果線

有時又稱為速度線或移動線（motion line）。效果線的功能正如它的名稱一樣，用來營造畫面的特殊效果。最常見的就是速度線，在靜止的畫面中營造出動感。在某些情況下，也可以用來表達角色快速行進下所經過的軌跡。或者是以放射狀的線條從角色的正面或反面來造成衝刺的效果，或者營

造一種吃驚、受到衝擊的瞬間感。

㈣特殊影像

特殊影像包括了多重曝光、瞬間圖像、模糊圖像、模糊背景等。這些都是漫畫家從攝影所延伸出來的技巧。

舉例來說，我們經常在漫畫中看見角色出現三頭六臂，除了幻想角色（如妖怪）之外，往往都是運用了多重曝光的技巧。多重曝光原來指的是在讓一張底片重複曝光，造成拍攝對象的影像出現數次。慢速曝光則是指相機快門放慢，使得比快門速度快的動作會變成模糊，而在快門速度以內的動作都會變成靜止，這在運動照片中最為常見。漫畫家於是運用這些技巧，來表現動態。對某些讀者來說，這些技巧需要經過一段時間的適應與學習才能理解。

利用特殊影像和效果線，漫畫家可以在靜態的畫格中打破時間上的限制。例如多重曝光，使得投手投球的軌跡可以被讀者所看見，在單一畫格中，似乎凝聚了整個投球的時間過程。速度線與行動線則是讓讀者在一個畫格內看見人物行進的軌跡，同樣也是在單一畫格中凝聚了一小段時間。

由上述的討論，我們可以知道，漫畫中的「時間」感覺，是非常微妙的。我們不妨多仔細思考、欣賞漫畫家們是如何在靜止的頁面上表現各種時間的節奏。

㈤對話框（對話氣球、吐話圈）

對話框同樣也是漫畫的重要元素。大多數的漫畫都是具有對話性的，而角色所說出口的話，也大多藉由對話氣球來呈現。對話氣球沒有一定的形狀，端看漫畫家如何去表現：對話圈可大可小，形狀可以是圓滑的，也可以有稜有角。而圈出對話氣球的線條，也可以有各種變化：粗細、單調或複雜、實線或虛線、甚至是無框線，都可以暗示說話者的情緒和狀態。例如，虛線的對話氣球，經常被用來表示角色正在低聲交談。

例如圖7-15出現的對話框，有些是略成橢圓形，有些則如爆炸形狀，分別代表了平常的語氣與怒氣或大聲的說話。

㈥頁面設計（page layout）

頁面設計指的是漫畫頁面的整體編排情形。劇情的需要、讀者閱讀的順序、以及事件發生的節奏等條件，都會影響到版面編排。

分格的順序，依照各國的習慣，基本上可分為左翻與右翻兩種。分格的順序要有一定的秩序感，否則可能會造成讀者閱讀順序上的困難。然而現在越來越多追求藝術創新的漫畫家，嘗試了許多複雜的分格技巧，來達成整個頁面整體的特殊效果，例如重疊的畫格，或者將頁面上的畫格排列成具有特殊意義的圖案，都是較複雜的頁面編排技巧。

頁面設計是現代漫畫重要的成就與特色，但若是要給正在學習閱讀漫畫的小讀者來說，還是以簡單、明瞭的分格編排方式為佳。

二、漫畫的重點在於描繪角色／人物

無論是描繪什麼主題，「角色」在漫畫中扮演了極重要的角色。許多傑出的漫畫家甚至認為，角色是漫畫的關鍵。對於重視視覺感受的漫畫來說，角色的形象是否能夠吸引讀者，是極為關鍵的。成功的漫畫角色大部分都有鮮明的外觀特徵、與眾不同的性格、獨特的台詞或動作。雖然不一定具備上述所有的條件，但卻不可能全部缺少。

尤其對年齡較低的幼童來說，角色是否具有吸引力，可以說是十分重要的。一般說來，創造一個角色，不論是人類還是動物或其他，需要考慮的條件包括：臉與髮型；表情；行動與動作；服裝；道具或配件；台詞。讀者不妨驗證一下曾經閱讀過的漫畫中，主要的角色是否在這六個方面讓你／妳印象深刻。

三、創作漫畫的工具

傳統的漫畫創作工具，以紙筆為主。現代由於電腦繪圖技術的提升，以電腦繪製漫畫的漫畫家也越來越多。

較為傳統的漫畫工具就是紙和筆。專業的畫家會使用如沾水筆、針筆、代針筆等工具來繪製，紙張墨水也都有專業上的考量。但實際上漫畫的創作

使用材料沒有硬性的規定。最重要的還是在於內容，只要能夠表達畫者所需要達到的效果，什麼工具都有可能被使用。許多漫畫家仍在努力地尋找新的工具，創造出有別他人的效果。

隨著科技的進步，使用電腦來作畫也變得更加便利可行。電腦可以模擬各種畫筆的筆觸、紙張的材質，加上複製、上色容易，而且能夠加入畫筆無法實現的特殊效果，因此也越來越受到畫家的使用，或者作為輔助的工具。

四、創作幼兒漫畫時需注意的事項

考量幼兒的生理與心理發展狀況，為幼兒編繪漫畫需要注意下列三點：

(一)字體不宜太多與太小

由於幼兒尚在生理發展的重要階段，觀賞漫畫需要注意不要造成幼兒身體上的過大負擔，尤其是視力的保健。漫畫中若要使用文字，最好不要太多，使用的字體也要夠大，讓幼兒能夠輕鬆閱讀。

(二)語言要符合幼兒的年齡

要為幼兒選擇適合他們的語言發展階段的漫畫。由於現在對於漫畫的適讀年齡規劃並不是很常見，因此要挑選適合的語言就可能必須費點心。不過，有許多漫畫原本在語言上就比較簡易，因此應該不至於成為難題。

(三)題材、角色宜活潑有趣

幼兒集中注意力的時間較成人短暫，並且對於複雜的事物認知較少，因此在選擇漫畫時需要注意漫畫的題材要以活潑有趣為佳。

第四節　漫畫作家作品介紹

世界上有許多優秀的漫畫作家，創造了許多受到兒童喜愛，或者為兒童所創作的傑出漫畫作品。由於篇幅限制，本文僅選出數名以為介紹。

一、《哆啦A夢》系列

《哆啦A夢》（Doraemon）於1970年開始於《小學1-4年生》雜誌連載。

內容描述為了改變主角野比太悲慘的未來，而從未來來到二十世紀的機器貓哆啦A夢的故事。故事以野比太的小學生活為舞台，哆啦A夢以各種新奇的未來發明來幫助野比太克服困難，發生了種種趣事。

　　作者藤子不二雄為日本漫畫家藤本弘與安孫子素雄共同創作的筆名。兩人為同學，因受到手塚治虫的啟發而立志成為漫畫家。兩人於1987年12月拆夥，由藤本弘繼續獨立創作哆啦A夢，改名為藤子不二雄F。後來接受石森章太郎的建議改為藤子・F・不二雄。

　　《哆啦A夢》從1970年持續連載至1996年，共出版了45本單行本，收錄822篇短篇，廣受各年齡層的兒童歡迎。

二、敖幼祥作品系列

　　敖幼祥，1957年10月出生於台北。敖幼祥25歲時於《民生報》連載《超級狗皮皮》出道，後來於《中國時報》連載《烏龍院》系列造成轟動。敖幼祥近年開始致力於以漫畫推展兒童教育，並且針對兒童推出了一系列兒童漫畫，如漫畫圖書館系列《世界動物》（共7冊）、《漫畫中國成語》（共10冊）、幼教童話系列等。《漫畫中國成語》並曾獲得國立編譯館優良漫畫。

　　敖幼祥兼長連環漫畫與現代漫畫，題材以幽默見長。其畫風柔和而生動，角色滑稽逗趣。如《超級狗皮皮》中，即使部分文字較為深，兒童也很容易從角色的動作表情得到樂趣。而《烏龍院》更是揉合了幽默和傳統武俠元素，廣受小學生（尤其是男生）的歡迎。

　　《漫畫圖書館》，同樣具有敖氏擅長的幽默風格，以輕鬆的漫畫來介紹動物與成語的知識。文字適讀能力較佳的兒童可以自行閱讀，從圖像去理解文字的內容；對於識字量較少的幼兒，可以以共讀的方式進行。

三、《史努比》（或譯為《花生漫畫》，英文名為Peanuts）

　　《史努比》的作者為美國漫畫家查爾斯・舒茲（Charles M. Schulz），1922年11月26日出生於美國明尼蘇達，2000年2月12日辭世。《史奴比》於1950年開始以連環漫畫的形式於報紙連載，共連載了講述米格魯獵犬史努比

與牠的主人查理‧布朗的生活故事。《史奴比》中的角色幾乎都是年幼的兒童，其中的幽默卻偏向成人般的老練事故。但由於角色造型圓潤討喜，兒童也深受吸引。

四、卡爾‧安德生（Carl Anderson）與《小亨利》（Henry）

《小亨利》是美國漫畫家卡爾‧安德生（Carl Anderson）於1932年開始連載的連環漫畫，大受歡迎。而在Anderson於1948年過世之後，由他的助手John Liney與另一為畫家Don Trachte接續。John Liney負責每日的連載，而Don Trachte便負責星期天的部分。John Liney的部分，在他於1979年退休之後，交棒給Jack Tippit，到了1983年，又交給Dick Hodgins, Jr.。Trachte與Hodgin一直持續繪畫《小亨利》迄今。

故事描述一個光頭小男孩亨利的故事。在原文的版本中，小亨利是不說話的，但在臺灣《國語日報》發行的版本卻是有加上簡單的文字說明，目的在於幫助讀者學習語文與增進理解。對許多臺灣人來說，《小亨利》是童年共同的記憶。

五、《淘氣的阿丹》（Dennis the Menace）

《淘氣的阿丹》是美國報紙連載的連環漫畫，由漢克（Hank Ketcham）（1920～2001）所創作，從1951年開始於16家報紙連載，於1994年退休後，交給其他漫畫家繼續創作連載至今。《淘氣的阿丹》的每日連載是以單格來表現，星期日則是多格。故事描寫一位淘氣的小男孩阿丹，他經常製造麻煩，所以對父母與鄰居來說都是一種「威脅」，因而發生了許多趣事。

《淘氣的阿丹》和《小亨利》一樣，也是由《國語日報》社引進，在臺灣頗受到讀者的歡迎。

六、Toon Books系列

由法蘭柯絲‧莫利（Francoise Mouly）與先生亞特‧史匹格曼（Art Spiegelman）所成立的RAW Junior, LLC出版社，出版了一系列針對開始學習

文字視讀能力的幼兒所設計的漫畫書。這些漫畫書強調閱讀圖像的樂趣，並且藉著圖像的理解來幫助閱讀者學習文字。這一系列的漫畫書編輯上，諮詢了教師和閱讀專家，目的在於確認書中的文字不會超出閱讀年齡層的能力。這一系列的漫畫雖然針對年齡層選用字彙，卻沒有將適讀年齡層標示在封面或內頁，以確保閱讀者不會受到干擾，享受閱讀的樂趣。在該公司的網站上除了有每本書詳細的介紹以及樣本頁面之外，還包括媒體對書本的評論，並且還提供了註明諮詢專家姓名的精緻學習單，可供家長或教師免費下載使用。[5]

這一系列中，由Eleanor Davis所繪製的《臭臭》（Stinky），曾獲得2009年蘇斯博士初學閱讀獎（Seuss Geisel Honor Book）。本書的適讀建議對象為國小低年級生，內容描述住在沼澤區的怪物「臭臭」，與人類小男孩之間充滿趣味的相識過程。以自我認同的主題，加上可愛的怪物與動物，使得這本書十分討喜。這本書也透過漫畫特有的圖像式文字，來幫助

又如於2009年9月出版，由Jeff Smith所繪製的《Little Mouse Gets Ready》，則是針對幼稚園的兒童所設計的，刻意以第一人稱的敘事，來帶領兒童建立字彙與語言技巧，尤其是藉由事件的移動，學習到轉換性文字，適合成人帶領幼兒共同閱讀。

而Geoffrey Hayes所繪製的《Benny and Penny in Just Pretend》，適讀年齡為小學一年級生。本書藉著老鼠兄妹之間的小爭執，除了讓讀者藉由劇情學習到相關的抽象詞彙，例如「假裝」或者「只是開玩笑」等，也嘗試加入一些稍微複雜的漫畫圖像語法（例如頁框的變化和狀聲字的使用），讓讀者同時學習文字與漫畫圖像兩種語言系統。

八、DC COMICS for kids系列叢書

DC Comics是美國最大的主流漫畫出版商之一，隸屬於華納兄弟娛樂集團（Warner Bros. Entertainment），以發行超級英雄（superhero）類型的漫畫

---

[5] http://www.toon-books.com/index.php

為主。由於兒童漫畫市場潛力大，因此也投入兒童漫畫的出版事業，以DC Comics Kids Group作為系列的名稱，針對六到十一歲兒童所繪製。編輯的理念同樣也是希望讓兒童藉著娛樂打好閱讀的基礎。漫畫的內容許多是以DC眾所熟知的招牌超級英雄，以及許多來自於華納、卡通網路頻道中知名卡通角色為主角，加以重新編繪。

參考書目

1. Charles Hatfield, "*Alternative Comics: An Emerging Literature*". Jackson city: University Press of Mississippi. 2005.

2. Will Eisner, "*Graphic Storytelling and Visual Narrative*". TAMARAC city: Poorhouse. 1996.

3. 王庸聲編著，《現代漫畫概論》，北京市：海洋出版社，2005年6月。

4. 王庸聲主編，《世界漫畫史》，北京市：海洋出版社，2008年1月。

5. 田中為芳編，《漫畫應用技術講座》，台北縣：大然文化事業股份有限公司，1994年。

6. 田中為芳編，《漫畫應用技術講座》，台北縣：大然文化事業股份有限公司，1995年3月。

7. 保羅‧葛拉維著，《日本漫畫60年》，連惠幸、黃君慧、鄒頌華、徐慶雯譯，台北縣：西遊記文化，2006年7月。

8. 陳仲偉著，《台灣漫畫文化史》，台北市：杜葳廣告股份有限公司，2006年5月。

9. 陳仲偉著，《台灣漫畫年鑑》，台北市：杜葳廣告股份有限公司，2008年4月。

10. 陳白夜、徐琰著，《中外漫畫簡史》，杭州市：浙江大學出版社，2008年2月。

閱後自評（每題10分，總分100分）

1. 被認為是現代漫畫之父的人是誰？

2.最早的彩色兒童漫畫刊物是哪一本？

3.被尊稱為第一個兒童漫畫家的是誰？

4.最早注意到七歲以下幼兒漫畫市場的是誰？

5.日本漫畫之神手塚治虫將什麼技術融合到漫畫之中？

6.漫畫最主要的重點在於描繪什麼？

7.漫畫中的狀聲字，是利用文字來表達什麼？

8.漫畫語法中的特殊影像，是漫畫家從何種技術延伸出來的技巧？

9.分格的順序，依照各國的習慣，基本上可分哪兩種？

10.漫畫語法中，用來表現對話的是什麼？

習題（每題20分，總分100分）

1.連環漫畫（Comic Strip）與漫畫（Comics）之間最主要的差別為何？試說明之。

2.漫畫創作原則中的卡通化（cartooning）指的是什麼？請說明之。

3.漫畫語法包括哪些？試列舉之。

4.漫畫中描繪人物／角色，需要注意哪些？

5.對於漫畫做為幼兒學習文字的工具，你／妳有什麼看法？試申論之。

第八章
動　畫

第一節　動畫的意義

一、動畫的定義

　　動畫，是近幾年越來越常聽聞的名詞，但動畫一詞似乎總給人模糊的印象。它到底是什麼？它與我們所聽到的「卡通」一詞又有什麼區別？

　　事實上「卡通」一詞，是由英文的cartoon翻譯過來的，是以往較常聽見的名詞。不過，動畫與卡通經常被混用，事實上並非完全同義的辭彙。

　　中文的「動畫」一詞或許是來自於日本。日本在二次大戰時期將以線條描繪（line drawing）的漫畫式作品稱為「動畫」；二戰之後日本人使用轉化自英文「animation」片假名，來總稱包含偶動畫、線繪動畫等技巧製作出來的影片。（《動畫電影探索》，頁20）

　　英文cartoon，原意指繪畫，一九四〇年代後被用來獨立稱呼滑稽畫，而後來用於泛指漫畫與動畫。而早期的動畫也多半是由漫畫（英文即稱之為cartoon）人物延伸發展成的。卡通在華特・迪士尼（Walt Disney）創造出家喻戶曉的米老鼠之後，使得這種動畫形式變成了所有動畫的代名詞…。（《動畫電影探索》，頁23）而卡通Cartoon事實上強調了一種簡化與誇張的手法。（請參閱第七章〈漫畫〉）

　　從原理上來看，動畫是利用人類視覺上的「閃動現象」（stroboscopic motion），一般稱之為「視覺暫留」，以一秒24格以上（有些為16格）的影片，造成動態的幻覺。[1]根據這樣的原理，拍攝動畫的素材可以十分多樣，不僅限於最常見以賽璐珞膠片製作，此外還包括了水墨畫、木偶、剪紙、黏

---

[1]　「閃動現象」又稱作「飛現象」（phi phenomenon）。當靜止的影像在一定的時間內不斷投射在視網膜上，大腦會將之解釋為影像在「運動」。

土模型……等，可說是相當豐富。事實上只要能夠掌握每一畫格之間的連續感，任何媒材都能夠拍攝出具有動態感覺的「動畫」。

到了今天，以電腦製作動畫的技術已相當成熟，運用電腦的運算能力，甚至不需要「逐格」拍攝，只要給予充分的運算數據，便能夠產生連續的動態圖片，比起傳統所需要每格拍攝方式的費時費工，可說是便利許多。是以，我們所稱的「卡通」，大多指的是用賽璐珞或紙張繪圖上色的傳統動畫（現在已可用電腦繪製），屬於「動畫」龐大家族中的一員；而當我們稱「動畫」時，其實包含了各式各樣不同的動畫類型。近年來因為電腦動畫技術的興起，出現了許多稱之「卡通」似乎不夠貼切的影片型態，「動畫」一詞的包容性似乎更大，因此「動畫」一詞便越來越被普遍使用。

二、動畫的歷史

想要更清楚地釐清動畫這個概念，我們不妨了解動畫的發展歷史。

人類很早便有「連續敘事」的概念。如同在「漫畫」一節所提，遠古的人類就試圖以靜止的圖片來進行連續的敘事。在距今兩萬五千年以前的石器時代西班牙阿爾塔米拉洞穴（Cueva de Altamira）中，便發現了人類試圖捕捉野生動物奔跑動態的壁畫。壁畫中的野豬具有重疊的數條腿，像是擺動著一樣。只是，直到十分晚近，隨著電影的製作技術逐漸成熟，人類才得以真正實現這樣的夢想。不只滿足於捕捉真實的影像，藝術家們也不斷嘗試著將自己筆下所繪、腦中所想的景象以動態的方式具現、表達出來。

現代動畫的起源，與電影有著相同的源頭。十七世紀時，一位耶穌會教士阿塔納斯·珂雪（Athanasius Kircher）發明了「魔術幻燈」（Magic Lantern），是運用投影原理的最原始形態，可以將玻璃上繪製的圖案投射到牆上。到了十七世紀末，約納斯·桑（Johannes Zahn）則以轉盤的方式，放置多塊玻璃加以旋轉，造成了動態的幻覺。（《動畫電影探索》，頁24-25）後來魔術幻燈發展出越來越多樣化的表演模式，製造出越來越多的特別效果，廣受歡迎，成為重要的娛樂節目。

1868年時，英國的藝術家林奈特（John Barnes Linnett），創作了第一本

手翻書（Flip Book，當時稱為*kineograph*，意指「移動的圖片」），便是利用視覺暫留的原理製作出來的「紙上動畫」，將主體在每個頁面中的動作，做些微而連貫的改變，裝訂成一疊，用手快速翻動，造成動畫的感覺。

被公認為最早的動畫者，則是1906年時由史都華・布雷克頓（J. Steward Blackton）於愛迪生實驗室中製作出來的《滑稽臉的幽默相》（The Humorous Phases of Funny Faces）。

在同一年後期，法國人艾米兒・科爾（Emile Cohl）開始拍攝歷史上第一部動畫系列影片《幻影集》（Phantasmagorie）。他被稱為當代動畫片之父。

到了1911年，美國的溫瑟・麥凱（Winsor McCay）將自己的漫畫《夢鄉的小尼默》（Little Nemo in Slumberland）改編成動畫，接著在1912年1月，又推出了《蚊子的故事》（The Story of a Masquito），角色的動作與情節的完整性，具有長足的進步。而麥凱最重要的作品，應屬1914年的《恐龍歌蒂》（Gertie the Dinosaur），片中的恐龍動作生動，與真人之間的互動自然逗趣，是動畫藝術的一大里程碑，推出時造成極大的轟動，十分賣座，並且被認為商業動畫電影的奠基之作。（《動漫的歷史》，頁55）

1913年，加拿大籍的法國人拉烏・巴瑞（Raoul Barre，1874-1932）於紐約成立了世界第一家動畫公司—巴瑞公司。（《動漫的歷史》，頁56）

而1914年時，約翰・倫道夫・布雷（John Randolph Bray）公司的易爾・赫德（Earl Hurd），與布雷共同發展出將賽璐珞膠片運用在動畫製作流程的技術，此後賽璐珞膠片逐漸便成動畫製作最重要的材料。以往的製作方式，是每張圖片連同角色與背景都要逐頁繪製，相當耗費精神與金錢。布雷發現需要重複使用、固定不動的背景，只要繪製於透明的賽璐珞片上，變能夠重疊與重複使用，製造出多樣的背景效果。而會不斷活動的角色，也同樣被繪製在透明的賽璐珞片上，如此一來，不必像以往一樣，需要重複繪製背景，只需要繪製變動的角色部分，放置在背景上就可以了。

到了1915年，巴瑞發展了在紙上打孔定格的方法，使得背景不必一再地重畫，節省了大量的工作量。同一年中，巴瑞公司中的麥克斯・弗雷西爾

（Max Fleischer）以及達夫・弗雷西爾（Dave Fleischer）兄弟發明了「轉描機」技術，使得動畫製作技術被徹底的革新，使得畫面之間的轉換看起來更加合理流暢。轉描機技術後來成為傳統動畫製作最主流的方式，並且延續了好多年。

到了1920年，布雷推出了採用布魯斯特（Percy D. Brewster）所發展出的雙色雙底著色技術（Brewster Color）製作的《托馬斯貓的首次登場》（The Debut of Thomas Cat），是世界第一部真正的彩色動畫片（彩色膠片尚未發明，動畫片中的色彩需要依靠人工逐格上色）。雖然技術仍尚有許多問題，且成本過高，但仍將動畫朝彩色推進了一大步。

1928年，華德・迪士尼（Walt Disney）在紐約推出了世界上第一部有聲動畫片《蒸汽船威利》（Steamboat Willie），主角正是後來風靡世界的米老鼠。從1929到1939年間，迪士尼拍攝了多達60多部動畫作品，並且獲得多項奧斯卡金像獎。

到了1932年，迪士尼公司又推出了《花與樹》（Flowers and Trees），再次將動畫推向新時代，因為這是史上首部真正使用了彩色膠片的商業彩色動畫片，使用了稱之為「Technicolor」彩色電影拍攝技術。

迪士尼除了成功地塑造了動畫明星米老鼠之外，於1937年推出的《白雪公主與七矮人》，更代表了迪士尼於動畫電影上的巨大成就，因為這是美國電影史上第一部長篇動畫電影。《白雪公主》具有深刻的主題、精緻的結構，並且動畫角色具有豐富的對白，這都是在以往以逗趣、嬉鬧為主的動畫短片中未見的。《白雪公主》的出現，可說為更多藝術性、敘事性的長篇動畫開啟了一扇大門。

到了一九五〇年代後期，動畫短片逐漸轉向針對低幼兒為主要對象，然而由於動畫短片僅靠戲院收入，往往不足以回收，許多大廠紛紛關閉動畫部門。而隨著電視的逐漸普及化，許多大型片廠將短片的播放權轉賣給電視台。而電視台開始尋找低成本、小製作，具有趣味性的情節和音效的動畫來吸引觀眾，獲得了極大的成功。電視動畫於是開始普及化，成為動畫活躍的新場域。

1995年，由皮克斯（Pixar）工作室製作的《玩具總動員》（Toy Story），是第世界上一部全電腦3D動畫長片，此後長篇電腦動畫展開了新的紀元。

從上述的討論，我們可以看出動畫的發展不過近一世紀，卻歷經了許多重大的發明與改革，才走到當代繁盛多樣的景況。它的發展與攝影技術、聲音技術、材料技術、傳播技術等的進步都緊密關聯，可以說是一種極為複雜的媒體。到了今天，「動畫」，已經成為人類生活與文化的一部分。打開電視或電腦，動畫幾乎無處不在。有些人認為「動畫」（或卡通）是小孩子的玩意兒，但事實上動畫是一種發揮空間極大，可雅可俗，可抽象可實用，可複雜可簡單的藝術形式。已經有許多學者專家正努力位動畫辯證，它絕對不單僅是一種「小孩子的玩意」。然而，無可否認，幾乎沒有兒童不喜歡動畫，而動畫作為一種「小孩子的玩意」，也絕對不是一件簡陋、可笑、充滿貶義的成就。

第二節　動畫的類型[2]

一、依照播放的類型來分類

動畫可以分成動畫電影、電視動畫、OVA動畫以及短片動畫等四種，分別介紹如下：

(一)動畫電影

一般而言，動畫電影大多針對兒童市場所製作，而電影院和票價銷售基本上是針對成人（家長）而設，因此往往具有適合闔家觀賞的特質，吸引家長購票帶兒童前往觀賞。動畫電影因為是一次性的製作，所以相對上會有較大的資金支援，因此動畫電影通常在製作上更加嚴謹精緻。

動畫電影除了在畫面的營造上比較細膩精緻，聽覺上的表現也更為華麗豐富。動畫電影會聘請專業的電影配樂家進行主題曲、片尾曲與插曲的製

---

[2] 本節部分內容參考自維基百科「動畫」一詞。

作，使得觀賞時氣勢磅薄。

　　為了有足夠的吸引力吸引票房，動畫電影的劇情主要來自兩種情況。第一種是原創性的故事。第二種則是建立在成功的電視卡通人物上的特別篇。無論是任何一種，在劇情上都會顯得更具有創新、豐富與張力。

　　由於動畫電影在播放的過程中沒有廣告與休息時間，影片勢必會在劇情的起伏上下更多功夫，吸引觀眾目不轉睛，投入在整個過程中。

　　㈡電視動畫

　　電視動畫是兒童最容易接觸的動畫來源。電視動畫可以分為連續劇型與單元劇型兩類。連續劇型動畫即每一集之間有劇情邏輯上的關聯性，敘事可以串成一個長篇。雖然單元劇的動畫可能也有一定的連續性，但以每次有完整的開頭與結束為特色，前後集之間沒有絕對的關係。

　　電視卡通由於觀賞門檻低，不似動畫電影需要購票，因此相對成本風險較小；同時電視卡通需要有廣告收益，固定播放的時段也有特定年齡層的觀眾，於電視卡通的內容年齡層針對性較高，需要精確的定位，所以我們常見的電視卡通大部分可以較清楚地分辨出是屬於何種年齡觀賞的。

　　電視卡通每次撥出約在30分鐘之內。幼兒的注意力集中度較低，因此播出的時間通常較短，有5分鐘、10分鐘、15分鐘、20分鐘等各種時間長度。

　　㈢原創動畫錄影帶（OVA，Original Video Animation）

　　原創動畫錄影帶，指的是專為錄影帶發行而製作的動畫錄影帶，後來隨著LD、VCD、DVD等格式的普及，後來便泛指為了直接銷售（不以電視或電影為首播媒介）而製作的動畫媒體，但因已成為專有名詞，所以仍多簡稱為OVA。OVA的製作品質普遍上比電視動畫更精緻，但略遜於動畫電影。由於目標觀眾在於購買出版品回家觀賞、收藏，因此也具有極強的客層針對性，並且有嚴謹的製作企劃與銷售手法。OVA大多屬於原創的故事，但少數也由知名的動漫畫系列延伸出來。

　　㈣短片

　　短片動畫通常指的是時間長度極短（半小時以內），獨立製作而非連續撥出的動畫形式。短片動畫講求韻味，讓觀賞的人在短暫的劇情中獲得感

動、歡樂或啟發。短片動畫經常具有實驗與純藝術性質，表達較為抽象、複雜、深沉的內容。許多製作公司與動畫導演也將短片動畫當成是展示技術與美學能力的場域，因為動畫短片的製作成本和商業利潤的壓力較小，因而更能夠在較無負擔的狀況下進行創作。

二、依照製作方法分類

依照製作方法分類，動畫可以分為傳統動畫、定格動畫、電腦動畫三大類。

㈠傳統動畫

傳統動畫指的是以手工繪圖於繪圖紙上或賽璐珞片（Celluloid）上的方式所製作而成的動畫。早期（十九至二十世紀）的大部分動畫都是以這種方式來製作。而依照製作與表現的方式，可以分為完全動畫、限制動畫以及轉描機技術動畫三種：

1.全動畫

全動畫指的是在動畫製作的過程中，追求動作、色彩與畫面細節的完美、逼真、流暢。在早期賽璐珞片技術尚未成熟之前，每一張圖片中的背景都要精細重繪一次的狀況下，可說是耗費巨大的人力與資金。完全動畫的製作可以以迪士尼公司作為代表。

2.限制動畫

完全動畫的製作方式，使得動畫製作公司背負著巨大的成本壓力。在經濟環境不佳的條件下，動畫製作的思維開始轉變，強調關鍵的動作，而不要求精細；畫面也逐漸精簡，並且加強卡通（cartoon）式的風格化、簡潔化的人物表現；另一方面也強調加入音效，以吸引觀眾的注意。此類動畫主要由美國聯合公司（United Productions of America, UPA）發展出來，影響了全世界。又因這樣的製作方式成本低廉，特別適合電視的製作環境，因此電視動畫幾乎都是以此方式製作的。

3.轉描機技術動畫

在前一章中曾提到，馬克思・弗雷歐爾（Max Fleischer）發明了轉描機

技術。這個技術簡單來說，是先將真人的活動拍攝成膠片，透過轉描機，以描紅的方法，將真人活動的圖案描繪在透光的紙張或者透明的賽璐珞片上面。如此一來，可以更精確、更有效率地繪製出角色的動作，節省過去為了追求精細動作的巨大消耗。

㈡定格動畫（stop motion）

定格動畫是以靜態攝影拍攝實際的物品，以單格拍攝，最後再加以連接撥放的一種動畫製作方式。有別於傳統動畫與電腦動畫，定格動畫一定要以直接拍攝物體的狀態，每一張都需要調整拍攝對象的動作，以便最後連接在一起時，能夠形成合理的動作。因為是以實物攝影，所以觀眾可以清楚地看出拍攝物的材質紋理，比之傳統動畫與電腦動畫，更有真實的感覺。但由於是逐格攝影，所以在流暢度方面較為遜色，卻也形成了定格動畫的獨特風味。以下就較為常見的類型作為介紹：

1.直接操作動畫

直接動畫可說是最早期動畫的一種，原理即是將繪圖的過程逐格拍攝，播放的時候彷彿圖畫是自己逐漸浮現出來的一樣。例如前面所提布雷克頓的《滑稽臉的幽默相》便是將粉筆繪圖在黑板上的過程拍攝而成的。

2.偶動畫

使用戲偶來擔任角色，包括了布偶、木偶、海棉偶、塑膠偶、毛線偶等。這些戲偶內部通常裝有支架與關節，可以依照需要調整角度，進行連續的拍攝。例如捷克的偶動畫大師伊利・唐卡（Tiri Trnka）於1959年改編自莎士比亞作品的《仲夏夜之夢》便是偶動畫的代表作之一。

3.黏土動畫

利用如黏土等容易塑形的材料來進行定格動畫的製作。於黏土內加入鐵絲製成的骨架，使之成為可以改變動作與造型的模型人偶或道具，逐格拍攝。黏土動畫通常給人一種柔軟、質樸的感受，而由於材料與逐格拍攝的方式，也使得畫面與動作較為樸拙，用於製作幼兒動畫十分受到歡迎，如《企鵝家族》、《酷狗寶貝》等。

4. 物體動畫

物體動畫與黏土動畫相似，但使用既定的、不可塑形的、固態的物品來作為拍攝的對象，而不失去物體本身原有的特性。例如使用積木、火柴等物體來當成主角，觀眾能夠清楚地認知這些物件。由於技術性比較粗略便捷，這樣的拍攝方式在早期許多動畫中十分常見，並且也經常混用於其他的動畫製作方式中。

5. 剪紙動畫

使用以紙張繪製後剪下，加上關節作為角色進行拍攝的動畫。因為紙偶加有關節，因此方便於逐格拍攝，製造出活動的效果，與皮影戲近似。加上鏤刻與透光的技巧，使得剪紙動畫具有獨特的光影變化魅力，頗受兒童喜愛。先前提到的偶動畫大師唐卡，同樣也是重要的剪紙動畫家，他於1951年所發表《歡樂馬戲團》，為剪紙動畫技術獲得重大突破的經典作品。

6. 圖像動畫

圖像動畫指的是以非手繪的平面媒材（如剪報、月曆、照片等等），類似於拼貼畫，逐格拍攝，造成動態的效果。例如美國知名的圖畫書作家艾瑞・卡爾（Eric Carle）利用自己染色的色紙進行拼貼，而他的作品《好餓好餓的毛毛蟲》等系列也被以這種方式來拍攝。

7. 模型動畫

以模型製作無法以真人飾演的角色（例如巨大的怪物或者擬人化的動物或物品），使其產生具有動作表情等動態。與物體動畫相似，但角色的表現較為生動有變化，不似物體動畫僵硬。兩者也經常相互搭配使用。配合攝影技巧與特效，模型動畫也能與真人共同演出，製造共同演出的效果。例如日本早期的《怪物哥吉拉》系列電影，便大量運用此種方法拍攝。

8. 真人動畫

利用真人當成「人偶」，進行逐格拍攝，製造出類似機械的動作節奏。此種動畫也經常與黏土偶或者其他物體來共同拍攝。這種方式可以做出一些特別的效果，例如人物貨物體突然出現或消失，經常被用於超現實風格的實驗作品中。例如加拿大導演諾曼・麥克萊恩（Norman McLaren）所製作的

《椅子》（Chair）和《鄰居》（Neighbors）等短片都屬於這樣的動畫。

9.沙動畫

沙動畫是以沙子作為拍攝的對象，通常會將沙灑在有背光板子上，藉著透光來突顯沙子的紋理。利用沙子的特性來作畫，每次作一些更動，然後逐格拍攝，最後便成了沙動畫。

由於定格動畫充滿了無限藝術的可能性，因而使得定格動畫頗受許多動畫藝術家的青睞。

(三)電腦動畫

電腦動畫於一九六〇年代便已問世，但一直到一九八〇年代開始，才逐漸邁向成熟。從天價的製作成本，到了今天，一般人甚至可以在家中自行製作電腦動畫，電腦動畫在在動畫的製作上，甚至可說是一種主流。電腦便於複製、上色，並且能夠製作出傳統上無法表達的特殊效果，傳統手繪費時曠日的缺點被電腦動畫大大改善。電腦動畫的原理與傳統動畫近似，但更加精細，只要給出適當的數據，電腦便會自動運算，完成動作與動作之間的連接，實現幾乎毫無間斷的流暢動作。當然，也可以依據需要，設定成所需要的連接張數，模擬傳統動畫的效果。簡單來看，電腦動畫可以分為2D動畫與3D動畫兩大類。

1.2D動畫

也稱為「二維動畫」。以平面繪圖為主的動畫方式，大部分以點陣圖或者向量圖來繪製。2D動畫比起傳統製作方式更加省時、便利。除了全部以點陣或向量圖來繪製的動畫之外，許多製作公司偏好先手繪草稿，再掃描進電腦上色完成。近年來網路上十分流行的Flash動畫，便是以Adobe公司出版的Flash軟體所製作出來的2D向量圖形動畫。

資料來源：《阿貴愛你喲》DVD，
　　　　　春水堂科技娛樂股份有限
　　　　　公司

圖8-1　曾經在臺灣風靡一時的FLASH
　　　　動畫《阿貴》系列。

2.3D動畫

3D動畫又稱作3維動畫。是以電腦建構出合乎透視原理的立體模型，貼上紋理材質表面，使之作出合於物理原則動作的動態圖形。一般來說，3D動畫能夠製造出逼真的寫實感，但同時也需要高度依賴電腦運算的能力。近幾年由於電腦運算技術的大幅增進，使得全3D動畫已經越來越常見。例如皮克斯（Pixar）公司的作品。

第三節　動畫的製作[3]

接下來要介紹動畫的製作過程。從前面的單元我們已經知道，最早的動畫大量依靠手工的繪製。隨著材料與製作技術的進步，現今的動畫製作效率越來越高，可供選擇的製作方式也越來越多樣。製作的流程也因各國動畫產業的結構而有所差異，以下便概要介紹當前動畫製作的大致流程。

動畫製作的過程，可以大致分為初期、中期與後期三個主要階段，（《動畫片場景設計與鏡頭運用》，頁2-15）分別概述如下。

一、初期階段

(一)導演

在一部動畫誕生的過程中，最主要的靈魂人物就是導演。導演可以說是整個動畫製作團隊的領導人，從腳本的選擇、修改，美術設計人員的選擇、製作分鏡圖、選擇作曲家、參與剪接等，都需要參與，可說是擔負了整部動畫的走向和風格的責任；這也是為何許多導演成為影片招牌的原因。因此擔任動畫導演必須要對動畫生產過程有深入的了解。導演的個人背景沒有一定的限制，可能是從基層的動畫師開始歷練而上，也有可能是劇作或漫畫家出身，有些則原本便是專職的導演。

---

[3] 本節部分參考AIC中文公式網站：http://www.aicasia.com/introanime/index.html

㈡文學腳本

動畫也是一種戲劇表演的形式,因此也需要事先編寫劇本。劇本最重要的功能就是提供完整的文學上的故事架構,包括了主題、人物、情節、背景設定、對話等。

㈢分鏡劇本

文學劇本完成之後,再根據它來進行分鏡劇本的編寫。分鏡劇本是將故事視覺化的重要步驟,看起來有些類似於連環漫畫,包括了提示畫面、機位與角度、剪接、色彩、光線等處理的方法。分鏡劇本可能由導演,也可能由副導演、或者分鏡圖師來擔任。分鏡劇本並不要求精細,而是要能夠清楚

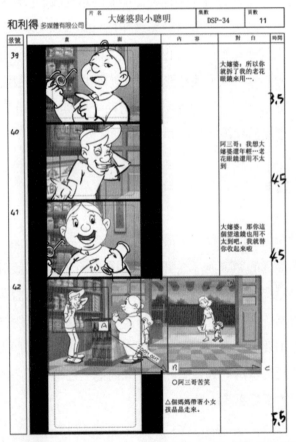

資料來源:和利得多媒體股份有限公司,瘋動畫電子書《大嬸婆與小聰明‧演進密碼》之動態分鏡

圖8-2　分鏡劇本範例:《大嬸婆與小聰明》

地表達鏡頭的運動與節奏。有了分鏡劇本,接著原畫師才能夠依據鏡頭的需要,來製作準確的原畫。

㈣音樂腳本

動畫與漫畫之間,最大的不同點之一,在於動畫通常是具有配樂的。音樂在電影藝術中具有相當的重要性。許多導演甚至有固定搭檔的作曲家,進行畫面與音樂間的編排。而成功的電影配樂,也往往能使得畫面的表現更能夠感動觀眾,加深對影片的印象。例如經常與導演宮崎駿合作的久石讓,便是一個膾炙人口的例子。

㈤美術設計

依照導演與劇本的構想,美術設計的任務在於主場景的設計與色彩,確立整部動畫的視覺效果與美術風格。

㈥人物造型設計

根據導演與劇本的設定,人物造型要設計出劇中角色的外觀樣貌,包括了正面、背面、側面三視圖、比例圖、動態圖等,此外還要設定角色動作時的姿勢,以及臉部的表情、說話的嘴型等,目的在於建立角色標準圖樣,已供動畫不同製作階段時的依據。

㈦色彩指定

當美術設計與人物造型設計已經完成後,設計師們與導演必須要與色彩設計師進行討論,共同定案色彩的選擇。由於整部動畫中有大量的畫稿,若顏色沒有制定標準,很容易出現色彩不一致的情形。在電腦上色技術還未成熟之前,所使用的上色顏料必須依照顏料公司所提供的色卡編號來制定,而不使用人工調色,以確保顏色的前後統一。現在許多動畫已經採由電腦軟體來上色,電腦是以精確的數據來規範色彩,因此色彩的指定已經便捷許多,而能夠選用的色彩也更加精細而豐富。

二、中期階段

㈠設計稿

根據畫面分鏡劇本,動畫設計與場景設計人員將劇本中的畫面草圖,進

行較大、較精細的鉛筆稿繪製。這個部分又可以分成角色設計稿，以及背景設計稿。

(二)原畫

原畫的任務在於繪製在鏡頭運作間最關鍵性的重點畫面，以便之後作為繪製動畫時的主要依據。在動作與動作之間，原畫要規範出所需要的範圍、張數，以及其他需要的特殊效果。原畫在動畫的製作過程中，是一個極受重視的職位，也是賦予角色生命力的最主要人員。動畫角色的動作、表情，都是由原畫來決定，也就是說，一個角色的表現是否出色，能夠具有魅力，端看原畫如何設定。而動作與動作間的張數如果較少，動作切換較快；張數如果較多，則動作會較為流暢平順，端看原畫對角色表現的構想為何。

(三)監修

監修的角色十分重要，要對原畫進行標準化的修定，以統一畫稿上的角色造型，使得後續的繪製有共同的依循標準。

(四)動畫

動畫是根據原畫的設定要求，進行「連接」，也就是將每張原畫之間的過程逐一繪製，使之成為連續的、一連串完整的動作。然而在進行真正的動畫之前，需要有專門人員來「清理」畫稿的線條，因為原畫師只進行草稿的繪製，所以要有先將多餘、紊亂的線條清理乾淨，才能交給動畫家（inbetweener）來進行連接稿的繪製。

(五)背景

依據角色的情境製作適當的背景，可以採用不同的繪畫媒材來表現，有單層與多層，視情況而定。傳統上是以畫紙或賽璐珞片進行繪圖，但近年因電腦繪圖技術日臻成熟，現在許多背景製作已經採用電腦輔助，將繪製好的鉛筆稿掃描進入電腦中，再以軟體進行上色。背景師如同電影中的燈光師，要對光線的掌控十分敏銳，以能夠營造適當的氣氛。而不同的鏡頭遠近，也需要不同尺寸比例的背景，背景師也要根據鏡頭的需要，來繪製合於比例的場景。

㈥校對

在動畫畫稿完成之後，準備進行掃描與拍攝前，需要先進行校對。動畫的成品被集中於校對部門，經由專門人員對畫面進行細步的校對確認（包括依每個鏡頭進行逐頁檢查、角色與背景之間的位置、角度與對位是否正確），經過校對確認無誤後，再經過導演同意後方可進入最後拍攝的準備工作。

㈦掃描

在畫稿校對完成之後，將之以掃描儀進行掃描。若有需要電腦上色的部分，則以此階段完成的掃描稿在電腦上以軟體上色。

三、後期階段

後期的工作包括了上色、校色，接著搭上背景拍攝、掃描合成。最後進行剪輯、加入特效、配音、配樂等。

㈠上色、校色

動畫的色彩有嚴格的控制，以避免在大量的圖稿中出現了色彩不一致的情形。上色人員需要根據指定的顏色編號進行上色。

㈡拍攝

傳統動畫一般採攝影台的方式來進行，於是攝影人員需要在攝影台上將背景固定，按照計時表來將賽璐珞片放在可滑動的平台上，再用專用的不反光玻璃來將畫稿固定在攝影機前面進行合成攝影，由於十分辛苦不便，現在已經逐漸被數位化的製作流程所取代。若需要以攝影鏡頭表現特效，也在此過程中加入。

㈢掃描合成

隨著動畫製作逐漸數位化，現在大多以電腦來將背景與動畫稿「合成」在一起。於是「攝影機」逐漸被電腦取代了。依靠專業的電腦軟體，例如 Adobe AfterEffect等。這些軟體除了能夠合成動畫稿與背景，產生動畫之外，也可以加入各種鏡頭或者攝影的特殊效果。

㈣剪輯

拍攝完成之後，需要進行剪接。剪接人員根據分鏡圖進行剪接作業。導演或副導演會再仔細觀察分鏡是否流暢無誤，並且可能作出調整，例如將兩個鏡頭調換，或者是增加或減少一個鏡頭的時間。經過剪輯之後，完整的動畫影像便被決定了。

㈤配音

「聲音」在動畫裡扮演了重要的角色。「聲優」一詞來自於日本，意指「聲音的演員」，即一般所稱的配音員，隨著日本動畫風行全球，「聲優」一詞成為常見的職業稱呼。好的配音員能夠使得動畫角色更加令人印象深刻，而越來越多觀眾也注意到這些優秀的配音員，使得配音員日益受到重視。動畫角色的配音，通常由導演以及聲音導演（sound director）指定。

㈥音效

比起一般的電影，動畫需要更多的音效。動畫本身不會發出聲音，全部需要仰賴外來的聲音，除了角色的聲音之外，還需要環境裡面的聲音，來共同營造更逼真的感受。動畫中的音效包含了四種：1.人造音；2.環境音；3.動作音；4.自然音。人造音指的是現實中不存在的聲音，由音效師製作出來的人工音效。環境音指的是出現在背景中的雜音，例如街道的車水馬龍聲、遙遠的海浪與海風聲等。動作音則是指人或動物的動作所產生的聲音，例如：腳步聲、開關門窗的聲音等。自然音則是非人或動物的動作所發出的聲音，例如打雷的聲音、流水的聲音。自然音與環境音不同之處在於自然音是被強調、清晰呈現，而環境音是屬於雜音、用來強調空間的氛圍。

㈦配樂

動畫的配樂包括了主題曲、背景音樂、插曲等，通常由導演指定喜愛的作曲家進行創作，在製作初期與中期便密切地討論、修改。最後到了後製的階段，才將這些完成的曲子搭配畫面進行合成。

從上述的內容我們可知，一部動畫的產生，需要耗費大量的人力。當然，現在我們也能夠使用如Flash這樣的軟體，去創作一些簡單的動畫。一部完整的動畫需要有完整的故事情節，不妨依照上述的流程進行思考，也可以

製作出有趣的短篇小動畫。

第四節　動畫作家作品介紹

　　動畫歷經了約一個世紀的發展，如今動畫已經成為一個成熟豐富的產業。世界上有許多傑出的動畫家與動畫導演，但由於篇幅有限，無法全部列舉，本節僅試就數例進行介紹。

一、迪士尼動畫系列

　　華特・迪士尼（Walt Disney）可以說是舉世最知名的動畫家。迪士尼於1901年出生於美國芝加哥，於1966年逝世。迪士尼的成就不僅止於創作，還包括了動畫產業的經營與行銷，使得動畫除了票房收入之外，還包括了各種周邊商品、遊樂園等附加的收入，讓他的動畫世界變成一個無與倫比的動畫帝國，同時也變成幾乎全世界人類共同文化的一部分。

　　迪士尼最成功的動畫為《米老鼠》系列，主人公米老鼠可說是家喻戶曉。而《白雪公主》、《小飛象》、《小鹿斑比》等改編童話的動畫長片獲得驚人的成功，開啟了迪士尼將童話改編為動畫的長勝之路。之後陸陸續續推出了《仙履奇緣》、《愛麗絲夢遊仙境》、《小飛俠》等諸多作品都延續這樣的路線。迪士尼逝世之後，公司仍然大抵維持這樣的方式，仍然以精緻、華麗的風格廣受歡迎。

　　《小熊維尼》（Winnie the Pooh），是迪士尼公司於1961年獲得版權後從兒童文學作品改編的系列動畫作品，於1966年開始播出，原作者為英國作家A. A. 米恩。《小熊維尼》中的角色大多數是動物布偶造型，看起來柔軟又可愛，極為討喜。故事的劇情圍繞在維尼與他的動物朋友們之間所發生的趣事，對白充滿趣味，又頗富哲思，因廣受各種年齡層的觀眾喜愛。

二、宮崎駿動畫系列

　　日本動畫導演宮崎駿出生於1941年1月5日，東京市人，學習院大學政治

經濟學部畢業。宮崎駿於大學時期熱衷於漫畫創作，大學畢業後進入東映動畫公司擔任動畫師，首次參與製作的動畫為《汪汪忠臣藏》。1971年離開東映動畫公司，1979年加入東京電影新社。1985年時成立「吉卜力工作室」。2001年以宮崎駿作品為主題的三鷹之森吉卜力美術館開幕。宮崎氏的動畫作品大多以關懷人與自然為主題，充滿懷舊與幻想混合的風格。宮崎氏的動畫極具老少咸宜的魅力，尤其以《魔女宅急便》、《龍貓》兩部廣受家長與幼兒的歡迎。

《魔女宅急便》（魔女の宅急便）於1989年上映，改編自角野榮子所著之同名兒童文學作品，共五冊。故事講述十三歲的實習魔女琪琪，為了成為正式的女巫而離家展開修行，到了臨海的一座城市，靠著掃把飛行的快遞工作養活自己。故事的主題描寫了女孩學習獨立、成長所面臨的種種考驗，頗能引起觀眾的共鳴。劇中的場景充滿了歐洲風情，劇情逗趣又溫馨，非常適合闔家觀賞。

《龍貓》（となりのトトロ），於1998年上映，獲得了票房和影評兩方面的巨大成功，也得到許多獎項。《龍貓》的背景設定為1958年的日本鄉村，描寫一對姊妹與父親，因為母親感染了肺結核，在醫院中療養，因而遷居到附近的鄉下，住進一間在森林附近的房子中。在姊姊尋找失蹤妹妹時，意外發現居住在森林中的龍貓的故事。故事中描繪了宮崎駿幼年記憶中的鄉村生活，並且揉合了許多日本的民間傳說，營造出善良、可愛又溫馨的簡潔故事。

三、《神奇寶貝》（Pokémon ポケモン）

《神奇寶貝》又譯《口袋妖怪》、《寵物小精靈》、《口袋怪獸》等，是一部由電玩所延伸而來的動畫作品，先後於日本、美國到世界各地，引起極大的熱潮。

《神奇寶貝》最初是為日本任天堂公司的掌上型電玩Game boy所開發出來的軟體，由田智尻於1995年開發，1996年推出，受到熱烈的迴響。順著這股風潮，出版公司任天堂除了系列的電玩作品之外，也企劃推出了各種

相關商品，包括漫畫、對戰卡片、設定書籍⋯⋯可說是琳瑯滿目。東京電視台1997年4月開始播出《神奇寶貝》的動畫，並且每一年都推出劇場版動畫（也就是電影院動畫長片），歷久不衰。

　　《神奇寶貝》的魅力在於其獨特的怪獸系統。動畫中的角色能夠「捕捉」怪獸並加以訓練，使其成長，並且與他人的怪獸相互競技，登場的怪獸多達數百個，每個都有自己獨特的能力，加上並沒有太過激烈的暴力，使得成人與兒童都難以拒絕它的魅力。主角和他的怪獸「皮卡丘」不斷地戰鬥，打敗敵人，維持正義的經典主題，《神奇寶貝》可說是日本動畫史上最成功的例子之一。

四、《海綿寶寶》（SpongeBob SquarePants）

　　《海綿寶寶》是由一位海洋學家兼動畫師史蒂芬・海倫伯格（Steven Hillenburg）所創作出來的電視動畫系列，1999年開始於尼克卡通頻道（Nick）播出。

　　《海綿寶寶》描述發生在海底城市比奇堡（Bikini Bottom）發生的事件，故事的主角名為海綿寶寶（SpongeBob），是一名在蟹堡王速食店煎漢堡的夥計。《海綿寶寶》中的角色動作與對話相當誇張幽默，劇情也經常出人意表，極具跳脫的想像力。許多兒童喜歡裡面誇張的人物表情和動作，而不少成人也極喜愛裡面充滿影射的雙關幽默。

五、皮克斯系列

　　皮克斯工作室的前身為喬治・盧卡斯電影公司的電腦動畫部門，後來於1986年被史蒂夫・喬布斯（Steve Jobs）收購，以皮克斯動畫工作室之名成立。原來在這個部門的愛德・卡特莫爾（Ed Catmull）以及約翰・拉薩特（John Lasseter）後來成為皮克斯最重要成員。皮克斯於2006年被迪士尼公司收購，成為迪士尼公司的子公司之一。

　　皮克斯是世界純電腦動畫的領航者，本身具有開發先進3D動畫軟體的能力。從世界上第一部全電腦3D動畫《玩具總動員》之後，皮克斯仍舊於每年

一部的3D電腦動畫中不斷創新技術，保持領頭地位。

皮克斯作品中最受兒童喜愛的，莫過於《怪物電力公司》（Monsters, inc., 2001）與《海底總動員》（Finding Nemo, 2003）。

《怪物電力公司》的主題是「恐懼」，利用兒童對怪物又愛又怕的想像，成功地塑造了一群可愛的怪物，並且讓觀眾了解到，我們的恐懼（或者對他人的排拒），通常來自於沒有相互理解。

《海底總動員》則以繽紛多樣的海底世界作為故事的舞台，親情與成長作為主題，深刻地描繪單親家庭中深刻的父子感情，結合壯闊的冒險，感動許多成人與兒童。

六、《企鵝家族》（Pingu）

《Pingu》是瑞士製作人奧馬・高特曼（Otmar Gutmann）所製作的兒童黏土動畫，於1986年開始播出。《Pingu》每集播出時間約5分鐘，屬於短片的形式。片中沒有「人類」的語言，也沒有字幕，角色口中說的是「企鵝語」，但由於角色的動作表情十分逗趣討喜，黏土偶的造型也相當可愛，兒童觀眾也能夠輕易地看懂，因此相當受到幼兒的喜愛。

七、《我們這一家》（あたしンち）

《我們這一家》是由日本漫畫家けらえいこ（Eiko Kera）所創作的同名四格漫畫改編，於2002年開始於朝日電視台播出。《我們這一家》每集播出約10分鐘。故事以花媽一家人的家庭生活中發生的趣事為主要內容。由於是發生在日常生活的事件，並且是以媽媽為主角，所以對兒童來說十分容易接受。

八、《櫻桃小丸子》（ちびまる子ちゃん）

《櫻桃小丸子》是改編自日本漫畫家櫻桃子（さくらももこ）的同名漫畫，於1990年開始於富士電視台播出。故事是以主角小丸子為核心，描寫與家人、同學間發生的趣事，所以場景也以家庭、學校居多。劇中人物不論造

型或對話都充滿特色和趣味，兒童的純真也描繪得十分深刻。由於故事都是與兒童的生活經驗相近，加上內容生活化的趣味，風格清新幽默，使得《櫻桃小丸子》吸引了眾多的兒童與成人觀賞。

九、《湯瑪士小火車》（Thomas and Friends）

　　《湯瑪士小火車》為英國兒童動畫，根據牧師艾區萊（W. V. Awdry）的作品「鐵路系列」（The Railway Series）書籍所改編而來，1984年開始播出。《湯瑪士小火車》屬於模型動畫，以實際製作的模型車輛作為主要動畫角色。但除了車輛之外，其他的人與動物幾乎都是靜態的，直到近幾季才加入了以電腦製作的特殊效果。每一集的故事都有專人以旁白的方式來擔任主要的敘事者，而該集說故事者本身也要扮演其他角色的聲音，因此十分類似實際朗讀故事書的情境，對兒童來說，極具親和力。

十、《哈姆太郎》（とっとこハム太郎）

　　《哈姆太郎》原為日本漫畫河井律子所著之同名漫畫與繪本，因大受歡迎而後改編為動畫，於2000年開始於電視播出，甚至吸引了大量齡學前的兒童觀賞。《哈姆太郎》的劇情描述一隻寵物黃金鼠哈姆太郎，與其他的黃金鼠友伴之間的冒險故事。《哈姆太郎》中充滿了許多深具個性的黃金鼠角色，加上寵物的流行題材，使得兒童觀眾十分著迷。

十一、《大嬸婆與小聰明》

　　根據臺灣漫畫家劉興欽的漫畫作品所改編，於公共電視台播出。內容以臺灣鄉土農村作為背景，描寫大嬸婆、小聰明身邊所發生趣事。內容充滿知識性與教育性，每一集為一個單元，主題包括「先有雞還是先有蛋」、「燕子低飛的秘密」、「拖地的煩惱」、「蝴蝶的眼淚」、「會跳舞的塑膠袋」等。以趣味的方

資料來源：和利得多媒體股份
　　　　有限公司
圖8-3　臺灣的本土動畫《大嬸婆與小聰明・流星雨的奇蹟》。

式讓兒童認識各種自然、人文知識。

參考書目

1. Louis Giannetti著，焦雄屏等譯，《認識電影》，台北市：遠流出版事業股份有限公司，2002年10月出版。

2. 周蘭平編著，《動漫的歷史》，重慶市：重慶出版社，2007年4月。

3. 陳白夜、徐琰編著，《中外漫畫簡史》，杭州市：浙江大學出版社，2008年2月。

4. 傑克‧齊普斯（Jack Zipes）著，陳貞吟等譯，《童話‧兒童‧文化產業》，台北市：台北東方出版社股份有限公司，2006年7月。

5. 黃玉珊、余為政編，《動畫電影探索》，台北市：遠流出版事業股份有限公司，1997年10月。

6. 葛竟編著，《影視動畫劇本創作》，北京市：北京海洋大學出版社，2005年2月。

7. 趙前、何嶸著，《動畫片場景設計與鏡頭運用》，北京市：中國人民大學出版社2005年4月。

8. 薛鋒、趙可恆、郁芳編著，《動畫發展史》，南京市：東南大學出版社，2006年11月。

9. 薛燕平編著，《世界動畫電影大師》，北京市：中國傳媒大學出版社，2006年1月。

網站：

1. AIC中文公式站：http://www.aicasia.com/introanime/index.html

2. 維基百科：http://zh.wikipedia.org/wiki/%E5%8A%A8%E7%94%BB

3. 第八章第二節部分內容，參考維基百科「動畫」一詞。http://zh.wikipedia.org/zh-hant/%E5%8B%95%E7%95%AB

4. 第八章第三節部分內容參考AIC中文公式網站：http://www.aicasia.com/introanime/index.html

閱後自評（每題10分，總分100分）

1. 世界上最早的動畫是哪一部？
2. 誰被尊稱為當代動畫片之父？
3. 誰發明了傳統動畫中最重要的材料賽璐珞？誰發明了轉描機技術？
4. 世界第一部有聲動畫片是哪一部？主角是誰？由哪一家公司所推出？
5. 第一部彩色動畫片是哪一部？
6. 第一部使用彩色膠片的彩色動畫片是哪一部？
7. 世界上第一部全電腦3D動畫是哪一部？
8. 哪一個工作室是當前全電腦動畫的領導者？
9. 動畫中的音效包含了哪幾種？
10. 《阿貴》系列是屬於2D還是3D電腦動畫？它是以何種軟體製作出來的？

習題（每題20分，總分100分）

1. 電視動畫是如何興起的？
2. 動畫導演所擔任的任務為何？
3. 「原畫」的工作是什麼？
4. 請問「動畫電影」與「電視動畫」有哪些差異？試比較之。
5. 請解釋原創動畫錄影帶（OVA）的意義為何。

第九章
幼兒戲劇

第一節　幼兒戲劇的意義與特質

　　戲劇的展演是人類經驗總合的縮影。人的生命和經驗有限，但戲劇卻讓我們看盡人生百態，讓我們可以更加了解自己和他人。這種之於戲劇的體驗，並非僅僅來自觀賞戲劇時才有，而是自人類的童年就開始了。回想童年時常玩的遊戲，躲迷藏、扮家家酒、官兵捉強盜或者模仿卡通中的人物……等等。這種戲劇性的遊戲，是幼兒時期最重要的學習方式之一。對幼兒而言，當自己將身體和聲音做為表達和溝通的工具時，也藉此在認識和了解自我是一個創造的個體，透過嘗試扮演不同的角色、想像故事的情境、揣摩事件解決的方式，都是體驗外在世界的管道，而其自信心也因此得以建立。由此可知，幼兒戲劇不僅是一門獨特的藝術，其扮演遊戲的模式亦是伴隨幼兒成長之生活經驗的一部份。

一、幼兒戲劇的意義

　　幼兒戲劇的意義有二種詮釋方式，就字面上看，「戲劇」是展演於劇場中的一種表演活動，供觀賞之用。但若就其「戲」字之中文釋意而言，則兼有「遊戲」與「演戲」之意。「遊戲」具有好玩的特性，「演戲」則具有假扮的性質，也就是說，戲劇除了具有觀賞的用途之外，透過假扮他人或事物，也能得到同等的樂趣。

　　對幼兒而言，所謂的戲劇性遊戲即是角色扮演。角色扮演就是設身處地，扮演一個在真實生活中，不屬於自己的角色行為。它可以透過不斷的演練，而學得更多的角色模式，以便自己在應對生活環境時，更具有彈性。（《認識兒童戲劇》，頁9）以較清楚的概念，就角色扮演論點來闡述幼兒

戲劇的意義者有葉莉薇和徐守濤二位，前者在〈兒童戲劇在輔導上的應用〉
中提到：

　　提到兒童戲劇，大家所浮現在眼前的景象，可能是一般傳
統式的──臺上照著劇本演出的兒童，臺下坐滿觀眾的戲劇，
不錯，這也是兒童戲劇的一種，但此處所指的兒童戲劇，係包
括照劇本演出的戲劇和沒有劇本即興演出的兒童戲劇而言。演
出的地點也不一定是在正式的大舞臺上，而是由老師（導演）
視兒童的需要，在課堂中或在輔導場所，引導兒童作即興演出
的戲劇，而能達到輔導上的效果。

　　（葉莉薇，〈兒童戲劇在輔導上的應用〉，《認識兒童戲劇》，頁6）

後者於〈兒童戲劇〉一文中則以下列七項闡述幼兒戲劇之定義：

　　1.兒童戲劇是動態的故事。
　　2.兒童戲劇是反映兒童生活的活動。
　　3.兒童戲劇是一種模仿的行為。
　　4.兒童戲劇是幻想的。
　　5.兒童戲劇是一種遊戲。
　　6.兒童戲劇是啟迪兒童智慧的。
　　7.兒童戲劇是表現生活的綜合藝術。

　　（徐守濤，〈兒童戲劇〉，《兒童文學》，頁393-395）

　　上述二種說法無論是想像、角色扮演、即興創作、戲劇扮演都包含於
「創作性戲劇」活動項目之中，而「創作性戲劇」即是幼兒戲劇的定義之
一。

(一)創作性戲劇（Creative Drama）
「創作性戲劇」（Creative drama）是由美國戲劇教育家溫妮佛列

德‧瓦德（Winifred Ward），在1930年出版《創作性戲劇術》（Creative Dramatics）一書的名稱所發展而來。它的特點是以戲劇形式來從事教育的一種教學方法與活動，主要在培育兒童的成長，發掘自我資源。提供約制與合作的自由空間，發揮創作力，使參與者在身體、心理、情緒與口語上，均有表達的機會，自發性地學習。其定義為：

> 「創作性戲劇」是一種即興的，非展示的，以程序進行為中心的一種戲劇型式。在其中，參與者在領導者的引導下，去想像，實作並反映出人們的經驗，以人類的衝動與能力，表現出其生存世界的概念以期使學習者瞭解之。創作性戲劇同時還需要邏輯與本能的思考，個人化的知識，並產生美感上的愉悅。儘管「創作性戲劇」在傳統上一直被認定屬於兒童及青少年，其程序卻適用於所有的年齡層。
>
> （《創作性戲劇原理與實作》，頁29）

一般常見的「創作性戲劇」活動項目，包括：

1. 想像：以身體動作與頭腦思考結合的戲劇活動。
2. 肢體動作：配合音樂與舞蹈美感的肢體活動，明確而有意義的表現出人物動作與舉止。
3. 身心放鬆：以調節性動作暖身，消除緊張、穩定情緒、加強知覺。
4. 戲劇性遊戲：在引導下，依情況、目的，共同完成遊戲項目。以建立互信與自我控制能力。
5. 默劇：以身體的姿態表情，傳達出思想、情緒與故事。
6. 即興表演：依情況、目標、主旨、人物等線索之基本條件，表現出是一個故事，動作與對話。
7. 角色扮演：在某主題之下選派或賦予不同的角色，經歷

不同的情境，擴大感知與認知。

8.說故事：以引發性起使點或建議，構建新的故事，以激勵想像，發揮組織、表達、想像的能力。

9.偶劇與面具：已製作或操作偶具和面具，來經歷製作和表達戲劇的趣味。

10.戲劇扮演：以創作扮演的架構，將理念置於其中，發展進行組構創作戲劇性的扮演。

（《創作性戲劇原理與實作》，頁38-40）

(二)兒童劇場（Children's Theatre）

就戲劇表演的面向而言，幼兒戲劇和一般戲劇一樣，具有戲劇基本的四個要素，即劇本、舞台、演員和觀眾。許憲雄在〈什麼是兒童劇〉一文中為兒童戲劇所下的定義是：「安排由兒童或成人充當演員，在舞台上演出一段給兒童欣賞的故事」。（《兒童戲劇編導略論》，頁6）林芳菁於〈戲劇形式的幼兒文學〉一文中對於幼兒戲劇的定義則有更清楚的說明：

　　幼兒戲劇是以幼兒為觀賞主體的表演類型。是由接受過專業訓練的成人，將一些經過設計及有創意巧思的故事或舞蹈，運用戲劇的方式表現出來。讓幼兒在劇場內感受到快樂氣氛，藉由表演引導幼兒想像，在表演的過程中，也可能會加入程度比較好的兒童演員。利用正式的展演活動引發幼兒學習動機或是表現出戲劇訓練的成果，重視戲劇的目的與展現的成果。

（《幼兒文學》，頁6-4至6-5）

上述二種說法是針對幼兒戲劇在舞台上呈演方式之闡述，其依歸來自於「兒童劇場」之界定，即強調出幼兒戲劇的表演模式既不是小型的成人戲劇，亦非簡化的成人戲劇，而是一種以兒童為訴求對象，具有特色的且獨立的表演型式。

　　所謂的「兒童劇場」是指無論是在劇本編寫或演出製作方面，一切要以符合兒童觀眾之所需為目標。美國兒童戲劇協會（CTAA）將兒童劇場所下的定義是：「兒童劇場是指一種將預設與排練完備的劇場藝術表演，由演員直接呈現給兒童及青少年觀眾觀賞」。（〈國民中小學表演藝術課程與活動教學方法〉，頁35）兒童劇場中的演員可以是成人也可以是兒童，若依照美國兒童戲劇協會（CTAA）對於兒童劇中演員的分類有二種：由兒童擔任演員的戲劇稱為Theatre by Children；而由成人專業演員擔任表演者則稱作Theatre for Children。事實上，若是能將兩者（成人／兒童）結合演出，成人演員飾演成人的角色；兒童演員飾演兒童的角色，那會是較符合自然的情況。不過，兒童擔任表演者的年齡最好是在十歲以上，具有觀賞戲劇的經驗，並接受過表演訓練者為佳。（*Children's Theatre: Play Production for the Child Audience*，頁18）

二、幼兒戲劇的特質

　　幼兒在成長的過程中需要歷經許多學習的過程，而這個階段也是一生當中，可塑性最大，學習力最強的時候，因此，任何一項屬於幼兒的活動，都會強調它的多元價值。幼兒戲劇也不例外，幼兒在參與戲劇性的活動或觀賞戲劇表演，可以從中學到增進溝通與表達的技能，促進邏輯概念構思的養成，進而培養想像與創造之能力，建立自我概念及紓緩情緒等，而這一切的功能均與幼兒戲劇的特質息息相關，以下將分教育性、遊戲性及幻想性三個部分進行幼兒戲劇特質之分析。

　　㈠教育性：在幼兒的階段通常尚未有閱讀文字的能力，對於外界一切視聽感官的訊息都會是一種教育資訊的來源。而幼兒戲劇本身即是一門不說教的藝術，它的特點是透過舞台上的表演傳達出人類關懷情感與認知深遠的意涵，藉此幫助幼兒成長，面對現實人生，並建立希望的園地。它經由耳濡目染的方式來達到潛移默化的效果，並能藉此抒解成長過程所遭受的壓力，完成其人格的發展。而所謂的教育性必須是不流於教條或形式化、口號化的學習，它必須經由豐富的劇情和生動

表演，佐以幼兒戲劇其他特質遊戲性、趣味性和幻想性之設計與包裝，以可滿足幼兒的生理、心理與社會發展的需要為目標，引發幼兒主動學習的興趣，並透過戲劇作品的欣賞、理解、學習、認同的過程中達教育的目的。

㈡遊戲性：幼兒戲劇和成人戲劇最大的差別，在於所從事的態度不同。成人戲劇，一旦開演，便必須依照演出流程完成展演；幼兒戲劇相較起來卻有彈性多了，最主要的原因是幼兒喜歡當積極的參與者而非消極的旁觀者。所謂的遊戲性，可以解釋為演員與觀眾互動的一種表現方式，幼兒的天性便樂於參與。當演員詢問問題時，幼兒通常會回答。而且大部分的幼兒都喜歡以聲音或肢體表示參與，無論是提供建議、警告或協助以達到一個共同的目標。在戲劇進行的過程中，時常會引起來自於同一團體的觀眾互相調侃說：「對，這就是你！」、「不是，才不是我呢！」這種在演員和觀眾之間的互動方式是很有趣的，觀眾會情不自禁地叫出聲來，並且從劇情中創造出更多的娛樂，而在自由表露心靈流動的過程時，快樂的感覺便油然而生。最常見的互動模式是施行魔咒。當魔術師（演員）獨自一人在施行咒語時往往無效，就在他絕望之際，他突然想到可以向觀眾求助，並很快地獲得了善意的回應，在這樣情境下所獲得的皆大歡喜的結局，令觀眾更為滿足。

㈢幻想性：幻想性乃幼兒戲劇中最重要的特質。因為想像的空間擴大了，生命中的可能性便增加了，同時也補償了現實生活狹隘的殘缺。（《認識兒童戲劇》，頁92-93）以日常生活中為靈感所產生的奇人異事，不僅是兒童文學作品的題材，也是幼兒戲劇的特色。孩子的詭計很多是從這些不可能發生的事物中得到啟發，他們也因此深深著迷於這些無法理解的內容。所謂的幻想並不是漫無目標或毫無根據的空想，而是在一種假設的條件下所產生出來的推演過程。這種假設的條件表現在創作中，便是擬人化、寓言式等等手法。（《獨角馬與蝙蝠的對話—童話劇場》，頁196）以最著名的兒童劇作品彼得潘（*Peter*

Pan）為例，故事起於一個愛德華時代，中產階段家庭中的小孩正準備上床睡覺時，家裏那隻狗褓姆──諾森伯蘭郡狗，發現異狀時開始。規律的生活從此因為從舞台上方窗戶突然出現的彼得潘而變得不一樣，他從天而降帶給觀眾無限的刺激和興奮的經驗。彼得潘開始教孩子們如何飛行，帶著他們開始前往到永無島的冒險之旅。現實故事中的幻想情節，不僅打開了心靈的想像之眼，同時也給予孩子冒險的勇氣。

第二節　幼兒戲劇的分類

　　幼兒戲劇的表演類別和一般正規戲劇的分類相去不遠，不僅如此，其舞台的呈演方式較一般戲劇更為活潑且具有創意。在此僅將幼兒戲劇的演出類別進行大致性分類，但必須先說明的是，在各種分類間之界線並非截然劃分，原因是幼兒戲劇為能滿足和符合幼小觀眾之所需，在表演的類型上必須儘可能揉合各種有利的劇場元素，方能吸引幼童持續觀賞的興趣，也因此在表演類別的區隔性並不做刻意的劃分。目前國內的專業兒童劇團若依演出類別區分，則可略為窺見其主要的表演類型，例如：以偶為表演者，擅長不同型式偶的設計與製作之劇團有：「九歌兒童劇團」、「偶偶偶劇團」、「一元布偶劇團」、「小青蛙劇團」等；以音樂劇表演及綜合性戲劇類型為主的則有「如果兒童劇團」、「紙風車劇團」及「蘋果兒童劇團」等；以黑光劇表演型態為主的有「杯子劇團」；以互動劇場為表演特色的有「豆子劇團」。以下將依表演者、表演類型為依據說明幼兒戲劇之分類：

一、以表演者為分類依據

(一)由人擔任表演者

1. 成人／表演者、幼兒／觀眾：這是目前最常見的表演型式，由受過專業訓練的成人演員為表演者，幼兒擔任觀眾，並針對符合幼兒觀眾年齡所需所設計、製作之演出。

劇目：《布萊梅樂隊》照片提供：陳晞如　劇目：《三隻小豬》／照片提供：陳晞如

圖9-1　成人／表演者、幼兒／觀眾的表　圖9-2　幼兒／表演者／觀眾的表演型式
　　　　演型式

2.幼兒／表演者／觀眾：由幼兒擔任表演者及觀眾，這樣的演出模式出現在學校居多，有時候是因學校課程之所需；有時候則是為了配合節慶活動的安排。情節由教師因應課程主題而設計，台詞通常簡短易懂，肢體的表現以簡單、清楚及重覆性動作居多。

3.成人／幼兒共同演出：由成人演員飾演成人的角色；兒童演員飾演兒童的角色。這樣的表演模式除了常見於幼稚園的演出活動之外，在兒童劇場中的演出亦不乏所見。除此之外，另一種成人與幼兒聯合演出的方式則是透過「互動劇場」來進行，即在演出的過程中經由幼兒的參與而共同完成一齣戲的演出，其進行的方式有邀請幼兒上台協助劇中人物共同解決問題，或者由演員在舞台上詢問問題，由幼兒觀眾的回應找到答案，這些都是使幼兒觀眾入戲的方式之一。

㈡由偶擔任表演者：在兒童劇場中常見的偶戲表演有杖頭偶、頭套偶、布偶、傀儡偶及懸絲偶等；而在學校中配合課程所需之表演或說故事時，則較常見以手偶和手指偶為表演的媒介。偶對於幼兒的吸引力，來自於它們所投射出的想像，如同幼兒所熟悉的洋娃娃或玩具一般，幼兒接受它們就如同視為對於自身想像的延伸，因此深獲幼兒喜愛。除此之外，由於偶的造型能隨劇情而量身訂做，在製作規模上較具彈性，能提供演出者更豐富的表演空間。

示範者：黃玉娟、吳怡俐／照片提
供：陳晞如

圖9-3　手指偶

示範者：黃玉娟、吳怡俐／照片
提供：陳晞如

圖9-4　手偶

㈢人／偶共同擔任表演者：是指結合人和
偶同時演出。在日本偶戲又稱文樂，演
員身穿黑服，頭戴黑面罩。但目前國內
將這類人偶共同演出之形式予以活化，
操偶者除了操控偶具之表演外，亦可身
兼劇中人物分派角色，穿插於戲劇演出
中，不時從偶的幻像世界中將觀眾拉回
現實，頗有疏離手法的效果。

照片提供：小青蛙劇團

**圖9-5　人／偶聯合擔任表演者
《新小紅帽》**

二、以表演類型為分類依據

㈠舞台劇：亦稱話劇，係指在舞台上演出
的一切戲劇類型的表演，又特別是指
演員透過說話與肢體表演做為表演的媒
介，注重的是語言的對話部分。針對幼
兒觀眾的需求，演員在舞台上的表演無
論是說話的方式或肢體的展現都必須十
分清楚明確，在說話部分要有明確的角
色性格為依據；而肢體部分亦要略顯誇
大，以突顯角色之間的區隔性，使幼兒
觀眾透過表演能順利了解劇情的發展。

照片提供：如果兒童劇團

**圖9-6　兒童舞台劇《東方夜
譚》**

照片提供：如果兒童劇團

圖9-7　兒童音樂劇《秘密花園》

(二)默劇：係指演員透過肢體動作取代語言的表達，是較具高難度的表演方式，但其誇張的動作配合演員豐富的面部表情，相當受到幼兒觀眾歡迎，但由於目前幼兒觀眾的分齡觀劇制度難以落實，在混齡觀眾對於默劇演出不同接受度之考量下，使得默劇表演較常以片段的方式穿插於一般戲劇之中，以純默劇呈演的方式則較少見。

(三)音樂劇：音樂劇是十九世紀末在美國開始發展的表演型態，於二十世紀末成為世界最重要的表演藝術形式之一。（《歌舞線上：從倫敦西區到紐約百老匯的音樂劇》，頁19）它係指音樂（歌唱）、舞蹈和戲劇在演出中各佔相等的比例，也就是有歌有舞、也說也唱的方式進行表演。音樂劇的特色除了在演出中有歌舞穿插的效果之外，魔術、雜耍、特技等各種表演的元素都能融合其中，不僅強化了演出的效果，其歌曲的旋律和舞蹈的節奏亦能深化幼兒對於劇中人物印象，就劇情的推動而言有絕對的助益。音樂劇的歌詞通常以韻文格式書寫，遣詞用字強調淺顯易懂，方便幼兒觀眾了解，並能朗朗上口。國內專業兒童劇團，例如：「如果兒童劇團」、「紙風車兒童劇團」、「九歌兒童劇團」等都有相當多的兒童音樂劇代表作品，部分劇目並配合出版成音樂CD或有聲書作品。

(四)偶戲：係指傀儡戲、布袋戲、皮影戲、布偶劇、頭套偶劇、杖頭偶劇等，主要是以偶為主要工具的表演型式。

各類偶戲表演特質說明如下：

1.傀儡戲：係指一切不用真人而以木偶、玩偶為表演的戲劇形式。由於偶具本身不具生命力，必須靠操偶者以手操控，透過靈活的操偶的技巧使其產生動作，狀似真人演出一般。以木棍支撐偶身及雙手為「杖

頭偶」；套在手上要弄，以食指支撐
頭部，中指及大拇指為雙手來操作
表演，即是掌中傀儡，俗稱「布袋
戲」。

2. 皮影戲：皮影戲是我國傳統藝術的一
種，其表演型式是以皮製（或紙製）
的平展玩偶為人物，藉助燈光把由人
操縱的玩偶影像投射在半透明的屏
幕上，佐以音樂、唱白來表演戲劇故
事，供觀眾欣賞。

3. 頭套偶劇：即以人為偶，演員以大型
的頭套和戲服的搭配，扮演出各式不
同的角色。一般常見的以動物偶居
多，但近年來在人物頭套偶的設計亦
逐漸有所突破，甚而一齣戲的全體演
員均是頭套偶的角色，在人／偶、現
實／幻想的邊際中，提供無限的樂
趣。

照片提供：童歡藝術有限公司
圖9-8　頭套偶劇《小紅帽》

照片提供：偶偶偶劇團
圖9-9　紙偶劇《紙要和你在一起
　　　　──老人與小皮球》

照片提供：一元布偶劇團
圖9-10　布偶劇《花開老爺爺》

　　目前以偶戲表演為主的劇團有：「九歌
兒童劇團」（執頭偶、頭套偶、撐竿偶等為
主）、「一元布偶劇團」（以布偶為主）、
「小青蛙劇團」（以頭套偶為主）、「偶偶偶劇團」（以懸絲偶、手套偶、
棒偶為主）、「杯子劇團」（以黑光偶為主）及由「童歡藝術有限公司」所
代理之「日本飛行船劇團」（以頭套偶為主）等。

　　㈤傳統戲劇：係指針對幼童所設計之劇本，以傳統戲劇（京劇、豫劇、
　　　歌仔戲、相聲等）之表演形式為主所進行之演出。其表演特色必融入
　　　唱、唸、做、打或說、學、逗、唱等活潑的表演方式，在演出中透過

皮黃、都馬、七字調的唸唱旋律，配上生動的身段、精彩的槍把功
夫傳達出傳統戲劇的表演精髓。文建會曾於1997及1999年主辦「出將
入相-兒童傳統戲劇節」活動，以徵件方式甄選出多部兒童傳統戲劇
（含舞台劇、歌仔戲、相聲）作品。而臺灣豫劇團為目前定期推出兒
童傳統戲劇作品之表演團體。

㈥廣播劇：廣播劇是一種由廣播電台製播的兒童戲劇節目，其內容是以
幼兒為主要對象所創作或改編之戲劇作品。無論是題材之選擇或劇中
人物、對話、主題及劇情之鋪陳，均以考慮符合幼兒的心智發展、欣
賞能力及興趣趨向等特性。幼兒透過廣播劇的內容，可以培養聽講的
習慣、增進語文的表達能力，並激發其想像力及創作力。

第三節　兒童劇本的題材與架構

　　兒童劇本寫作需要有清楚的敘事架構、符合邏輯的劇情發展和令人滿意
的結局收場。多數人對於兒童劇總是有著金玉其表的誤解，認為兒童劇的內
容非熱鬧喧譁即為製造互動效果而忽略情節的發展，殊不知在觀戲時，沒有
邏輯性的情節發展，是無法吸引幼兒觀眾的注意力，一旦失去焦點，台下恐
怕會傳來一陣陣「我要回家」的哭叫聲，相信這絕對不是每一位劇作家所樂
於見到的，因此在撰寫兒童劇劇本之前，對於幼兒喜愛的劇本題材及劇本架
構都必須先有所認識，以下將依此分述之：

一、幼兒喜愛的劇本題材

㈠童話故事

1.原創童話：床邊故事是兒童文學的先備課程，而在眾多床邊故事的選
材中，充滿浪漫與趣味性的「童話」故事則是不可或缺的文類。童話
作品中，諸如題材的奇特、新穎、親切；內容的幽默、滑稽；人物的
誇張、變形、擬人，以及情節的神奇多變均是提高幼兒聆聽和閱讀童
話的原因。（《兒童文學》，頁321）童話故事的主題訴求直接而鮮

照片提供：童歡藝術有限公司
圖9-11　《三隻小豬》

照片提供：童歡藝術有限公司
圖9-12　《白雪公主》

照片提供：如果兒童劇團
圖9-13　《你不知道的白雪公主》

明，一旦故事中的人物翻轉到舞台上時，打破幻想所帶來現實感受的刺激與興奮便不言而喻。以童話故事為題材的戲劇作品，適合於年齡層較低或初次接觸兒童劇的幼兒觀眾。

2.改編童話：將童話故事中的人物、情節和結局稍作變化或加以延伸，顛覆原有的二分法的慣性思惟，藉由進入變奏的童話世界來刺激觀眾的想像。以歷久不衰的童話《白雪公主》為例：「如果兒童劇團」為該齣童話加入第二主角「煤球」之角色，並留下開放式的五種結局，留給觀眾更多思考的空間，推出改編劇作《你不知道的白雪公主》（2004），並將其故事付梓後出版；「九歌兒童劇團」則是以臺韓國際交流的方式，推出《愛上白雪公主的小矮人》（2008），以最小的小矮人「半月」奮不顧身的展開為白雪公主尋找解藥的艱困路程展開，上述二齣劇作均以童話《白雪公主》為原型進行改編，雖仍保有基本的故事型態，但在改編之後亦呈現出其改編之價值，並間接擴大觀眾的想像視野。

(二)現實中的幻想故事

　　幻想故事是幼兒文學作品中的百年老字號招牌，它搭建了虛擬的時空背景與事物，使小讀者想像成為故事的主角而投身其中，展現個人的思想與生活態度。國外最著名的兒童劇《彼得潘》即是最具代表性的作品，而國內的

劇作則以王友輝《會笑的星星》為例，劇中主角宏宏因誤觸毒蘑菇而隱形，隨之進入另一個幻想的世界，展開一段冒險之旅，而在幻想世界中所發生的種種，都成為主角成長的經驗。一般而言，以現實中所發生的幻想故事為題材往往最能滿足幼兒的好奇心，並能給予孩子勇氣面對在成長過程中所遭遇之困境。

㈢神話與傳說

　　每個國家都流傳著具有當地特色的傳說故事。在傳說故事中關於冒險、遠征、怪獸和戰爭等主題，都是撰寫兒童劇本的好題材。無論是神奇浪漫的

照片提供：如果兒童劇團
圖9-14　《雲豹森林》

照片提供：壹貳參戲劇團
圖9-15　《仙奶泉》

照片提供：如果兒童劇團
圖9-16　《微星山，在哪裡？》

幻想情境、性格宏偉的人物形象還是擬人誇張的敘述手法，傳說故事所具有的流動性、感性與神秘性，是兒童劇故事題材中最自然的資料來源。以神話與傳說為主題的劇作有《雲豹森林》（如果兒童劇團）描述一個現代都市的小孩，走進山中神奇的傳說故事中，幻化成傳奇的小獵人奇里乖，雲豹的傳奇因此又再度活了起來；《仙奶泉》（壹貳參戲劇團）描述的是在臺灣的大武山腳下，住著一個勇敢強壯又孝順母親的排灣族青年布馬。有一天，布馬的媽媽忽然生病了。布馬決定揹著媽媽進入山中找女巫求治，不料卻遇上雙頭蛇怪獸，而展開一場激烈的戰鬥。

㈣擬人化的故事

　　認為動物能思考、行動和說著人類的語言也許並不科學，但兒童劇作家知道他們的觀眾喜愛以動物為主角，並樂於觀賞以它們為題材的作品。由於泛靈觀的心理狀態，以動物為主角的訴求方式，對幼童有著勢不

可擋的魅力，這些動物的角色發展形同於人，只是以動物之外形為表象，它們誇大了動物的表現，最主要強調的是動物也有感覺，並有著和人類之間可以溝通的管道。著名的擬人化動物有：「彼得兔」、「小熊維尼」和「米老鼠」等，而國內兒童劇作品中以擬人化動物為主角的劇作也是兒童劇中的常客，例如：《微星山，在哪裡？》（如果兒童劇團）描述的是花豹兄弟旋風和藍天，在一場意外中成了孤兒。絕望悲傷的哥哥、稚氣未脫的弟弟，兩兄弟互相扶持，聽從爸爸的遺言，想要去尋找花豹族神話傳說中的微星山。在過程中兩兄弟要學會控制喪親之痛、要面對各種人性、要克服內在的心魔，其強烈的譬喻效果，鼓勵觀眾感受同情也學會愛與關懷等。

二、兒童劇本的架構

　　英國兒童劇作家David Wood於《兒童戲劇：寫作、改編、導演及表演手冊》（*Theatre for Children : A Guide to writing, Adapting, Directing, and Acting*）一書中提到兒童劇本的寫作原則時，首要必先將劇本的架構完成，其原因為不論是原創或改編劇本，都會在發想和創作的過程中產生許多突發的變化和結果，而劇本寫作最重要的則是邏輯性的發展，為能有效率的完成一部符合邏輯思考的劇本，依劇本架構要項來進行則能時時提醒創作者朝目標完成。其架構內容大致包含下列幾項，以下將分述之（頁3-1～14）：

　　㈠角色

　　角色安排最重要的是區別性，也就是說每一個角色都要是獨一無二的。彼此之間看起來和其他角色是否有所不同？不同的外型特徵？不同的尺寸大小？不同的顏色表徵？這些角色是否有代表性的肢體動作或口頭禪？角色的多樣化絕對有助於產生更豐富的情節。

　　㈡故事

　　如同一本好的故事書總能使幼兒在翻頁過程中迫不及待發現下一頁所發生的事，因此，兒童劇作家也必須致力於透過劇情之翻轉使觀眾集中注意力，並朝向一個令人滿足的結局而前進。

　　創作者要在已經建立的背景世界中進行探索，使角色身入其中，接下來

則開始進行情節的拓展。主角是為了追尋某件事務而展開探索嗎？什麼樣的問題需要被解決？劇中人物是否有一個夢想？故事的發展脈絡應朝結局的發展鋪陳。在決定這齣劇如何畫下句點前，應該先為如何達成結論或如何尋找解答預作伏筆，以及在達到一個圓滿的結局前，什麼樣的困難必須克服。建立一個主要的威脅事物，對劇本而言是一個相當有用的捷徑。

兒童劇的結局應該是勝利或成功的感覺而非災禍不斷或曖昧不明。無論角色曾經遭遇到什麼樣問題，觀眾都應該被融入分擔他們的憂愁，故事需要具備邏輯性的進展和令人滿意的結局。

(三)結構

可以先用一大張紙，試著將事件從開始到結束的發展順序列出。這個方法，能使創作者掃視故事發展的雛型。接下來，隨時在劇情中製造意外。考慮好運的轉變，或極快樂的時刻突然變成危險的關頭。找出不同的氣氛、緊張的時刻、高潮迭起的時刻、特別在前半場結束前留下伏筆。試著從實際面想像如何製造危機，或事件逆轉所不可或缺的原因。隨著創作構想的延伸將每一個角色的發展製作成表格並觀察其變化之流程。試著去區別出每個角色的貢獻，每一個角色面臨到新的問題會如何反應？每一個角色都有足夠的戲份嗎？清楚地思考並列下上述問題的答案，將有助於劇情的鋪陳和劇本結構的形塑。

(四)動作

檢查動作的數量和對話的數量在舞台上是否達到平衡，這是一般成人表演學的訓練方法之一，對兒童劇的要求亦理應如此。試著閉起眼睛想一下視覺上的畫面。若肢體動作展現的機會不夠多，可以運用追逐的技巧來取代。或者試想什麼樣的道具能增加動作的數量，慢動作也是可行的方法之一。也可嘗試安排某幾個段落的表演沒有台詞，以默劇取代。最重要的是要讓舞台上的動作保持流動性，並且找到足夠的驚奇點，使觀眾保持樂趣並時時處於警覺的狀態，渴望知道下一步會發生什麼。

(五)語言

思考每一個角色在舞台上所會運用的說話方式，以多元的表現方式為目

標。有一些角色說方言；其他角色則以正式的方式說話。也許有些角色說話的方式油腔滑調；有些則低聲優雅，或者大聲坦率。也可以設計一種無意義的語言，例如：機器人用單一音節的聲音來表達，相信觀眾會自願擔任翻譯者。能為部分角色創造一句「口頭禪」是十分必要的！

(六)歌曲

有些歌曲能夠介紹和樹立角色的特徵；有些則可以促使動作的流暢。有些令人印象深刻的歌曲能夠代替對白，進而涵蓋一整個部分的動作。許多以「追尋」為主題的兒童劇作品中，在出發之前，非常適合播放一首表達出期待能夠如願的希望之歌。重要的是，演員不要只是單單站在那裡唱著台詞，劇作家應該要給予足夠的準備空間使歌曲在劇情中自然地順勢穿插。因此，歌曲變成是一首帶動唱而不僅是陳述所發生的事。最後，在戲劇即將結束時，慶典的歌曲能產生一種勝利和令人喜悅的感受，觀眾也會因為現場的氣氛而加入開唱，順利為故事的結局畫上句點。

(七)劇場元素

所謂劇場的元素就是劇場技術的運用。例如：燈光和音效是否有發揮的機會？佈景和服裝的視覺效果是否令人驚豔或能達到暗喻的效果？有沒有機會運用「比例」的技巧，例如：巨人出現時。在提筆創作劇本時，必須對於劇場的設備與資源有所了解，才能使劇場的功能得以發揮，而不至於只是紙上談兵。

最後，瀏覽全劇，確定劇情的發展是清楚的並具有邏輯性。確定觀眾可以了解整齣戲的概念以及這些概念發展的方式。

第四節　幼兒戲劇作家及作品介紹

臺灣的兒童戲劇自1945年起在政府政策的推動之下持續呈現蓬勃發展的狀態，1982年起民間劇團陸續成立，至今已有43間兒童劇團（含6間公立劇團）設立，演出劇作年年推陳出新，也因此誕生不少優秀的劇作家。然而，

由於多數劇本是以演出為目的，並未付梓出版，劇團又因商業考量，無法提供完整劇作供研究之用。因此，本文所介紹之二位作家及其作品，其劇作已出版流通是為考量之因素之一。

　　馬景賢、趙自強二位均為幼兒劇本之創作家，但作品的表現屬性各有特色。馬景賢是資深的兒童文學作家，在幼兒劇本書寫的特色上強調劇情易懂易演，對話部分接近幼兒生活用語，主要是寫給幼兒參與在學校中所舉辦的戲劇表演為主；趙自強的劇作是專為劇場表演所設定，強調劇本結構的完整，特別善於運用各類的劇場元素，對白部分獨具趣味性，強調與觀眾互動之臨場反應。以下將就此二位劇作家及其作品概括介紹之：

簡介

> 　　馬景賢（1933－），生於栗子的故鄉——河北省良鄉縣琉璃河鎮。國立師範大學國文系畢業。曾任國立中央圖書館編輯、美國普林斯頓中央圖書館員。曾主編《兒童文學論著索引》、國語日報《兒童文學週刊》等；翻譯《天鵝的喇叭》、《山難歷險記》等；創作《愛的兒歌》、《非常相聲》、《小英雄與老郵差》等多種兒童文學作品。

作品：《誰去掛鈴鐺》、《誰怕大野狼》、《大青蛙愛吹牛》

資料來源：小魯文化

圖9-17《誰去掛鈴鐺》　　圖9-18《誰怕大野狼》　　圖9-19《大青蛙愛吹牛》

　　此三部劇作收錄於「馬景賢小小兒童劇場」系列作品中，分屬一、二、三集，劇本呈現的型式以近似圖畫書的方式表現，即圖片佔多數版面，對白

內容與圖片應合，又近似故事書的閱讀效果，頗符合作者創作初衷以供幼兒演讀為目的。三部改編自寓言小品的情節均以真假、善惡之二分法為主軸，詮釋方式幽默又富有哲理。每部作品均有一首活潑輕快的韻文，若加以譜曲，亦可成兒歌或此劇作之主題曲。除此之外，在附錄部分亦收錄有皮影偶戲製作、佈景製作、面具製作及劇場常識等單元，使幼兒能在演戲之餘，發揮創意，完成屬於自己的戲劇創意舞臺。而演出教學設計的部分，則是指導教師如何帶領學生進行戲劇活動，協助學生完成一齣小戲的製作，是相當完整的幼兒演劇範本，充分發揮兒童文學戲劇化的精神。以下將摘錄《誰怕大野狼》及《大青蛙愛吹牛》二部作品之韻文內容：

誰怕大野狼

大野狼，肚子餓，
假裝慈悲好心腸，
大聲喊著老山羊
山羊爺爺快下來，
高山高高太危險，
山下青草香又甜。

大野狼啊我明白，
山下青草香又甜，
騙我下去當早餐，
比在山上更危險，
謝謝你的好心眼，
還是山上最安全。

（《誰怕大野狼》，頁2）

大青蛙愛吹牛

小青蛙，呱呱呱！
看見一個大怪物；
犄角尖尖長尾巴，
叫的聲音像打雷，
可怕可怕真可怕。

大青蛙，笑哈哈！
小小青蛙不要怕；
那是耕田大黃牛，
我把肚子脹大了，
黃牛看了都害怕。
小青蛙，呱呱呱！
大青蛙你說笑話；
再大也沒黃牛大，
砰——砰——砰——
你的肚子就爆炸！

（《大青蛙愛吹牛》，頁2）

簡介

趙自強（1965- ），中國文化大學勞工研究所碩士。知名演員，曾參與多齣電視、戲劇之演出，於1999、2000、2002、2003年均獲電視金鐘獎最佳兒童節目主持人。2000年起創立「如果兒童劇團」，曾創作並編導之兒童劇作品有《隱形貓熊在哪裡》（2000年）、《故事大盜》（2001年）、《輕輕公主》（2002年）、《雲豹森林》（2003年）、《你不知道的白雪公主》（2004年）、《六道鎖》（2005年）、《公主復仇記》（2006年）、《祕密花園》（2007年）、《1234567》（2007年）、《東方夜譚》（2008年）等近30齣，其中《輕輕公主》獲2002年臺北市兒童藝術節金劇獎首獎、《六道鎖》獲2005年臺北市兒童藝術節金劇獎首獎、《故事書裡面的故事》獲2007年臺北市兒童藝術節金劇獎第三名、《守護天使》（和陸韻葭、關碧桂共同創作）獲2008年臺北市兒童藝術節金劇獎第三名。將金劇獎獲獎作品製作演出儼然成為該劇團另一種品牌行銷的策略，但幕後的推手即是這位能編能寫能導能演且是幼兒觀眾心目中最熟悉的朋友「水果奶奶」。

作品：《你不知道的白雪公主》、《輕輕公主》

作者所創作之兒童劇劇本雖近達30部，但多限於劇團演出之用，唯《你不知道的白雪公主》是以短篇小說的方式出版；其餘出版之劇作則為臺北市兒童戲劇節得獎劇本之作，由臺北市政府文化局付印。其作品特色強調以符合在劇場演出為主，即無論是在對話或肢體表現，都給予演員足夠的想像空間，得以將表演的技巧發揮極至。特別是在對話部分，作者擅長運用幼兒所熟悉之俚語、笑話、諧音、流行用語，甚至說出無意義之音節，幼兒發現這種不受邏輯限制的說話方式，能自由表露他們心

資料來源：2002年台北兒童藝術節兒童戲劇創作金劇獎優良劇本集

圖9-20　〈輕輕公主〉

靈的流動，快樂的感覺便自然產生，而演員也就很容易就和觀眾打成一片。

作者另一項劇本語言之書寫特色則是韻文之撰寫，由於演出中常有歌曲穿插，其歌詞的部分若以有節奏及音樂性強的語言書寫，即容易使觀眾印象深刻，對於劇情的拓展有絕對的助益。尤其是以劇場演出為主之劇本，通常演出時數為2小時左右，這對注意力容易分散的幼兒而言是一項考驗。因此，歌曲的加入在劇中往往就是重要的潤滑劑，它不僅強化了氣氛的營造，亦傳達劇中人物情感的抒發，劇情也能順利得以鋪陳。作者在所創作之劇本中，歌曲往往佔有相當重的比例，歌詞的寫作便成為重要的劇本語言特色。但並非每首歌曲全都由韻文寫成，重要的是能配合劇情自然的將歌詞唱出來，亦能與前後對話產生連貫，這需要相當的寫作功力，當然也藉此形塑出作品的特色。

以下以《輕輕公主》的二段對白為例，第一段對白運用的是因諧音所引發滑稽的感受；第二段則是以韻文的方式所撰寫之歌詞：

(一)

國王：你這孩子…都不知道別人的感覺…愛亂跑愛亂飛現在又亂踢人…。

國王：公主，你知道錯了嗎？

公主：臭了，我知道哪裡臭了？

國王：錯了…。

公主：哪裡臭了呀！爸爸國王，你放屁了！救命啊！

國王：妳…妳這個孩子，怎麼都不怕！沒有害怕的感覺？

公主：怕…？怕什麼？

國王：怕我凶、怕挨打、怕屁股痛。

公主：什麼？我不知道你在說什麼？

國王：妳不怕痛？

公主：什麼是痛？是……是蚊子咬的時候嘛？

國王：那是癢！

公主：那…那是冬天結冰的時候嘛？

國王：那是冷！

公主：那…那是西瓜、桔子、蘋果的味道嗎？

國王：那是甜，天呀！公主，妳真的不知道痛是什麼？

公主：我不知道，那又有什麼關係，喂…告訴你們一個秘密
　　　唷。我要出去玩了。

國王：不行！抓好她，別被風吹走了，我的輕輕公主…抓好…
　　　抓好。唉！

㈡女巫

小公主　飄飄飄　　全身上下沒重量

小公主　輕輕笑　　大難臨頭不知道

飛呀飛呀沒了方向　就像風箏的線斷掉

飄呀飄呀四處瘋狂　就像氣球忘了回家

小公主　你在哪　　怎麼才能讓你回到懷抱

小公主　回來吧　　用愛抓住你愛玩的腳丫

飛呀飛呀沒了方向　就像風箏的線斷掉

飄呀飄呀四處瘋狂　就像氣球忘了回家

飛吧　　小公主……

特別感謝（依筆畫排序）：一元布偶劇團、小青蛙劇團、如果兒童劇
團、偶偶偶劇團、童歡藝術有限公司、壹貳參戲劇團等提供劇照。

參考書目

一、中文

（一）專書論著

1.王友輝著，《獨角馬與蝙蝠的對話——童話劇場》，臺北：天行國際文化
　事業有限公司，2001年4月。

2. 如果兒童劇團著，《你不知道的白雪公主》，臺北：平裝本出版有限公司。2004年9月。

3. 林文寶、陳正治、徐守濤、蔡尚志合著，《兒童文學》，臺北：五南圖書出版股份有限公司。1996年9月。

4. 邱瑗著，《歌舞線上：從倫敦西區到紐約百老匯的音樂劇》，臺北：耀文事業有限公司，1997年7月。

5. 姚一葦著，《美的範疇論》，臺北：臺灣開明書店，1978年9月。

6. 胡寶林著，《戲劇與行為表現力》，臺北：遠流出版事業股份有限公司，1994年7月。

7. 黃文進、許憲雄著，《兒童戲劇編導概論》。高雄：高雄復文圖書出版社。1986年7月。

8. 馬景賢著，《誰去掛鈴鐺》，臺北：小魯文化事業股份有限公司，2003年2月。

9. 馬景賢著，《誰怕大野狼》，臺北：小魯文化事業股份有限公司，2003年4月。

10. 馬景賢著，《大青蛙愛吹牛》，臺北：小魯文化事業股份有限公司，2003年4月。

11. 張曉華著，《創作性戲劇原理與實務》，臺北：財團法人成長文教基金會，1999年10月。

12. 鄭明進主編，《認識兒童戲劇》，臺北：中華民國兒童文學學會，1988年11月。

13. 臺北市文化局編，《2002臺北市兒童藝術節兒童戲劇創作金劇獎優良劇本集》，臺北：臺北市政府文化局，2002年11月。

（二）譯著

大衛·伍茲（Wood）著，陳晞如譯，《兒童戲劇：寫作、改編、導演及表演手冊》（*Theatre for Children: A Guide to writing, Adapting, Directing, and Acting*），臺北：華騰文化股份有限公司，2009年3月。

（三）期刊論文

張曉華，〈國民中小學表演藝術課程與活動教學方法〉，《國民中小學戲劇
　　教育國際學術研討會論文集》，臺北市：國立臺灣藝術教育館，2002年12
　　月。

二、西文

（一）專書論著

Davis, Jed H. & Watkins, Mary Jane Larson. *Children's Theatre: Play Production for the Child Audience*. Wiltshire: Harper & Row, Publishers, Incorporated., 1960.

閱後自評（是非題：對的打圈，錯的打叉，每題10分）

（　）1.幼兒戲劇的意義有兩種詮釋方式，分別是創作性戲劇和兒童
　　　　劇場。

（　）2.幼兒戲劇是指由幼兒演給幼兒觀賞之戲劇作品。

（　）3.幼兒戲劇最強調的是教育性，一切以教育兒童為目標。

（　）4.幼兒戲劇常會由動物擔任主角，這是一種不科學的做法。

（　）5.幼兒戲劇的創作首重劇本架構之完成。

（　）6.幼兒戲劇的分類有以表演者和表演型態二種來區分。

（　）7.韻文創作是兒童劇本創作中相當具有特色的寫作方式。

（　）8.幼兒戲劇強調台上台下互動，至於劇情如何發展，並非最重
　　　　要的考量。

（　）9.偶對於幼兒而言，彷彿是自我想像的一種延伸。因此，也算
　　　　是幼兒戲劇中的常客。

（　）10.幼兒接觸戲劇的目的是為了未來可以從事演藝工作，當一位
　　　　演員。

習題（總分100分）

1.幼兒戲劇的意義可以從哪兩方面進行詮釋。（10分）

2. 幼兒戲劇的特質有哪三種。（10分）

3. 幼兒戲劇的分類若以表演者為依據可分為哪幾類。（10分）

4. 幼兒戲劇的分類若以表演類型為依據可分為哪幾類。（10分）

5. 幼兒喜歡的劇本題材有哪些？（10分）

6. 試列舉五種兒童劇本寫作之劇本架構要項。（10分）

7. 請寫出你印象最深刻的一首主題曲（電視、電影、戲劇作品均可），並說明使你難忘的原因。（20分）

8. 請寫出你最喜愛的一齣兒童劇作品，並說明為什麼喜愛的理由。（20分）

第十章
說故事

第一節　說故事的意義

一、故事是什麼？

　　探討說故事之前，先要了解什麼是故事？故事的構成在於事件發生，運用時間的次序性，將事件排列起來。故事的敘述，在次序衍生的流程中，先有開始的鋪陳，出現衝突，衝突帶動高潮，再尋求衝突的解決，最後進入尾聲。這一連串合理安排的事件發生，遂產生「故事化」。吳英長在〈故事化的處理技巧〉一文中提到：

　　　　文學作品中所說的「故事」，特別是指「用一定的次序，把許多事情排列起來」。這裡所說的「一定的次序」，乃指故事中先提出衝突，然後敘述解決衝突的過程，最後交代解決的結果如何。把事情作如此合理的安排，就是「故事化」。（《兒童文學與閱讀教學》，頁23）

　　故事的掌握上，即按照開始、上升、高潮、下降、結尾的順序性作為架構，再依內容呈現故事之張力。
　　所以，蔡尚志在《兒童故事原理》的緒論中加以強調：

　　　　「故事」的成立與否，主要看有沒有具備「故事化」而定。消極意義的故事，因為只有將事件依時間順序加以排列，往往無法有效的形成衝突與解決的因果關聯，因而喪失緊湊性、曲折性與趣味性，所以不是很好的「故事」。進一步說，

「故事化」是一種迷人的、有力的、精緻的「情節推進」過
程，有了這過程，事件的敘述才會產生趣味，展現魅力，吸引
讀者熱切去關注事件的發展，一直到事件結束為止。（頁4）

故事人說故事應掌握「故事化」在內容情節上安排故事說演的技巧與方
法，「故事化」遂成故事人講述故事的基本功夫。

二、認識說故事

掌握「故事化」之後，怎麼傳遞故事遂成為一門藝術？周慶華提到：
故事創作之後，如果只是直接或間接的呈現在讀者面前而為讀者所接受，那
只有一個「傳播」的問題；如果它還要經過一個轉化的過程再現而為聽眾或
觀眾所接受，那麼就會牽涉其他問題，這些問題都是關係「故事的說演」。
（《故事學》，頁311）

說故事是一種敘述的過程。所謂「敘述」簡言之就是按照時間順序，以
口述或筆寫的方式，將事件過程表述出來，過程中具有吸引人的情節，以直
指人心，有所感受。周慶華在〈故事敘述學〉論述中提到：

故事是要經由「敘述」而成就的，當中凡是關於故事形式
的考慮，故事技巧的選用和故事風格的形塑等等，都要在「敘
述」名下定位。（《故事學》，頁99）

所以，說故事是在敘述的框架之內完成，情節是故事最重要的特徵。
口述情節要將形式、技巧與風格考量入內。林文寶在〈怎樣說故事〉文中提
到：說故事猶如古代的說書人說書，它是一種口頭的傳播。它主要是靠一
張嘴巴說話，外加妥當運用語調、表情和速度，再配上手勢。如果是為加強
效果，或是專業者，有時可利用各種可能的道具。（《兒童文學故事體寫
作》，頁134）因此，探討說故事的過程中，不僅是靠嘴巴的講述而已，語
調、表情、肢體、速度，甚至道具的使用，包含故事的選擇與掌握，說故事

的方式等等，都是完成說故事之必然。

蔡淑媖在〈談談說故事的事〉文中提到：說故事不是純敘事，不是報告新聞，把一件事情的來龍去脈說出來就好，故事裡有角色，有對白。讓這些角色直接說話，故事才會生動精采。（《故事歡樂遊－故事人推廣手冊》，頁134）

故事人在說故事時，「角色扮演」成了故事人說故事時必須的轉換，讓說故事猶如看一場獨角戲，說故事的經營過程自然效果十足。所以，成功的故事人在說故事時，要將兩件事做好，一是流暢的台詞；一是生動的扮演。同樣，蔡淑媖〈說故事也是一種表演〉裡又提到：台詞指的是故事內容；扮演是說話的語調、肢體和表情。兩者相輔相成，才能夠講出生動的故事。（《故事歡樂遊－故事人推廣手冊》，頁66）

三、說故事的意義

故事人擔綱說故事的角色，就是在進行「故事化」的轉化，過程中將故事內化成適合口頭敘述的內容。孩子愛聽故事，故事人將故事說演出來，具備的意義自然在於「閱讀」的啟發。

瑪莎漢彌頓和米齊衛思（Martha Hamilton & Mitch Weiss）在〈課堂上說故事的魔力〉文中提到：說故事是一種在頭腦裡組織故事的過程，是一種用來建構意義，並且普及到所有學習層面的最基本方法，適用於任何年紀的學習。這意謂要將知識傳遞給年幼的孩子，若能以故事的形式來呈現，孩子會覺得比較容易吸收。（《教孩子說故事》（Children Tell Stories），頁20）所以，說故事能將生活與知識連結在一起，可說是探究閱讀的一個策略。

說故事的意義，我們可以這麼說明：說故事就是帶領孩子進行一場有聲的閱讀，以口說身演的方式，將孩子能夠領會的文學、知識、概念，藉由引人入勝具有情節性的故事做有效的傳遞，以達到語言學習、知識獲取、事物認知，甚至認識世界之目的。

陳淑琦在〈故事是孩子重要的伴侶〉一文中說明：聽故事是獲取知識概念，增進語言表達能力及培養閱讀習慣的最佳途徑；孩子在不識字的階段，

求知慾可不輸大人，甚至他們更好奇，想像力更豐富，且急著想了解自己和周遭的關係。（《說故事的技巧》，頁6）

由此可知，說故事活動是極為吸引孩子，也是促使孩子想要探索閱讀世界的一個極佳的初步。

若說，兒歌是孩子最早接觸的文學體裁，那麼聽故事就是孩子最早接觸的閱讀形式。如果故事是引導閱讀最佳的入門，那麼如何說故事便成為吸引孩子閱讀的積極策略。蔡淑媖在〈從聽故事到閱讀〉一文裡提到：

> 聽故事可以拉近孩子與我們的距離，取得孩子的信任，既然孩子喜歡聽故事，那麼就用故事將他們拉向書本，我很高興自己的做法有了好成果，更高興有機會和一群孩子一起分享閱讀樂趣。（《從聽故事到閱讀》，頁106）

因此，說故事在拉近親子關係之外，同時也將孩子拉向書本。從說故事到閱讀，其實距離很近，也最方便。缺少聽故事的童年，其實是有遺憾的。

第二節　說故事前的準備功夫

一、從掌握一則故事開始

故事的發展是從事件開始，再進入情節的演繹。從故事文本說起，當獲得一則適合說演的故事之後，如何掌握這則故事，才能在說演時淋漓盡致的表現出來？姜秀華在〈如何說故事〉提到：

> 言之有物，且能抓住故事精采要點，總是必要的。所以無論心中運思或先熟悉故事內容，事前準備工作是不可輕忽的。（《說故事的技巧》，頁107）

得到一則故事之後，故事在腦海慢慢浮現情節與影像，重點是如何將這

情節與影像藉由敘述的方式傳遞出去，且不會令孩子枯燥乏味，說故事前的
準備功夫是不能缺少的過程。

（一）熟悉故事內容

當得到一則陌生的故事，首先將故事讀一遍。熟稔的故事在說演時，才
能得心應手。讀完故事之後，就可以說演故事了嗎？故事生吞活剝就想要在
孩子面前呈現，若不下一番準備功夫，是很難得到孩子的共鳴。

姜秀華在〈如何說故事〉談到：

> 我們對故事內容的熟悉，使我們在說故事時，有更豐富的
> 變化與聯想，這樣可以更真實、更生動的吸引孩子們的注意
> 力。（《說故事的技巧》，頁108）

所以，故事應先分析、探究、熟讀，進行完全的掌握。這裡要特別說
明，是熟記故事，簡言之，就是將故事的來龍去脈、前因後果作澈底的了
解。絕不是將故事背下來。為了說故事而去背故事，將會對說故事這一件事
情產生壓力，繼而熱誠就會漸漸喪失。

什麼樣的故事？應怎樣呈現？熟悉故事架構，經一番研究、設計。故事
存乎於故事人的運思之中，自然能駕馭故事，然後得心應手的演說。

（二）抓住故事主題

選擇適合孩子需求的故事之後，故事人應先抓住故事要呈現的主題。雖
然經營故事現場的過程中要避免說教，但故事的啟示，呈現的主旨，故事人
仍要清楚掌握，這是說故事啟動閱讀的本質。何三本在〈怎樣說故事〉文中
談到：

> 主題是一篇故事的精神靈魂，如果故事的精神靈魂抓不
> 住，等於這篇故事沒有生命。（《說話教學研究》，頁285）

其實，當故事人熟悉一則故事之後，自然而然可以從故事中體會「故事

到底要告訴我們什麼？」例如：〈狼來了〉的主題：做人要誠實，不可以欺騙；〈龜兔賽跑〉的主題：做事縱使很有把握，仍然不可投機取巧；〈漁夫和金魚〉的主題：貪心的人，最後沒有好下場；〈月亮在看你〉的主題：不可以偷東西。

　　主題，我們可將它視為一個故事的「重心」。但這重心在故事說演時，並非赤裸裸將它「說教」般的講出來。過度強調教育性，反而讓孩子覺得像是在上課。在故事說演結束之後，以討論的方式，引導孩子說出來。讓孩子說出來，總比故事人「說教」出來好吧！這樣也可檢視孩子是否掌握故事的重心。

(三)設計一則故事

　　故事要怎麼說演才能達到精采之目標？這不是僅熟悉故事之後，即可直接上場說演所能勝任。故事先經一番設計，才能得心應手。

　　了解聽故事的對象與目的是準備故事先前的資訊。了解對象和目的之後，才能針對所需選擇故事，進而設計故事。設計故事有幾個要點：

1.掌握故事基調

　　由於不同類型的故事，表現出來的情緒與氛圍自然不同。故事人要掌握的即是這種「情緒與氛圍」。依照故事內容，運用適宜的語氣、表情、肢體作「情緒」的詮釋；針對故事內容作故事環境的安排與掌控，即是設計故事的「氛圍」。

　　若能掌握故事基調，與故事內容作呼應，說演的故事會具有加分的效果。何三本說明故事的基調：透過佈景、道具、化妝、服飾、燈光、造型、聲音、聲調、動作、表情的一致性來塑造呈現。（《幼兒故事學》，頁228）

照片提供：南海實驗幼稚園
圖10-1　故事場景的佈置可以營造故事現場的氛圍。

2.揣摩角色個性

說故事很怕平鋪直述毫無變化。獲得一個故事，故事中必然有角色。圓形人物呈現的個性十分明確，故事人要做角色扮演，先熟悉圓形人物的個性、神態與聲調來詮釋故事中的角色。何三本在〈故事教學指導〉文中提到：

> 說故事者的首要任務，便是運用聲音、眼神、動作來表現不同人物的個性。（《說話教學研究》，頁292）

3.熟記前後理路

故事吸引人之處，在於勾起孩子的好奇心。說故事不是背故事，一但將故事背下來，講出來的故事會感到很僵硬。熟記故事是重要的法則，按照自己的語言、聲調，依照故事前後理路，有系統、有順序的將故事說演，自然就生動、活潑。其實每說一次故事，就是進行一次「改寫」。

故事前後理路的疏通，說故事時，才能清楚掌握情節的變化。何處要出現驚奇，何處要預留伏筆，何處要製造懸疑，何處要真相大白，這些都必須經過一番設計，才能將故事淋漓盡致的闡述。

㈣說故事前的準備工作

掌握一則故事作為先前的準備功夫是身為故事人必須的過程。故事人在故事說演的時候，應該要跳脫只是故事人的角色，應該要將說故事活動當作一場「獨角戲」來詮釋。所以，要將故事生動的表現出來，必須經過準備和練習。至於怎麼準備故事的說演呢？林敏宜在《圖畫書的欣賞與應用》（頁142）一書中，提到Rothlein和Meinbach（1991）提出的幾個說故事前的準備步驟，這裡引用其過程提供參考：

1.將整篇故事朗誦數次。
2.分析情節，決定開場、結束及不同的場景。
3.分析故事以決定情節、衝突及高潮。

4. 留意重複的句子。

5. 揣摩角色，賦予角色生命，以利於傾聽。

6. 摹想情境並決定故事的氣氛。

7. 考慮何種姿勢、臉部表情及語調，以適合烘托故事的氣氛。

8. 列出故事大綱。大綱必須包括開場、場景、高潮及結局。

9. 在鏡子前練習手勢、臉部表情及適當的抑揚頓挫。

10. 如果可能，將故事錄影或錄音下來，用自己的標準作客觀的評量。

表10-1　檢視表

是／否	項次	故事檢視內容
	1	你抓住故事的氣氛嗎？
	2	你運用豐富的語言嗎？
	3	故事進行得順暢嗎？
	4	你的咬字清晰嗎？
	5	你能運用表情及姿勢來傳遞氣氛和情節嗎？
	6	你是否能成功的轉換聽眾的時空？
	7	你是否能將自己的身分轉變為故事的一部分？
	8	運用你自己的分析做任何需要的調整。

11. 將你的大綱儲存在故事匣中當作未來的參考。如此一來，你將可以建立故事庫，並不斷要求自己成為說故事者。

二、如何分析故事

前述提到故事大綱的設計，包括開場、場景、高潮及結局的設計概念，同時，這也是針對故事作分析的過程。故事想要講好，分析故事是一個重要的環節。延伸故事敘述過程的設計，包括衝突的發生與解決的方法，其實就是分析故事情節發展的層次與脈絡。何三本在〈如何說故事〉論述中談到：故事已經選好，內容加工已經處理好。故事的核心眼——主題，也已經

掌握了，接著便要分析出這個故事是如何開始？如何發展？高潮在何處？如何下坡？如何結尾？任何故事都有發展的軌跡可尋。（《幼兒故事學》，頁283）

何三本他又提到：

> 故事的開始（時間、人物、地點）、上升（共發生哪幾次矛盾、衝突及解決，分別記下每次衝突的人物姓名及原因，設法解決的人物姓名及辦法）、高潮出現時（人物姓名及事情發生原因和方法）、下降階段（共有哪幾次，分別記下每次的人物姓名及原因和方法）、結尾（時間、地點、人物等）。（《幼兒故事學》，頁232）

在故事說演之前，故事人應針對故事進行情節作分析，還原作者寫故事時之架構。聽來的故事，也需要作分析，甚或改寫部分情節，掌握故事的過程，有利故事人駕馭一則故事。分析說明如下：

(一)開始

故事的開始具有鋪陳的作用，另一功能主要在介紹人物出場。子魚在〈掌握故事，說演故事〉文中提到：故事的開端進行事件述說，具有「說明」的作用；故事的開端交代景物地點，具有「描繪」的功用。故事人掌握故事的開端，說演時才能引導孩子一步步走進故事的核心，這個過程主要是介紹故事所要認識的初步事物與角色出場。（《說演故事空手道》，頁100）

(二)上升

「上升」是故事發展正式進入情節的部分，也是為故事高潮醞釀的過程。故事發展是從平鋪直述，藉由上升慢慢進入波瀾起伏。故事發展過程主要是看故事本身情節展開的屬性，當然故事人必須掌握「上升」時的屬性，以設計說演故事時的表達方式。

子魚在〈掌握故事，說演故事〉文中提到：故事的發展，是敘事結構

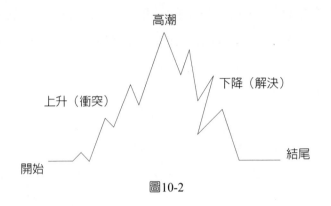

圖10-2

滲入主體內容，引發一連串逐漸進逼事件核心的過程。這些事件都必須圍繞主題，情節變化便是在發展的過程中，明確帶動角色與事件演變的過程。故事人應掌握故事情節發展的主要線索，安排適切的說演方式，並且明確表現「衝突」的發生。（《說演故事空手道》，頁100）

⒊高潮

子魚在〈掌握故事，說演故事〉文中又說明了：高潮是整個故事的核心，是為最精采的一段。掌握一個故事，應留意佈局的過程，以懸疑緊張或波瀾曲折作為故事敘述的動力，並結合升高的衝突，瞬間揭示故事驅動而成的高潮。故事循著鋪陳的過程進行上升的發展，到達「高潮」時，已是的故事的高峰。故事情節衍生的事件，在緊湊過程的自然驅使與衝突升起的緊張狀態之下，必然帶動故事的高潮。（《說演故事空手道》，頁105）

蔡尚志在〈兒童故事的創作〉也談到：故事的情節一波波的向前推進，而推進的過程是情況多變，起伏有致的，一直到最後的高潮出現，故事的氣氛高漲到最高點，兒童的注意力也完全集中在這一點。（《兒童故事原理》，頁72）故事人掌握故事高潮，應先處理衝突該如何說演，因為設計的過程，攸關帶動故事的高潮。

⒋下降

在「高潮」過後，故事便要慢慢循著情節「下降」進入結局。下降的過程應該以「解決問題」作為邁向結尾的方式。在故事下降的安排，不外乎在

事件結束之後趨向平緩的過程。

在這個下降過程當中，有時安排的「解決」要為故事結尾作一個「驚奇」的準備。分析故事時，在「下降」趨向「結尾」時，還要留意與安排如何呈現「趣點」，以作為「高潮」之後的「迭起」。蔡淑媖在〈找出故事的趣點〉談到：很多牽涉「解決問題」的故事，其趣味點都安排在「引起解決問題的動機上」，有事情引發動機，才能進入解決問題，所以這類故事的趣點就在這裡呈現。（《從聽故事到閱讀》，頁79）

㈤結尾

故事的結局意味故事即將結束，它是緊隨高潮之後，循著情節下降，然後清楚交代故事的結果。基本上，分析故事的結局時，應掌握驚奇、圓滿的過程，還要將故事的最後交代清楚，不拖泥帶水。好的故事往往都有意外的結局，這個「意外」會產生令人喜悅的「驚奇」。蔡尚志在〈兒童故事的創作〉說明：愈是令人感到意外的結局，愈能產生震撼的力量，愈有咀嚼的餘味，愈能留下深刻的印象。（《兒童故事原理》，頁79）

經營故事時，有時是故事的「妙點」，造就了故事的「意外」，然後衍生「驚奇」。孩子聽故事喜歡驚奇，更喜歡驚奇帶出的趣味。故事人掌握結局往往要將這些要點刻意說演出來，因為強調驚奇性，便有趣味性，同時也讓孩子有著無窮的回味。

以〈月亮在看你〉作分析，以利掌握故事的說演，故事分析表格說明如下：

表10-2　故事分析表

情節流程	故事內容
開始	從前有一戶人家，雖然不是很富有，生活還算過得去。可是當爸爸的一家之主，卻常常利用夜晚的時候，到別人家的菜園裡偷拔蔬菜。
上升	有一天晚上，他心血來潮帶著七歲大的兒子大寶，到菜園去準備好好偷一番。爸爸翻過圍籬後，命令兒子在外面把風：「遇到有人來的時候，要趕快通知一聲，我們才來得及逃跑。」
高潮	爸爸開始拔蘿蔔，他拔了五條蘿蔔，正得意今天有幫手，可以再多拔一些蔬菜時，忽然聽到大寶在圍籬外面大聲呼喊道：「哎呀！爸爸有人在看你！」

情節流程	故事內容
下降	爸爸嚇一大跳，趕緊丟下手上的蘿蔔跳出圍籬，拉著兒子大寶躲進草叢裡。過了一會兒，爸爸並沒有看見有人走過來，回過頭來問：「大寶！你不是說有人過來嗎？我沒有看到半個人影，你說的人在哪裡？」 「爸爸，你抬頭瞧瞧，是月亮在看你。」
結尾	這句話點醒爸爸，他聽得人整個呆掉。抬頭看看月亮，他的行為，月亮真的在看啊！ 爸爸很後悔自己的行為，卻也很高興兒子及時提醒。他默默牽著兒子大寶的手走回家，發誓以後再也不偷東西了。

資料來源：慈濟人文志業中心

圖10-3　《月亮在看你》是一本適合說故事的有聲書。

說演一則故事，不外乎就是再一次的「改寫故事」。原型的故事需要故事人不斷的分析並思維如何設計，以便說演時能展現張力。故事人的風格仰賴說演故事時的表現，但是好的故事還是必須先行掌握、分析，再全然重新設計。

故事的說演應是故事人如何自己為自己「量身打造」故事，一來展現自己想要呈現的風格；二來容易掌握故事敘述的方式。

好的故事來自故事人說演時重新詮釋的魅力，至於如何重新詮釋故事呢？流程很簡單，事先掌握故事，然後分析設計再說演。

掌握故事→分析故事→設計故事→說演故事

第三節　故事說演的技巧

一、說故事是一種表演

㈠說故事要將「演」加進來

「說故事」似乎已經成為傳統的名詞；也似乎「說演故事」才是重新正

名的詞彙。為什麼是「說演故事」呢？雖說人人都會講述故事，若能懂得一些「演」的技巧，經營的故事必定十分吸引孩子。回歸故事人要將故事講得生動精采，不單是依賴口說的技巧而已，重點在於故事人還要添加「演」的成分在內，也就是將戲劇的概念融入述說故事的表現之中，所以想要一個成功的故事人，「演」的技巧是不可避免的學習過程。

何三本在〈如何說故事〉論述中強調：該柔的，要似水柔情，輕聲細語；該剛的，要嚴正肅穆，斬釘截鐵；該喜的，要發自內心的喜悅，洋溢喜氣在臉上；該憂傷的，要悲從中來，面露憂容。如果這些聲音語言和肢體語言，能逼真、生動刻畫出人物個性，讓他體現出來，這篇故事情節，不論輪廓形象或纖毫細節，一定都可以刻畫得令人印象鮮明宛若真人再現。（《幼兒故事學》，頁228）

（二）演一齣獨角戲

如何將故事說得生動有趣？同樣的故事，為什麼有些人講得生動活潑；有些人說得平庸無味？其中關鍵在於說故事的說演技巧。說故事不能只是說故事，說故事人在台上說唱俱佳，故事情節隨著生動的聲音、肢體、表情、情緒流露出來。說故事其實是在表演說話的藝術，不妨當成是在演一齣獨角戲。

蔡淑媖在〈說故事也是一種表演〉一文中強調：

> 面對聽故事的人，當我們努力的用聲音，把裝在頭腦裡的那個故事說出來時，為了把故事說得好聽，我們運用各種聲調來搭配故事內容。例如：說到難過的事，我們會皺起眉頭；說到開心的事，我們會露出笑容，甚至一邊說一邊笑；說到激動處手舞足蹈、搥胸頓足，這些精采的聲音和肢體表現，其實就是表演。（《從聽故事到閱讀》，頁66）

將說故事當成像「演戲」一樣的「說演」故事，著重要點在於說故事的「技巧表現」，不外乎是劇場演員要求的基本功夫。

(三)多重「角色扮演」

一個說故事人所需的條件裡，具備了這些技巧，縱使平凡無奇的故事，也能讓說故事人經營得有聲有色、熱鬧非凡。一則好的故事，不能只有情節的敘述而已，要包含角色的對話。角色有自己的個性，說話的聲調。說故事人要掌握這些特性，依照不同個性賦予不同講話聲音。

說演故事絕不是單單靠張嘴將「情節」說出來就可以了，這複雜的情節必須藉由故事人多重的「角色扮演」，才能將故事說得精采。奈莉·麥克瑟琳（Nellie McCaslin）在〈說故事、故事劇場、偶戲〉中提到：你能不能只用說話的方式，表達不同的角色？你能不能經由各個角色說話的語調及口音，表達出不同的個性？當然你並不需要像演戲一樣，把它們全演出來，可是卻可以借用演技來詮釋角色。（《鞋帶劇場——輕輕鬆鬆玩戲劇》（Shows on a Shoestring），頁58）

許多故事生手，總以為抱一本圖畫書到教室說故事，一切就沒問題。若要求得在說演故事上面的精進，「演」的概念不僅要融入，還要實際做出來，扮演故事裡的角色，掌握個性的特性，淋漓盡致「演」出來，加上情節呈現的張力，這樣的故事，孩子一定聽得如痴如醉。

二、說演故事的技巧

如何說演故事？在這裡整理一些技巧性的概念，供作說演故事時技巧上的表現，以利故事進行時的自我練習與檢視。說演過程不過依照故事內容先行分析，進行設計，然後故事的呈現，呈現著重在聲音的表現，肢體的展現，表情的顯現。

(一)說故事的聲音

聲音可以代表一個人，習慣認識的人的聲音，聽電話時，縱使對方沒有說出自己的名字，也都知道對方是誰。我們要發揮自己聲音的魅力，就是要如何將這特色發揮出來。說故事擅用自己聲音的魅力，慢慢就會建立自己的說故事的特色。

1.敘述變化聲調

說故事時切忌平板直述、毫無變化。故事鋪陳若是太平面,縱使豐富的內容,精采的情節,恐怕也很難引人入勝。說故事的音調略比平時稍高一些,不要太低沉,稍高的語調比較容易吸引人,但也不能太尖銳,否則聽故事有壓力。

我們說故事要訓練自己的語調抑、揚、頓、挫,其實就是高、低、強、弱。這是要隨著故事的情節而投入聲音的轉變。姜秀華在〈如何說故事〉說明:我們說故事時,若有高低起伏的聲音變化與抑揚頓挫的聲調,則會使我們說故事時變得活潑有趣。而且也可藉由聲音的不同變化,來傳達故事中主角喜怒哀樂、悲歡離合的心境。(《說故事的技巧》,頁116)

為了突顯故事情節的變化,我們還要注意快、慢、緩、急。故事情節有歡樂、危險、緊張、懸疑、激動等等,要讓孩子聽故事像聽廣播劇,快、慢、緩、急正可區隔內容進行時的變化。

2.角色聲音扮演

一則好的故事,不能單是只有情節的敘述而已,應該要包含角色的對話。這是選擇故事的一個條件。有對話的部分,故事的感情可以延伸出來,再來孩子才會有融入故事的感覺。

對話的敘述過程都有一個說話者,也就是角色,角色有自己的個性,說話的聲調,性別年齡不同,呈現的說話特性也不同,說故事人要掌握這些特性,述說角色的說話部分時,要依不同個性賦予不同講話聲音,這是角色聲音扮演,故事人要做的就是模擬角色的「變聲」。

「變聲」的聲音,男人有男人的聲音,女人有女人的聲音,老人有老人的聲音,小孩有小孩的聲音,不可混在一起變成同一聲調。我們說故事除了研讀故事之外,還要揣摩角色的身分,依照身分說話,用恰當的聲音說得體的話。

蔡淑娛在〈讓角色說話〉一文中強調:這時我們可以運用自己的想像力,去揣摩角色的心情與個性,在適當的地方加進角色之間的互動對話。為了將故事講得更生動感人,我覺得還是花點兒功夫學習「讓角色說話」的技

巧。（《從聽故事到閱讀》，頁71）

3.場景音效妙用

音效，製造臨場的妙方。一般說故事人很少注意將音效表現出來，主要是忽略與不習慣製造音效。如果語言是有意識的符碼，那麼音效便是無意識的符號，但都是具有意義。在故事中善加利用音效，會帶來意想不到的臨場感效果。

故事有雷聲，運用一下口技，讓它真的雷聲出現；故事有狗吠，運用一下口技，讓它真的有狗吠出現；故事有波濤洶湧，運用一下口技，讓它真的有波濤洶湧出現。音效包羅萬象，它該存在於故事中，就全憑說故事人一張嘴呈現。

子魚在〈經營故事三部曲〉談到：音效有時可以很誇張，不要太在意像不像的問題。對孩子說故事本來就是帶孩子玩遊戲，充滿想像的故事，配上誇張的音效，孩子會「玩」得很高興。口技帶出的音效，故事會更加生動。（《說演故事空手道》，頁84）

(二)說故事的動作與表情

奈莉・麥克瑟琳（Nellie McCaslin）在〈說故事、故事劇場、偶戲〉中提到：

> 故事中是不是有些地方可以加些手勢或默劇動作，使你的角色更有趣？你不需要做很多，可是偶而添加的動作，或臉部表情都會使故事更生動。（《說演故事空手道》，頁84）

講故事基本上是沒有畫面的，完全是屬於「聲音」的演出。但情節想像的畫面，依賴故事人肢體動作、臉部表情的表現。因為沒有圖像，情節呈現的畫面，隨孩子想像自由變化。

1.肢體動作

當故事人的故事講到可怕的老虎，他們的腦海中便出現老虎的形像；講到英勇的王子，他們的腦海中便出現王子的形象。老虎、王子有專屬他們的

動作，故事人嘗試模擬老虎、王子的樣子，縱使不像，但意思不遠，這樣說演出來的故事會很生動。肢體動作也包括感受的傳遞，將心裡層面的知覺作有效的表徵。

照片提供：南海實驗幼稚園

圖10-4　講故事是屬於「聲音」的演出。情節想像的畫面，依賴故事人肢體動作、臉部表情的表現，說故事人要掌握這些特性進行「角色扮演」。

姜秀華在〈如何說故事〉說明：倘若我們能善用自己的肢體語言，將會更自然的表達自己的感受。例如：害怕，會聳聳肩、吐吐舌頭；等人會來回踱步，看看錶，東張西望以表達我們的不耐煩；無奈時，會頭一歪、嘴角一撇、兩手一攤；興奮時，會跳躍不止或拍拍手。因此當我們說故事時，若能用動作來配合故事的情節發展，將會讓孩子聽故事時，有一份更真實的感受及深刻的經驗。（《說故事的技巧》，頁120）

手勢是聲音的輔助，單靠嘴巴震動發聲說故事，表現的過程顯得單調。手勢的使用，能使故事說演過程中，「聲音」顯得強而有力。手勢的動作不多，簡單的在胸前舉手、握拳、伸手或伸展雙臂，配合聲音的變化而變化手勢。自然而然，不過分做作，故事可以說得生動有力。

故事進行中，無論是「敘述者」或是「角色扮演」手勢與動作適度的融入情節中，能大大增強說演故事的效果。手勢是敘述的肢體；動作是角色的形象，表達故事的想法、感覺和態度正是手勢、動作在故事中的妙用。

2.臉上表情

表情是故事情緒的表現。故事是有情緒的，如何讓故事的情緒表現出來？不能只依靠聲音的變化，呈現情緒的悲喜，這樣會顯得單調。貓咪悲傷得坐在屋頂上說：「都是我的錯，都是我的錯，喵嗚！都是我的錯。」故事人只是闡述過程，頂多聲音扮演悲傷的樣子，臉上毫無表情，孩子聽故事時，恐不能感受悲傷的情緒。若是臉部加上表情，皺眉痛苦一臉哀傷，加上低沉怨嘆的聲調，這樣的情節張力自然生動感人。

姜秀華在〈如何說故事〉說明：人是最富有表情的，能將感情表露在身體的各部分。譬如：人突然遭到極端恐怖的事物時，則睜眼、張口、揚眉、大聲號叫，有時甚至毛髮直立；在盛怒的時候，常豎眉、露齒、挺身、握拳；陷於憤怒之中，全身的肌肉組織突然緊張、切齒、摩拳、眼睛暴睜；感到羞怯時，臉紅；深思時，皺眉、蹙額；意氣沮喪時，口角下沉；在精神愉快時，眼角及眼睛四周的皮膚稍帶微皺，嘴角兩端稍微向內凹進，而眼神發光等等，自然的表情會幫助我們更真實的表達出故事的劇情，否則會讓孩子難以分辨，到底故事中的人物是什麼樣的心情；同時因為我們在感情上的表露，會引導孩子學習如何適切地表達他的感受。（《說故事的技巧》，頁120）

說演故事角色呈現情節的情緒，不能只依靠聲音來抒發情感。臉上五官的變化，才是表現故事情緒最好的方式。儘管聲音的運用很重要，但要真正傳達故事具象化的情感，還是要靠多樣的表情呈現。高興、歡喜、傷心、害怕、生氣、懷疑、尷尬、無奈等表情，一直存在於故事之中，只是故事人是否依照情節伺機表現出來。

一個眼神飄浮，一個嘴角抽動，一個眉頭深鎖，搭配聲調演出，語言速度隨情節調整快慢，故事需要的情感，就在聲音與表情中自然流露出來。有時故事人不用出聲，只是臉上表情的運用，就已經是說演故事了。

第四節　結語

說演故事不是一件難事，其實只要願意，每一個人都會說故事，從三歲到一百歲的人都做得到，說話是說演故事人天生具備的基本能力，將一件有情節過程的事情描述出來，加上一些說故事的技巧，自然可以自然生動的說演。

當故事人在說演故事時，孩子坐在地板上聽故事，長久下來，慢慢的會對孩子產生許多影響。因為童年的樂趣需要「故事」的陪伴，沒有故事的童年是遺憾的。聽故事也是一種閱讀，從文本的字裡行間，藉由聲音的傳遞，

在「聽」的過程中，享受「閱讀」的樂趣。說演故事的過程中，我們會特定以孩子作為講述故事的對象。說演故事產生的功能，自然期盼能對孩子產生正面且無遠弗屆的影響。

前板橋故事協會理事長林秀兒曾說：「當孩子的心田裡播下各式各樣不同的神話、傳說、童話等故事種子，看似沒什麼，卻有一場靜悄悄的文化碰撞進行著。」說故事時就是讓孩子接觸這場「文化碰撞」，不必著痕跡卻影響深遠。在兒童的成長階段，有時一個故事的啟示，可以深刻影響孩子的一生。

參考書目

一、理論書籍

1. 吳英長著，《兒童文學與閱讀教學》，臺東市：吳英長老師紀念文集編輯委員會，2007年年5月。

2. 蔡尚志著，《兒童故事原理》，臺北市：五南圖書出版有限公司，1994年3月。初版三刷。

3. 周慶華著，《故事學》，臺北市：五南圖書出版有限公司，2002年9月。

4. 林文寶著，《兒童文學故事體寫作》，臺北市：毛毛蟲兒童哲學基金會，2000年。三版二刷。

5. 蔡淑媖著，《從聽故事到閱讀》，臺北市：信誼基金出版社，2006年11月。

6. 盧本文等人著，《故事歡樂遊—故事人推廣手冊》，臺北市：毛毛蟲兒童哲學基金會，2005年12月。

7. 瑪莎漢彌頓、米齊衛思（Martha Hamilton & Mitch Weiss）著，《教孩子說故事》（"*Children Tell Stories*"），臺北市：東西出版事業股份有限公司，2006年3月。

8. 奈莉‧麥克瑟琳（Nellie McCaslin）著，馮光宇譯，《鞋帶劇場——輕輕鬆鬆玩戲劇》（"*Shows on a Shoestring*"），臺北市：成長文教基金會，1999年10月。

9. 陳淑琦等人著，《說故事的技巧》，臺北市：時報出版公司，1988年6月。

10. 何三本著，《說話教學研究》，臺北市：五南圖書出版有限公司，1999年10月。初版三刷。

11. 何三本著，《幼兒故事學》，臺北市：五南圖書出版有限公司，1998年3月。初版二刷。

12. 林敏宜著，《圖畫書的欣賞與應用》，臺北市：心理出版社股份有限公司，2002年3月。初版四刷。

13. 子魚著，《說演故事空手道》，臺北市：天衛文化圖書股份有限公司，2007年2月。

二、創作作品

1. 子魚著，《月亮在看你》，臺北市：慈濟人文志業中心，2008年11月。初版106刷。

閱後自評（每題10分，總分100分）

1. 故事的掌握上，架構的順序性為何？
2. 說故事是在敘述的框架之內完成，故事最重要的特徵是什麼？
3. 故事人說故事時必須的轉換是什麼？
4. 若要與故事內容作呼應，先要掌握什麼？讓說演的故事會具有加分的效果。
5. 好的故事來自故事人說演時重新詮釋的魅力，重新詮釋故事的流程為何？
6. 故事人要將故事講得生動精采，不單是依賴口說的技巧，故事人還要添加「演」的成分在內，說故事又可以怎麼稱呼？
7. 情節想像的畫面，依賴故事人什麼樣的表現？
8. 什麼是屬於故事情緒的表現？
9. 聽故事也算是在進行什麼呢？

10.故事中先提出衝突，然後解決衝突，最後交代解決的結果，這個過程就是所謂的什麼呢？

習題（每題20分，總分100分）

1.什麼是「故事化」？

2.說故事的意義為何？

3.請自行選擇一則故事，按照「開始、上升、高潮、下降、結尾」的方式進行分析。

4.為什麼是「說演故事」呢？

5.說故事時為什麼要進行「角色聲音扮演」？「角色扮演」和「角色聲音扮演」有何異同？

閱後自評與習題解答

第一章

閱後自評

1.(D)　2.(C)　3.(B)　4.(A)　5.(D)　6.(B)　7.(A)　8.(D)　9.(B)　10.(A)

第二章

閱後自評

1.(D)　2.(C)　3.(B)　4.(A)　5.(B)　6.(D)　7.(D)　8.(A)　9.(B)　10.(D)

第三章

閱後自評

1.○　2.○　3.×　4.○　5.×　6.×　7.○　8.×　9.○　10.○

第四章

閱後自評

1.○　2.○　3.○　4.×　5.×　6.×　7.○　8.×　9.○　10.○

第五章

閱後自評

1.×　2.○　3.○　4.×　5.○　6.○　7.○　8.×　9.○　10.×

第六章

閱後自評

1.○　2.○　3.○　4.×　5.×　6.×　7.○　8.○　9.×　10.○

第七章

閱後自評

1. 托普佛
2. 彩虹
3. 赫伯特・福克斯維爾
4. 哈維兄弟
5. 電影鏡頭語法
6. 人物／角色
7. 聲音
8. 攝影
9. 左翻與右翻
10. 對話框／對話氣球／吐話圈

第八章

閱後自評

1. 《滑稽臉的幽默相》
2. 艾米兒・科爾（Emile Cohl）
3. 易爾・赫德（Earl Hurd）、麥克斯・弗雷西爾（Max Fleischer）以及達夫・弗雷西爾（Dave Fleischer）兄弟
4. 《蒸汽船威利》、米老鼠、迪士尼
5. 《托馬斯貓的首次登場》
6. 《樹與花》
7. 《玩具總動員》
8. 皮克斯
9. (1)人造音　(2)環境音　(3)動作音　(4)自然音
10. 2D; Adobe Flash

第九章

閱後自評

1.○　2.×　3.×　4.×　5.○　6.○　7.○　8.×　9.○　10.×

習題

1.創作性戲劇、兒童劇場

2.教育性、遊戲性、幻想性

3.由人擔任表演者、由偶擔任表演者、人／偶共同擔任表演者

4.舞台劇、默劇、音樂劇、偶劇

5.童話故事、現實中的幻想故事、神話與傳說、擬人化的故事

6.角色、故事、結構、動作、語言、歌曲、劇場元素（以上任選5項）

7.能寫出劇名、歌名及原因即可參酌內容給分

8.能寫出劇名及原因即可參酌內容給分

第十章

閱後自評

1.開始、上升、高潮、下降、結尾

2.情節

3.角色扮演

4.故事基調

5.掌握故事→分析故事→設計故事→說演故事

6.說演故事

7.肢體動作、臉部表情

8.表情

9.閱讀

10.故事化

Note

Note

國家圖書館出版品預行編目資料

幼兒文學／ 陳正治，林文寶，林德姮，王宇
清，陳晞如，孫藝玨著. －－二版.－－
臺北市：五南圖書出版股份有限公司，
2023.09
面； 公分
ISBN 978-626-366-516-3（平裝）

1.兒童文學 2.兒童讀物

815.9 112013623

1X1U 兒童文學系列

幼兒文學

編　　著 ― 林文寶、陳正治、林德姮、王宇清、陳晞如
　　　　　　孫藝玨

發 行 人 ― 楊榮川

總 經 理 ― 楊士清

總 編 輯 ― 楊秀麗

副總編輯 ― 黃惠娟

責任編輯 ― 陳巧慈

封面設計 ― 陳亭瑋

出 版 者 ― 五南圖書出版股份有限公司

地　　址：106台北市大安區和平東路二段339號4樓

電　　話：(02)2705-5066　　傳　　真：(02)2706-6100

網　　址：https://www.wunan.com.tw

電子郵件：wunan@wunan.com.tw

劃撥帳號：01068953

戶　　名：五南圖書出版股份有限公司

法律顧問　林勝安律師

出版日期　2010年2月初版一刷
　　　　　2023年9月二版一刷

定　　價　新臺幣400元

經典永恆・名著常在

五十週年的獻禮 —— 經典名著文庫

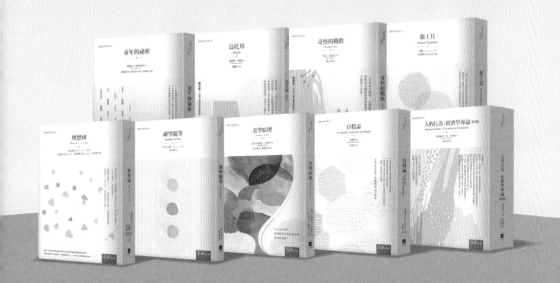

五南，五十年了，半個世紀，人生旅程的一大半，走過來了。

思索著，邁向百年的未來歷程，能為知識界、文化學術界作些什麼？

在速食文化的生態下，有什麼值得讓人雋永品味的？

歷代經典・當今名著，經過時間的洗禮，千錘百鍊，流傳至今，光芒耀人；

不僅使我們能領悟前人的智慧，同時也增深加廣我們思考的深度與視野。

我們決心投入巨資，有計畫的系統梳選，成立「經典名著文庫」，

希望收入古今中外思想性的、充滿睿智與獨見的經典、名著。

這是一項理想性的、永續性的巨大出版工程。

不在意讀者的眾寡，只考慮它的學術價值，力求完整展現先哲思想的軌跡；

為知識界開啟一片智慧之窗，營造一座百花綻放的世界文明公園，

任君遨遊、取菁吸蜜、嘉惠學子！